爆肝工程師的異世界狂想曲 10

Kadokawa Fantastic Novels

蜜雅
寡言，喜歡音樂的精靈。
亞里沙
庫沃克王國的前任公主。
前世為日本人。
娜娜
面無表情的魔造人。
露露
出身於庫沃克王國。
亞里沙的姊姊。

波奇
犬耳族少女。
小玉
貓耳族少女。
莉薩
橙鱗族少女。
佐藤
誤闖異世界的三十歲
左右程式設計師。

「蔦之館？」
「好像就是那個呢。」
『那……那不是人族的小伙子嗎！
「鄉愁」的結界到底在搞什麼嘛？』

愛七ひろ

Death Marching to the Parallel World Rhapsody

Presented by Hiro Ainana

Kadokawa Fantastic Novels

插畫／shri

C O N T E N T S

迷宮都市賽利維拉

「我是佐藤。在新的土地上旅行時，我總是會先透過網路調查。在異世界裡儘管主要的情報來源是人們的傳聞所以經常有誤，卻也使人有很深刻的感受。」

「我們就快到迷宮都市了對吧？」

一頭鬆柔紫髮的亞里沙看似迫不及待地這麼詢問後，我便回答：「就快了哦。」

話雖如此，馬車裡的同伴們看起來也和亞里沙一樣的心情。

「嗯，雀躍。」

眺望窗外一邊哼著歌的蜜雅，那年幼的美貌此時泛著欣喜的表情望向這邊。

或許是猛然轉頭的緣故，她綁成雙馬尾的青綠色頭髮隨之擺動，露出精靈極具特色的微尖耳朵。

「飄來飄去～」

面對蜜雅像鞭子般飛來的頭髮，貓耳貓尾白色短髮的小玉在狹小的馬車內華麗躲開了。

那身便於活動的粉紅色服裝外面，還多穿了一件白色皮甲。

「好痛，喲。」

被蜜雅的頭髮擦過鼻尖，犬耳犬尾褐色鮑伯頭髮型的波奇發出從容的驚叫。

她穿著和小玉不同顏色的衣服及同款式的皮甲。

「抱歉。」

「這小點事不算什麼喲！」

對於蜜雅的道歉，波奇露出燦爛的笑容原諒了對方。

「主人。」

聽到露露的呼喚，我於是打開通往駕駛台的艙門將臉探出。

露露的美麗黑髮在回頭的瞬間於面紗底下沙沙擺動著，使我的目光不自覺被吸引過去。

倘若沒有其他心儀的人，而她又不是中學生年紀的小孩子，我大概會瞬間墜入情網吧。

用傾城二字來形容還太過含蓄的她，在這個世界沒有審美眼光的人族眼中並不漂亮。

另外，露露的面紗並非為了遮掩她的臉龐，而是用來保護她的美麗頭髮及美貌不受日曬和沙塵的摧殘。

「前方有停止的商隊──」這麼報告道。」

面無表情這麼平靜告知的，是外表為巨乳美女但實際年齡卻是零歲的魔造人娜娜。

由於騎乘著與馬車並行奔馳的迅猛龍外觀走龍，使得她豐滿的胸部呈現有規律的躍動。

「需要我和娜娜先行一步過去確認嗎？」

同樣奔馳在娜娜另一側的走龍，坐在上面的是橙鱗族的莉薩。

一臉凜然地手握轠繩的莉薩擁有蜥蜴般的尾巴，頸部和手臂前方都覆蓋著橙色的鱗片，除此以外就跟人族沒有區別。

「先等一下——」

我打開地圖，嘗試確認商隊的狀況。

似乎是一支將貨物放在名為愚鹿而非馱馬的役用動物背上，人數約三十人的商隊。

負責人是——公主？

中央的馬車坐著諾羅克王國這個小國的公主殿下，牽著愚鹿的那些人好像也並非商人而是諾羅克王國的士兵。他們大概也身兼公主的護衛吧。

騎士和隨從各一名，這些人則是騎乘著名為大角鹿的騎獸。

順帶一提，拉動馬車的是一種叫短角大鹿，約莫幼象大小的役用獸。

「——那好像是諾羅克王國的公主殿下一行人呢。」

「哦——是要從西方邊境的小國嫁過來嗎？」

亞里沙從馬車裡探出臉來。

之後聽她解釋，包括諾羅克王國在內的小國群就位於大陸中央地帶，諾羅克王國以西是廣大的荒蕪沙漠，所以才被大家這麼稱呼。

若以迷宮都市為基準，就是比位於北鄰的艾爾艾特侯爵領更北方的小國。

「探索者。」

相較於亞里沙的猜測，馬車裡的蜜雅卻是搖搖頭，表示對方和我們一樣。

「沒有這回事哦。畢竟那些小國群根本就不鼓勵女性出社會。」

說到這個，身為前庫沃克王國公主的亞里沙也提過因為家人表示不需要學問而未能聘請教師，所以都是靠自修才學會母國的文字。

「拉拉其埃似乎曾經是女王制，所以這個世界大概也會因為時代或地區的不同而存在極大的差異吧。」

我腦中浮現出在南海的砂糖航線所發生的事。

在海龍群島救起失去記憶的蕾伊並帶著她旅行南洋各國，就彷彿是昨天才經歷過的事情一樣。

剛採下的南國水果、砂糖工廠裡剛出爐的甜點，以及和爽朗的船員們舉杯共飲的蘭姆酒。儘管有各式各樣美好的記憶，但最值得一提的就是鮪魚了。

新鮮巨大鮪魚的大腹肉。那種入口即化的鮮美味道光是回憶就令人口水直流。

另外我們還讓蕾伊的故鄉拉拉其埃復活，並阻止了企圖再次統治世界的骸骨王的陰謀。

原本很想帶著恢復記憶的蕾伊和她名義上的妹妹優妮亞一起過來，但迷宮附近或人多的地方會對蕾伊的身體造成不便，所以就在南方島上和她們分開了。

當然，等在迷宮都市安定下來後，我打算在前往精靈之村探望雅潔小姐的時候順便過去那裡一趟。

因為我和雅潔小姐及蕾伊她們幾乎每天都透過空間魔法「遠話」來進行交談，所以不太有已經分開的感覺呢。

挾帶沙子的風將我從回憶中拉了回來。

「沙漠吹來的風嗎——」

「是沙漠嗎？」

「嗯嗯，迷宮都市另一端可以見到的稜線再過去有片大沙漠。」

我向聽到我喃喃自語的露露這麼告知。

馬車行駛的細小街道兩旁也零星生長著介於仙人掌與蘆薈之間名為「貝利亞」的棘刺耐乾旱植物。

這種貝利亞分布在迷宮都市座落的整個盆地，而從迷宮都市的另一端，與稜線之間的中間地帶開始，則茂盛生長著外型類似巨大貝利亞的「魔霸王樹」這種植物型魔物。

根據地圖顯示，似乎還豎立有大量的結界柱來抑制魔霸王樹的侵蝕。

「哦──所以空氣才那麼乾燥吧。」

「嗯，濕度不足。」

我替這麼抱怨的亞里沙和蜜雅撥去頭髮上的沙塵，然後將望著貝利亞的目光轉回前方。

在公主一行人的前面，迷宮都市高聳厚重的城牆展現其傲人的雄姿，表情冷酷的巨像則看似守護著城門左右一般坐在那裡。

「喵～？」

「探頭，喲。」

或許是對我們交談內容很好奇，小玉和波奇從馬車裡探出了臉。

「巨人～？」

「很大喲！」

小玉和波奇指著坐在城門兩旁的岩石巨像。

明明是坐著，頭部卻和高達十公尺的外牆一樣高。

「那是岩石魔巨人──這麼告知道。」

「看起來很強呢。就算用魔槍也沒有把握能給予傷害。果然還是要先用魔法破壞平衡之後——」

繼娜娜的發言後，可以聽到莉薩很自然地在思考著攻略法的認真聲音。

在我視野中的AR顯示為「岩魔巨人」。等級高達四十三，想必就類似於迷宮都市守護神的存在吧。

不過配置在與迷宮相反側的城門處這點卻令我有些不解。

「唔～愈來愈有真實感了！很快就要出道成為冒險者了呢！」

亞里沙一副按捺不住的樣子顫抖著全身。

想必是太過興奮了吧。

「佐藤。」

蜜雅拉扯我的袖子。

「是很大的銀幣喲。」

「獎牌～？」

蜜雅從妖精背包取出了附有細鍊條的銀色獎章。

據AR顯示為「『蔦之館』的鑰匙」。

「基里爾給的。」

應該就是在波爾艾南之森負責管理托拉札尤亞先生研究室的家庭妖精基里爾先生吧。

托拉札尤亞先生是蜜雅母親的祖父，也是被稱為精靈賢者的人物。

「是什麼的獎牌呢？」

亞里沙說出了最理所當然的疑問。

「嗯，認證的獎章。」

之前和基里爾先生一起喝龍泉酒時，好像聽對方提到過他以前曾經以托拉札尤亞先生的隨從身分住在迷宮都市裡。

「該不會是精靈們住在迷宮都市時所使用的公館鑰匙吧？」

「嗯。」

我這麼回答亞里沙的問題後，蜜雅點點頭表示答對了。

「哦～原來是鑰匙——總覺得很像魔法道具呢。背面還寫有精靈語的文字哦。」

亞里沙逗留在精靈之村的期間好像學會了少量的精靈語文字。

還是老樣子，與其說順從求知的慾望，應該說是勤勉不懈才對。

「我看看～這個字是『魔力』吧。下一個是『注入』嗎？」

喃喃自語的亞里沙不經意對獎牌注入魔力。

「——啊！」

蜜雅驚訝地伸出了手。

「咦？有什麼不妥的嗎？」

亞里沙急忙停止注入魔力，但似乎晚了一些。

「哇啊啊啊啊啊啊啊。」

「賽利維拉之像動了啊！」

「快……快逃啊啊啊啊啊啊啊。」

「會被踩死的啊啊啊啊啊啊啊。」

前方傳來了諾羅克王國一行人的驚叫聲。

另一端可見到原本坐鎮在賽利維拉門前的兩具魔巨人動了起來，朝著這邊邁出幾步。

「主人，不好了！」

駕駛台的露露發出急迫的聲音。

露露所指的應該是魔巨人一事，但其前方的狀況也相當不妙。

諾羅克王國一行人的愚鹿們紛紛逃進長有貝利亞的荒地裡，後方還拖帶著手拉韁繩的士兵們。

同樣猛然調頭想要逃入荒地的短角大鹿則是讓馬車翻覆了。

至於騎士和隨從兩人，似乎勉強控制住了作為騎獸的大角鹿。

位於另一端的魔巨人們，這時忽然單膝跪地擺出臣下之禮。

「妳看！奶媽！賽利維拉的守門人先生正在歡迎我們的到來吶！」

「公主殿下，太危險了。」

一名小女孩站在翻倒的馬車稍遠處，指著魔巨人一臉興奮地這麼叫道。

從她站在地毯上的景象來看，似乎是之前就離開停止的馬車正在休息中。

看來並沒有人被捲入馬車事故裡，讓我鬆了一口氣。

『主人，我們一直在等您的歸來。』

『主人，恭喜您平安歸來。』

帶回聲效果的聲音響徹四周。亞里沙手中的獎章發出了精靈語的聲音。

「莫非是這個的緣故嗎？」

「嗯，給我。」

從我身後探出臉的亞里沙這麼嘀咕後，蜜雅點頭肯定。

蜜雅拿著從亞里沙手中接過的獎章朝魔巨人的方向舉起。

『吾乃主人之代理人。汝等的問候令人欣慰。不過，汝等的任務非常重要，盡快返回崗位。』

『遵命。』

『遵命。』

蜜雅用精靈語對獎章講述一番後，魔巨人們便做出回應，返回至原先的台座。

「謝謝妳，蜜雅。」

「嗯。」

獎牌的後方刻有小字。

蜜雅剛才似乎是將它們唸了出來。

「對不起，剛才冒冒失失的。」

「以後記得要詳閱說明書。」

我向反省中的亞里沙這麼告知，然後走下馬車。

這是為了協助魔巨人返回台座之後騷動仍未平息的諾羅克王國一行人。

總之得治療一下受傷的人，並提供我們的馬車以代替對方損壞至無法修復程度的馬車才行呢。

◆

「哦？雖然不華麗，不過倒很有格調，真是一輛製作用心的馬車吶。」

坐進馬車後，諾羅克王國的米提雅公主便看似佩服地打量著馬車內部。

或許是擁有一對大眼睛的緣故，那不斷變換的表情實在讓人看不膩。

其年幼的外表就跟亞里沙她們相仿，卻和露露一樣都是十四歲。不光是長相，將褐色頭髮綁成較短的法式捲髮雙馬尾或許也助長了她的年幼外表。

實在很難想像，對方跟我在這個世界的公開年齡只相差了一歲。

繼她之後，擔任奶媽的年老婦女也坐了進來，馬車就這樣出發了。

另外，由於超過了乘載人數，所以小玉和波奇就一起乘坐莉薩和娜娜的走龍。

空間有點狹窄，我於是也移往了駕駛台。

騎士和隨從身分的少女則守在馬車左右擔任護衛。

「初次見面！我是諾羅克王國的騎士，名叫拉普娜。」

騎士脫下頭盔，用令人震耳的大音量報出名字。

讓我驚訝的是對方竟然是位女騎士。

話雖如此，不同於「女騎士」這個名稱讓人聯想到的模樣，對方是彷彿「岩石」二字化身的帥氣英姿，具備了相當靠得住的厚重感。

想必她十分受到諾羅克王和公主殿下的信賴及重用。

等級為二十九，似乎擅長於近身系的戰鬥技能。

另外，年齡並不如外表那般穩重，年紀輕輕才二十四歲而已。

「彼此彼此，拉普娜小姐。我是希嘉王國穆諾男爵的家臣，佐藤‧潘德拉剛名譽士爵。」

為避免失禮，我也報上名字。

隨從少女同樣自我介紹：「我叫琉拉。」她給人一種不起眼女戰士的印象。

「話說回來，這馬車坐起來實在很舒服吶。」

「是的，公主殿下。真不愧是大國的馬車呢。」

車內可以聽到米提雅公主和擔任奶媽的年老婦女這麼稱讚著我的馬車。

儘管放棄了將馬車振動完全消除的低輸出空力機關，但光是懸吊系統本身和座位上的靠墊似乎就值得她們讚賞了。

「公主殿下您也是前來當探索者的嗎？」

頂著客氣的口吻，亞里沙向米提雅公主攀談。

當然也戴上了假髮以遮掩被一般人所忌諱的紫色頭髮。

「嗯，正是如此——」

「公主殿下。」

「——知道了。開玩笑的。本公主此行是來替太守閣下的女兒治病吶。」

米提雅公主自身後說出的這番話令人在意，於是我便確認地圖情報，發現她擁有「赫拉路奧的巫女」這個稱號以及「淨化的氣息」此一與生俱來的技能。

等級為四但不具備神聖魔法或「神諭」技能，其他還持有「禮儀」技能。

另外，太守四女好像是罹患了「哥布林病：慢性」和「瘴氣中毒：慢性」這兩種疾病。

在這當中，唯獨瘴氣中毒是以灰色顯示。儘管有程度輕重之分，但迷宮都市約有兩成的人都患了這種病。

沒有把畏懼瘴氣的半幽靈蕾伊帶過來似乎是正確的選擇。

畢竟瘴氣的濃度已足以影響到普通人，對她來說想必是個很煎熬的地方呢。

另外，「哥布林病」好像就比較罕見，頂多是貴族小孩當中的幾個人患病。

「這麼年經竟然就是醫生了嗎？」

「不，本公主有赫拉路奧神的庇佑。只是對身體不適的人吹氣罷了吶。」

公主所持有的「淨化的氣息」似乎是一種相當便利的天賦。

話說回來，交談的聲音裡僅有亞里沙和米提雅公主兩人，至於蜜雅始終沒有加入對話的跡象。

「那位姑娘十分寡言吶。」

「是的，蜜雅她很怕生。」

「不是。」

蜜雅對公主和亞里沙之間的對話提出了異議。

「妳終於願意看本公主了吶——什麼！」

公主的反應有點奇怪，我於是打開駕駛台後方的艙門查看其中。

「竟然是精靈大人吶！敬請原諒剛才的無禮。本公主是諾羅克王國的第六公主，名叫米提雅．諾羅克。」

「我是波爾艾南之森最年輕的精靈，拉米薩伍亞和莉莉娜多雅的女兒，蜜薩娜莉雅．波爾艾南。」

公主在狹小的車內極為恭敬地自我介紹後，蜜雅也終於滿意地點頭並且反過來向對方報出名字。

說到這個，蜜雅好像對於不主動自我介紹的人一向都很冷淡吧。

「波爾艾南！蜜薩娜莉雅大人是出身於賢者托拉札尤亞大人的氏族嗎？」

「賢者？」

公主激動的反應，讓蜜雅露出不知所措的表情。

「您想必會逗留在賢者大人所建造的『蔦之館』吧？」

「姆？」

蜜雅面對公主的問題欲言又止。

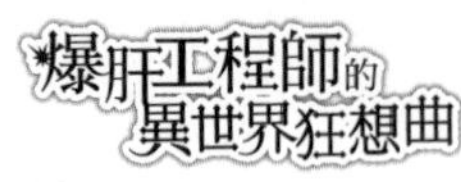

「逗留在哪裡全憑主人的意思，目前還不知道會不會去那個『蔦之館』。」

「說到這個，本公主聽說過『精靈以外的人無法抵達「蔦之館」的門前』吶。」

公主好像對迷宮都市相當了解的樣子。

我試著搜尋一下地圖後，並未在迷宮都市內發現名為「蔦之館」的建築物。

可能是基里爾先生他們離開迷宮都市後遭到了破壞，抑或是被隱藏起來了。我猜是後者。

「公主殿下您來過迷宮都市嗎？」

「不，這是頭一次來到王國外面吶。剛才的傳聞是曾在迷宮都市修行過的哥哥透露的吶。」

據公主所言，諾羅克王國的人們會定期前來交付驅魔物的素材「諾羅克荊」，然後順便在迷宮修行和打工之後再回去。

我所持有的書籍裡也有使用「諾羅克荊」製造驅魔物道具的製作法。

根據那本書的記載，以此方法製造出來的驅魔物道具相較於其他的製作法，其特徵為價格更低廉且效果更持久。

就在傾聽著這些對話的期間，我們抵達了迷宮都市的東門。

或許是剛才門前巨大的魔巨人突然動起來的緣故，如今聚集了許多看熱鬧的人，總覺得氣氛相當騷然。

朝人群瞥了一眼後，我們便辦理入市手續並通過城門。

「要往哪一邊前進呢？」

東門前的廣場左側是公所兼太守公館，右側有探索者公會，正前方的大道前進約一百公尺後則是有如城牆環繞的宮殿般的太守住所。

西南方可見到的城堡樣式建築物，地圖顯示為迷宮方面軍的駐地。

「聽說逗留期間可以請太守閣下在公館的別棟準備房間，但貿然造訪的話等於失了禮數。我們就先到太守公館打招呼並知會一聲吧。」

岩石女騎士這麼告知後，便將馬首轉向左側。

我們將馬車停在太守公館前的入口處，由我和女騎士兩人走進太守公館裡面。

我是陪伴對方也順便來遞交書信的。

也就是在砂糖航線漂流之際被我救起來的太守次男雷里先生的書信及我的問候信。

他領的貴族前來訪問時若不打聲招呼的話有失禮儀，但太守夫婦目前似乎不在迷宮都市裡，所以我便準備了問候信。

據雷里先生所言，能夠被委任為迷宮都市賽利維拉的太守，在王都的門閥貴族當中也只有具備最上級權勢的上級貴族而已。

另外，雷里先生的弟弟妹妹也住在迷宮都市，至於他的哥哥姊姊則是在王都。

「是諾羅克王國的米提雅公主……嗎？」

現身迎接的中年官吏一臉為難地向女騎士這麼確認。

目睹中年官吏的表情，女騎士不悅地告知：「是的。」

「請稍待。我們立刻就安排接待室。」

中年官吏指示部下前去準備接待室，然後逕自確認起看似行程表的文件。

「——上面沒有呢。去向索凱爾代理太守確認一下。」

「索凱爾大人尚未出勤……」

「又來了嗎！即使太守夫婦不在，他好歹也是代理太守啊——反正一定在妓院吧。就算在脖子上套繩子也要把他帶回來。」

「順風耳」技能捕捉到皺起眉頭的中年官吏小聲對部下這麼命令道。

看樣子，索凱爾先生這個人平常似乎不工作，所以並沒有做好迎接米提雅公主的準備。

過了好一會，女性職員前來報告接待室已經準備妥當。

「那麼，我們就先失陪了。」

既然將米提雅公主送達的使命已經完成，我們就在此分開好了。

「怎麼吶，要離開了嗎，佐藤先生？本公主還想跟亞里沙和蜜薩娜莉雅大人私下暢談一番吶。」

「公主殿下，不可以太強人所難哦。」

奶媽這麼責備了米提雅公主可愛的任性要求。

「米提雅殿下您應該也會逗留在迷宮都市吧？既然如此，隨時都有機會交談哦。等我們決定好落腳處之後再跟您聯絡。」

目送不情不願的米提雅公主等人前往接待室後，我走向有公務員的公館窗口。

中年官吏發現我的身影後從室內跑出了來。

「我們對公主殿下有任何不周到的地方嗎？」

「不不，我只是前來送信給太守閣下罷了。」

我澄清中年官吏的誤會，一邊從懷裡取出用帶有家徽用布包裹起來的書信。放在布裡面的，是我的問候信和太守次男雷里先生所寫的信總共兩封。

中年官吏用恭敬的動作從我手中接過書信，放在施加了雅致工藝的托盤上。

忽然間，中年官吏的眉毛跳動了一下。

「——道爾頓，休假時叫我過來就是為了這個小子嗎？」

後方傳來這個趾高氣昂的聲音讓我回頭望去。

只見那裡站著一名二十歲左右的青年，唯美系的美貌扭曲成不悅的表情，朝著這邊投來審視般的目光。

他就是代理太守索凱爾先生。

「初次見面。我是穆諾男爵的家臣，佐藤．潘德拉剛名譽士爵。」

「還以為是某小國的王族，原來只是個名譽士爵嗎——」

索凱爾先生這番蔑視我的發言才說到一半便皺起眉頭。

「——你說……潘德拉剛！」

之前的表情消失，轉變成深深的厭惡。

我和他應該是第一次見面，為何瞪我的眼神就像是殺父仇人一樣呢？

「就是討好勇者，貶低殿下的那個逆賊嗎！」

「您似乎似乎對我有所誤會呢。」

在和我有接觸的人物中，希嘉王國貴族會稱其為殿下的，就是曾在公都找過我麻煩的夏洛利克第三王子吧。

「都是你害的，殿下可是失去了護國的聖劍光之劍和希嘉八劍的地位啊！」

奇怪？倘若說是我所假扮的勇者無名害了他還可以理解，但佐藤這個身分應該和王子之間幾乎沒有什麼接觸才對。

況且聖劍光之劍如今雖然放在我的儲倉裡，但官方說法卻是我所交給國王的冒牌貨才是真的。

所謂「失去了」聖劍光之劍，我想大概是已經不在王子手中的意思吧。

聽說由於王子在公都的黃皮魔族事件中陷入老化，所以被送回王都以進行治療和靜養，但直接導致喪失了八劍的職務這一點我就不知情了。

「您說是我害的，究竟哪一件事呢？我只在公都的晚餐會上及特尼奧神殿裡和他交談過兩次，其餘並沒有什麼接觸。」

總覺得這兩次對方也只是對我酸言酸語幾句而已。

「還在狡辯嗎！你這個庶民——信？繼勇者之後，又想巴結太守夫人嗎！」

情緒激動的途中，索凱爾先生從中年官吏手裡的托盤中搶走書信，衝動地將其緊緊握住。

中年官吏和太守公館的人們都對他的無禮舉動皺起了眉頭。

我的信還不要緊，但對方卻是連太守公子雷里先生的書信都捏爛了。

「那封信是——」

我正想說那是太守公子雷里先生的來信之際，有第三者闖了進來。

「——不可焉。」

口操詭異措辭現身的，是一名身材肥胖表情柔和的老貴族。

或許因為綠色是他的主題色，不光衣服就連飾品和配件都統一成綠色系色調。更細心的是好像還塗了綠色的指甲油和口紅。

據AR顯示，他似乎是居住在迷宮都市賽利維拉的貴族，伯爵家的前任家主。

聽到對方的奇怪語尾，我為了保險起見於是確認其種族及狀態，發現對方是很普通的人族且未被附身。光憑語尾就懷疑對方「可能是魔族」的話好像太失禮了一點。

「波布提瑪顧問！」

中年官吏彷彿鬆了一口氣般叫出綠貴族的名字。

大概是跟綠貴族關係不好，索凱爾的表情變得尷尬起來。

「好好的一封信，不可這麼粗魯對待焉。」

他從索凱爾的手裡動作輕柔地抽出了書信。

「這個我會確實轉交給太守大人，請放心焉。」

「謝謝您。」

盈盈微笑的波布提瑪顧問總讓我覺得眼神中不帶笑意，但只要能將雷里先生的信送到他的父母手中就沒有任何怨言，於是我便乖乖道謝。

對。

「哼！浪費我的時間。」

被周遭當成空氣一般的索凱爾怒聳著肩膀逃向了接待室。

儘管擔心即將跟他面對面的米提雅公主，不過有岩石女騎士和奶媽在，應該不成問題才對。

我對驚動了波布提瑪顧問和太守公館的人們一事表示歉意，然後出言告辭。

話說回來，竟然會把像索凱爾這種個性急躁且情緒不穩定的人任命為代理太守……雖然對雷里先生不好意思，但他的父親同時也是擔任此地太守的亞西念侯爵似乎不是個很有能力的為政者。

實在讓我有點擔心接下來的迷宮都市生活呢。

◆

「對了，我們先到公會去進行冒險者的登記吧！」

我離開太守公館坐進馬車後，亞里沙便提出這樣的要求。

不是應該先找旅館才對嗎？

況且也不是冒險者，而是探索者。

「然後，然後！首先要登記為F級冒險者！這樣一來就會有討人厭的中堅冒險者上來找碴：『那可不是小女孩該做的工作哦？』我們再輕輕鬆鬆痛揍對方！」

我想應該沒有哪個魯莽的傢伙會主動找貴族的麻煩。

還有F級──

由於過去的勇者和轉生者的緣故，雖然英文字母本身似乎存在，但老實說屬於小眾文字，應該沒有人會使用。

「接著！等吸引了眾人的目光後，就進入迷宮創下新人所辦不到的輝煌戰果，讓櫃臺的大姊姊傻眼哦。」

讓她傻眼做什麼？

「最後，戰果當中發現了稀有的變異種或討伐部位，使得我們被公會長找去，破例一口氣提升至C級或B級哦～」

面對呼吸急促地注視著半空中這麼滔滔不絕的亞里沙，年少組報以了熱烈的掌聲。

「呵呵，主人，目的地就決定為探索者公會可以嗎？」

「嗯嗯，拜託妳了。」

我回答這麼開心詢問的露露後，馬車不久便駛入了位於太守公館前的探索者公會後方停車場。

在看似馬夫的公會職員引導下，我們將馬車停入空著的停車位。

或許是馬伕的女兒，一名小學生年紀的女孩子從旁幫忙的景象令人莞爾。

「我先過去了哦！」

「等一下～？」

「是喲！」

「狡猾。」

被腳跟尚未著地的亞里沙欺騙，波奇、小玉和蜜雅三人也踩著輕快的「躂躂」步伐衝向了正門。

我從莉薩和娜娜手中接過走龍的轠繩，讓她們先行一步去陪伴年少組。

打量四周，我發現其他的馬車還留有馭手。

「抱歉，我是來幫這些孩子登記的。可以請妳幫忙看一下馬車和走龍嗎？」

「是的，老爺大……大人！」

幫忙父親的女孩子空閒下來後，我便對她這麼說道。

大概是因為結巴而感到難為情，女孩子紅著臉低下頭。我輕輕拍撫對方的腦袋拜託道：

「麻煩妳了。」然後事先給予小費。

「我們走吧，露露。」

「是的，主人。」

帶著女僕裝打扮的露露，我走向了探索者公會的正門。

不同於初夏般的室外氣溫，探索者公會裡相當涼爽舒適。地板用大理石砌成，氣氛就像是某大企業的大廳一樣。

進入後的右手邊有會議區一般的場所，看似公會職員的人正在和彷彿是富商身分的人物洽談生意中。

樓層內部有類似銀行的櫃臺，八個窗口當中僅兩個窗口有接待的職員。接待員是二十歲左右職業婦女類型的女性以及年約三十歲的帥哥兩人。

搶先入內的亞里沙等人正在女性職員的窗口聊得相當起勁。

似乎沒有其他客人，男性職員也面帶微笑地望著亞里沙她們那邊。

「快點，快點！」

「主人～？」

「這邊喲！」

「這裡。」

我在吵鬧的小女孩們呼喚之下走向櫃臺。職員大姊姊面露苦笑：

「初次見面，士爵大人。我是本日負責您業務的人員，名叫肯娜。關於本日的登記，請問您要進行普通登記嗎？或是特別登記？」

公都那些關係不錯的探索者們和精靈老師們都不曾提過這樣的訊息。

另外，我的士爵身分應該是從亞里沙她們口中得知的。

「這兩種登記有什麼不同嗎？」

「特別登記是一開始就可以領取黃金證以作為探索者身分證。當然，不同於普通登記，這是需要付費的，但同時也是一種魔法道具，會定期發送定位信號。只要進入迷宮時先登記預計回歸時間，營救部隊在過了猶豫期之後就會循著信號趕往那裡。」

定位服務之類的我可敬謝不敏呢。

況且，從定期信號的每日發送間隔僅有寥寥數次來看，與其說是營救感覺更像為了要回收遺物。

「我們並不打算那麼深入，麻煩請進行普通登記。」

「是的，知道了。那麼，請告知各位的名字。」

對方不知為何沒有要求出示身分證，我為了保險起見於是再次確認。

「不需要身分證嗎？」

「是的，最初的登記只要有名字即可。探索者當中，也有少數人是用假名或別名來登記的哦。」

嗯，管理好像挺寬鬆的。既然是要讓大家進入類似國有礦山的資源生產場所，不用進行管理這一點實在讓我有些在意。

「那麼，就是登記以上的八名可以嗎？」

就在我準備點頭同意職員的確認之際，忽然跑出了闖入者。

「等一下！本公主也要一起登記吶。」

出現的是剛才在太守公館分開的米提雅公主。

「拉普娜小姐她們不是和您在一起嗎？」

「嗯，她正在跟沒禮貌的貴族吵架，本公主就乘機過來登記探索者吶。」

原本還在擔心岩石騎士拉普娜和索凱爾之間處不來，沒想到她卻只顧著吵架而不管公主，真是令人傷腦筋。

「不過，擅自登記的話不會挨罵嗎？」

「別看本公主這樣，明年就已經是成年人了吶。況且父王也答應過只是登記就無妨，所以沒有問題吶。」

既然有家長的許可就沒關係了吧。

「那麼，麻煩也一併登記米提雅公主。」

我在職員耳邊悄悄吩咐道：「幫殿下申請黃金證。」一邊將裝有金幣的小袋子放在桌上作為費用。

再怎麼說，總不能讓公主殿下拿著木證吧。

況且換成黃金證，就算米提雅公主像這次一樣撇開岩石騎士她們獨自進入迷宮的話也有辦法追蹤得到呢。

「知道了。」

職員逐一確認公主的全名、年齡和預計逗留場所並登記下來。

和只需要名字即可的木證大不相同。

「黃金證的發行需要一些時間，日後會幫您送到太守大人的別館。」

「嗯，麻煩妳了。」

米提雅公主開心地點頭。

「殿下！」

挾帶彷彿要破門而入的氣勢，岩石騎士出現了。

「不愧是拉普娜，動作真快啊——」

看樣子，她是發現公主突然不見而前來尋找的。

「——要是再晚一點過來就好了吶。」

公主小聲抱怨道。

「請回去吧，殿下。」

「真沒辦法——下次見了吶，亞里沙、蜜薩娜莉雅大人。還有佐藤先生也是，感謝你剛才的協助吶。」

對方已經感謝過我將她們送達迷宮都市一事，所以這一次應該是針對我支付了黃金證費用的感恩之言吧。

我們將公主等人送到出口，再返回職員那裡。

「抱歉讓妳久等了。」

「不，沒有關係哦。」

我向職員道歉，重新回到手續上。

「那麼，這個就是木證。」

職員將附有繩子的木牌交給我們。

木牌上烙印有今天的日期及三位數的流水編號。

「這種木證是探索者的臨時身分證。木證為見習探索者用，進入迷宮後每個人帶回五顆以上的魔核，便可授予正探索者之證。」

對方表示身分證有木證、青銅證、赤鐵證、祕銀證和黃金證這五種。

赤鐵證是發放給每個月固定回收一定數量魔核的中堅以上探索者，祕銀證則好像是給打倒「樓層之主」的一流探索者。

至於黃金證就如同剛才的說明，是貴族或不吝嗇花大錢的富豪專用。

「木證在下下個月之前若未收取任何一顆魔核就會失效，還請留意。」

原來如此，似乎還會篩選掉那些貪圖身分證而來的人。

「對了，既然拿到了這個，就代表可以進迷宮了嗎？」

「是的，可以哦。」

女性職員盈盈笑著點頭。

「不過，必須先整頓好裝備哦？」

「是～！」

「系～？」

「是喲！」

「嗯。」

公會內響起年少組開心的聲音。

看這種氣氛，要把前往迷宮的行程挪到明天似乎是不可能了。

既然機會難得，我決定等找到旅館並寄放好馬車和走龍們之後，就稍微去查看一下迷宮好了。

「房間比想像中還要好呢。」

我們在探索者公會所介紹的「光榮之劍」亭高級旅館預約了六天五夜的房間。這裡對馬車的管理及馬匹的照料似乎很受好評，羔羊料理也是自豪的菜式。

旅館的房間是每晚兩枚金幣的高檔價格，但考慮到這是八人份的費用後或許就沒有那麼昂貴了。

之所以區分成僅有人族的住宿棟和亞人混居的住宿棟大概也是為了避免出現糾紛吧。

「那麼，換好裝備之後就叫我一聲。我會在大廳前的茶室裡喝茶等著哦。」

這麼告知後，我便丟下已經脫了衣服準備換裝的同伴們逕自離開房間。

看來最好再多教導一下她們什麼叫羞恥心吧。

從走廊的窗戶可以看見馬廄，於是我便過去瞧瞧。

不愧是有探索者公會背書，馬匹和走龍們看起來都相當滿意的樣子。

我的浮遊馬車在停車時就已經更換成外表相近的普通馬車，所以不用擔心祕密曝光。多虧有「贗品」技能的輔助，就連污損的地方也完美偽裝了。

「少爺，不好意思。那邊的馬車要等專門的業者過來後才會清洗……」

「不，我只是過來看看馬兒罷了。」

我這麼回答惶恐的馬廄長之後便離開馬廄，在茶室裡用茶。

高級旅館果真名副其實，茶葉很棒。

「——主人，讓您久等了。」

換裝完畢後的莉薩前來呼喚，我於是返回房間。

其武裝一樣還是魔槍多瑪，但除此以外的裝備都是新準備的迷宮專用品。

「新鎧甲穿起來很好看哦。」

「您……您過獎了。」

我乘機誇獎一番後，莉薩紅著臉顯得很難為情。

乍看是在白色皮甲上追加了使用甲蟲系甲殼的胸甲和護肩，但這種輕戰士風格的裝備其實卻擁有遠遠超越希嘉王國重裝騎士的防禦力。

皮甲部分的表面仍舊是以「鎧蠑螈」的薄皮進行偽裝，其下方卻藏有大怪魚托布克澤拉無比強韌的皮。

為了能承受至聖劍等級的攻擊，我更是在中層夾入了奧利哈鋼材質的布塊。

儘管可能有些保護過頭，但這主要是不讓同伴們受傷所做的最大限度考量。

另外，甲殼純粹只是裝飾，所以挨了一發大砲後應該就會裂開了。

至於甲殼的表面，我在練習鏤金技能的同時順便刻上了不會太過華麗的圖案。

「主人，眾人要逐一出場，期待稱讚——這麼告知道。」

看樣子，似乎是採用了時裝秀的形式。

第一順位好像是莉薩，接著就是娜娜了。

「我將以真鋼合金的大盾保護同伴——這麼發誓道。」

娜娜擺出守護騎士般的姿勢說出了語氣平板的台詞。

總覺得好像是社群遊戲的角色加入場景一樣。

娜娜的裝備和莉薩幾乎相同，不過布塊卻換成了奧利哈鋼材質的厚重鎖子甲。

甲殼也並非裝飾，而是在內側以真鋼合金材質的板金進行了補強。

大盾同樣為真鋼合金材質，但在外側貼上了戰螳螂的甲殼予以偽裝。

跟莉薩一樣，武器魔劍還是以前的老樣子。

劍鞘為了配合鎧甲和盾牌一起都是新準備的。

另外，不仔細看的話很難發現，娜娜的全套裝備上面所附加的裝飾圖案，是大批小雞在加油打氣的模樣。

「嗯，看起來非常靠得住呢。」

「感謝主人的稱讚——這麼告知道。」

雖然看不太出來，但她好像在害羞的樣子。

「鏘鏘～？」

「鏘鏘鏘鏘——喲！」

第三和第四順位的小玉和波奇走進房間後，做出了「咻比」和「咻答」的姿勢靜止不動。

想必是在等待我的稱讚吧。

「妳們兩人，不但可愛又非常帥氣哦。」

「嘿嘿～？」

「波奇會努力喲！」

小玉扭動身體害羞道，波奇則是擺出空氣拳擊的架勢強調自己的幹勁。

兩人的裝備都很相近，只有細部地方有若干不同。

波奇裝備了將娜娜的大盾縮小後的盾牌，盾牌和胸口處都印有可愛的肉球圖案。

小玉是多追加了一把同型魔劍的二刀流形式，並附有滾邊狀的魔法裝置以取代裝飾的甲殼。

這種魔法裝飾能產生出強化表面滑性的稀薄魔力防禦壁。

遺憾的是這並非我親手製作，而是沿用自我在砂糖航線旅途中打撈到的沉船上所獲得的裝置。這原本好像是用來減低船身與海水的摩擦以提高速度的裝置。

「稱讚。」

緊接著是蜜雅現身，整個人原地轉了一圈向我展示。

儘管是迷你裙但卻在內側加入了短褲，所以應該不至於會讓內褲曝光——才對。剛才看到的那些條紋，想必一定是短褲沒錯。

「蜜雅就像公主一樣可愛哦。」

面對率直的要求，我回以毫不掩飾的稱讚之語。

蜜雅的新裝備換成了就像魔法少女作品中出現的那種滿是滾邊的服裝並搭配甲蟲系胸甲，應該稱之為禮服式鎧甲的裝備。

禮服式鎧甲的素材和我的長袍一樣都在外側使用了尤里哈纖維的布料進行偽裝，內側則使用大怪魚的銀皮纖維。

據說這種銀皮纖維曾經有過連上級光魔法或聖劍也能反彈的軼事。

儘管後衛在遊戲中向來都是裝備紙糊般的裝甲，然而蜜雅的防禦力比起擔任前鋒的獸娘們卻也毫不遜色。

關於武裝，是以山樹樹枝削制而成的可愛纖細長杖當作偽裝裝備。

在迷宮內一般會裝備不需要詠唱的火杖或雷杖，當需要使用水魔法或精靈魔法時就預計

改用世界樹樹枝製作的長杖。

至於帶有翡翠色光輝的世界樹晶枝所製成的法杖，因為駕馭困難而對使用者的要求很高，所以至今還未交給蜜雅和亞里沙她們。

繼蜜雅之後，露露也進來了。

「主人，我穿這麼可愛的衣服真的沒關係嗎？」

以女僕裝為藍本的鎧甲就像是女僕戰士作品的真人扮裝一樣，但卻將露露本身的魅力發揮到了極致。

「——當初幸好做出來了。」

「咦，那個……主人，這麼盯著看我會不好意思的。」

我感嘆地喃喃自語，一邊欣賞著露露這件美術品，結果遭到了她本人的制止。

「穿起來非常好看哦。」

我從來就沒有像今天這樣子痛恨自己匱乏的詞彙。

倘若我是個詩人的話，應該就能更巧妙地稱讚露露奇蹟般的女僕裝扮了……

「謝謝您。就算是客套話我也很高興。」

聽露露這麼表示後，我搶先訂正道：「這是真心話哦。」

那麼，關於露露的裝備，使用的材質就跟蜜雅一樣。

只不過，由於我希望在精靈之村學會防身術的露露身兼後衛成員的守護者，所以就增加銀皮纖維的密度來提升了防禦力。

而且更在服裝裡縫入了「身體強化」的魔法陣及符文。

之所以沒有在其他孩子們的裝備上實施，是因為有些人已經會自行施展，或者會妨礙她們取得技能，甚至是變成魔力浪費的元凶。

武器方面，在砂糖航線曾經讓露露配備的「小型魔砲改造版狙擊用魔法槍」已經禁止使用了。畢竟在封閉空間裡使用的話威力太大，運用時也必須消耗蒼幣。

我準備了步槍型的雷杖槍作為她的新裝備。

這是和我特別定製的雷杖同樣架構的槍枝，能夠調整雷擊的集束度。

「鏘鏘——！最後登場的是壓軸的亞里沙哦！可愛的模樣讓全銀河都著迷了～」

至於亞里沙的裝備則和蜜雅的顏色不同。

「嗯，迷住了迷住了。」

我隨口敷衍一句，一邊將同款式的斗篷發放給大家。

以藍色為底的斗篷在背後及左胸處都以祕銀線繡上了潘德拉剛家的家徽。

這種斗篷就跟後衛的服裝是相同素材，還在內側繡了具有防寒和防臭防污效果的魔法陣及符文。

外觀為了便於識別而統一為相同顏色，但內側就按照各人喜好進行了變更。

「等一下——怎麼只有亞里沙是隨便帶過——！我要發脾氣了哦！」

亞里沙鼓起臉頰抗議道。

「抱歉抱歉，亞里沙的新裝備也很出色哦。星期天的晨間節目說不定還會邀請妳上電視呢。」

「嘿嘿～是這樣嗎～雖然一點也不誇張啦。」

由於覺得對方有點可憐所以誇獎了一下，沒想到她就像撒謊的皮諾丘那樣得意洋洋地翹起鼻子，整個人開心地向後仰倒。

「很危險哦～？」

「亞里沙，趕快穿上斗篷喲。」

「嗯，去迷宮。」

年少組這麼叮嚀亞里沙。

「哦，差點就忘記了。」

亞里沙伴隨著沙沙聲穿上了斗篷。

「主人，劍未經裝備就無法使用——這麼忠告道。」

娜娜冒出了彷彿遊戲中的武器店台詞，同時將妖精劍交給了我。

由於重量不輕而且會讓衣服歪掉，所以我平常都不佩帶在身上，不過難得出道成為探索者，我於是就裝備上娜娜遞來的妖精劍。

「嗯，威風凜凜！」

抱起雙臂的亞里沙高高在上地點頭。

小玉和波奇也站在左右兩旁，模仿亞里沙的動作不斷點著頭。

「好，要往迷宮出發了哦！」

猛然轉身面向入口的亞里沙朝天空舉起拳頭這麼宣布。

「系系～？」

「Let's go——喲。」

「嗯，出發。」

以年少組為前導，我們離開了旅館。

通往迷宮的西門，我們是搭乘旅館幫忙叫來的包租馬車前往的。

迷宮都市的道路錯綜複雜，營造出一種迷宮般的面貌。

這種設計恐怕是為了在魔物自迷宮擁出時發揮阻塞防禦的作用吧。

從地圖來看，除了連接南北門的大道之外都是這樣的格局。

話雖如此，似乎只有我一個人對都市的這種結構感興趣，其他孩子們的心思好像都飛到還未見過的迷宮裡。

「呵呵～這可是第一次進入真正的迷宮哦。果然跟守寶妖精的試煉場不同吧？」

亞里沙所說的「守寶妖精的試煉場」是一種仿造迷宮的設施，據說是喜歡探險的守寶妖精拿來訓練之用。

在我忙著處理水母而無暇顧及她們的期間，精靈老師們好像曾經帶著大家去那裡訓練過。

而那座訓練場據說就是製作「搖籃」的托拉札尤亞先生設計的。

「完全不同～？」

「不是那種玩耍的地方喲！是令人熱血沸騰的真正戰場喲！」

情緒亢奮的小玉和波奇從座位上站起來，自豪地挺起胸膛這麼主張道。

平常很難見到兩人的這副模樣，看起來也非常可愛。

「妳們兩個，那麼興奮的話會在迷宮裡受傷的哦。必須提高警覺。」

「系系～」

「是喲。」

見到小玉和波奇向亞里沙擺出前輩的架勢，莉薩出言告誡她們。

或許是緊張，蜜雅和露露都很少講話。娜娜就跟平時一樣所以應該沒問題。

聽著這樣愉快的對話，馬車不知不覺中抵達了迷宮前廣場。

這是一座可容納一千人以上排隊的廣場，其內部聳立著石灰岩的建築物。

「——那個就是西公會。迷宮都市賽利維拉當中最熱鬧的場所哦。」

大家彷彿鄉巴佬般眺望那棟建築物之際，一旁路過的中年探索者這麼告知。

也難怪他會一副自豪的模樣。畢竟建築物就像小國的宮殿一樣氣派。

我們在欣賞探索者西公會的建築物同時，也看到前方來來往往的人們。

「哇啊！大家的鎧甲都很豪華呢～」

「非常華麗～」

「好像鳥先生喲。」

「歌舞伎演員？」

儘管蜜雅的感想有些奇怪，不過我也十分贊成同伴們的感想。

許多鎧甲使用了魔物的部位倒是無妨，但那些看起來多此一舉的突起和羽毛之類的裝飾究竟有什麼意義呢？難道是用來威嚇的嗎？

「有很多奇異的裝備呢。」

「是臨時裝備——這麼推測道。」

莉薩和娜娜會傾頭不解也是理所當然的。

迷宮都市的探索者們裝備都相當獨特。愈是年輕就愈多人使用莫名其妙的裝備。

有人在衣服上縫了木片和某種骨頭作為防具，還有人拿著用石斧及尖骨當作槍尖的長槍來充當武器。大概是因為缺乏資金而未能湊齊裝備吧。

感覺普塔鎮的魔獵人在裝備上還比他們齊全。

由於在公都的比賽中出場的探索者們外觀都很普通，所以好像是高階探索者會比較有時間、地點及場合的觀念。

「人族以外的探索者也很多呢。」

「大多好像是獸人系和鱗族系。」

我點頭同意莉薩的發言。

不同於其他的都市，這裡有許多人都在誇耀著自己的種族。

戴著兜帽的人好像是妖精族、魔法師或是貴族相關人士。

受傷的人似乎也很多，不少人的臉上和身體都纏著被血跡和泥巴弄髒的繃帶。

「主人，有很多人都受傷了呢。」

見到包繃帶和拄著枴杖的人，露露憂心地輕聲說道。

「是啊。神官和魔法師的數量畢竟有限，一直用魔法藥的話成本又太高。」

我們有自製的魔法藥可以盡情使用，更有蜜雅和我的回復魔法所以沒有問題。

根據AR顯示儘管有許多人受傷，其中卻也夾雜著「魔人藥：中毒」之類的糟糕藥品成癮狀態者。

「魔人藥」這個名稱我有印象。

波爾艾南之森的精靈們曾經說過，這是邪門歪道會使用的禁藥。波爾艾南的禁書庫裡雖然有製作法，但由於精靈們的警告所以我並沒有閱讀。

真是的，危險藥物實在不適合出現在奇幻世界裡。

「好，往迷宮門前進吧！」

「嗯，禁止閒逛。」

本來很想去觀摩一下探索者西公會但裡面出奇擁擠，所以我們便在年少組的催促之下走向通往迷宮的西門。

這裡和西門之間的道路沿途有高約一公尺的矮牆，另一邊是約有學校操場大小的研缽狀階梯。令人不禁聯想到戶外演唱會場。

西門就位於研缽狀階梯的最底端。

從這裡過去的話必須越過兩公尺左右的落差，所以我們選擇前往露天攤販區旁的狹窄階梯。

這裡似乎是前往迷宮的必經之路，小販們紛紛靠了上來。

「貴族大人，您有足夠的攜帶糧食和水嗎？一餐一枚銅幣哦，您意下如何？」

「貴族大人！需要提燈和哥布林油嗎？很便宜哦！」

「笨蛋——貴族大人哪會用那種臭油。貴族大人，我賣的可是普通的獸油哦！」

「這位貴族少爺，升級前要不要摸摸『寶物庫』沾點運氣呢？每人收一枚銀幣，順利的話少爺您和姑娘們說不定能獲得『寶物庫』技能哦？」

實在很熱鬧。

有些東西讓我很感興趣，但要是理睬其中一人的話其他人似乎會一擁而上，所以就當作沒看見直接通過了。

「喲，這位新人探索者的貴族大人。要不要迷宮的地圖啊？」

這次是說話有些不成敬語的男人一手拿著地圖靠過來。

我自己有地圖所以不需要其他的地圖，正打算從對方身旁走過去。

「請等等啊！我的地圖品質跟普通地圖不一樣啊！這可是根據赤鐵探索者提供的情報繪製而成的啊！」

聽到赤鐵二字，讓我不禁停下了腳步。

記得赤鐵應該是跟資深探索者劃上等號才對。

我停下來轉頭望向男人：

「多少錢？」

「每一區是三枚銀幣哦。」

根據市場行情技能，地圖的行情為一到三枚大銅幣。

哄抬價格也該有個限度。

「三枚大銅幣的話我就買。」

「喂喂，這也砍太多了吧？」

「再貴的話我就不要了哦。」

「等等，這次破例算你三枚大銅幣就好！」

我準備要離去之際，男人立刻就接受了殺價的要求。

「我賣的可是迷宮都市當中最正確的地圖。要是這些地圖派上用場，下次一定要再來光顧啊。」

我用貨幣交換了地圖。地圖邊緣用醜陋的字跡標註著第一區。地圖上滿是線條和奇怪的記號，看不出來要如何解讀。

似乎是為了在平面的紙張上繪製立體地圖而嘗試著各種錯誤。

「要怎麼看？」

「解讀方法是一枚大銅幣——」

「那已經包含在剛才的費用裡了。」

我打斷了矮小男人試圖多敲詐一些零錢的發言，強行要求對方提供服務。

「這個記號是什麼？」

「這是標識碑。」

整理一下矮小男人不得要領的說明後，所謂的標識碑就是以前的探索者們設置在迷宮已探索的區域裡，以一定間隔進行配置的東西。

這種標識碑好像刻有「區域編號」、「與入口的距離」、「流水編號」三種情報。

另外，還具備一項更重要的機能。

魔物一旦靠近會發出紅光，人類靠近後則是散發藍光。在昏暗的迷宮裡，這似乎扮演著防止探索者之間相互攻擊的作用。

「不過，少爺。可不能因為標識碑發出藍光就掉以輕心了啊？」

「為什麼？」

「迷宮裡不光是只有探索者和搬運人——更有『迷賊』這種專門會盯上探索者的盜賊啊。」

在波爾艾南之森，記得好像有一位精靈老師提過這樣的事情。

「就算是那些傢伙靠近，標識碑一樣會散發藍光的。」

——原來如此，乘著被對方認定為人類而疏忽之際猛然下手嗎。

「要是被那些人襲擊的話，該怎麼應付才好？」

「這就很傷腦筋了啊——」

倘若是對方主動攻擊，要殺死對方或者抓起來當作犯罪奴隸賣掉都無所謂，但要是對方表現出友好的態度似乎就很難跟普通的探索者區別了。

因此，遭遇其他探索者時只要對方不是熟人，好像就必須彼此保持距離而且不能放鬆警戒。

「很不錯的情報。謝謝你。」

我這麼道謝後，男人便一臉滿足地揮揮手開始尋找下一個客人。

在男人發現新客人並移動之後，這次換成身穿短襬衣服的孩子們聚集過來。真是個忙碌的場所。

這些孩子究竟是乞丐還是流浪兒童呢？

我這麼心想後查詢詳細情報，發現他們的職業欄為「搬運工」。

不知為何，有很多都是小女孩。

「貴族大人，請雇用我。」

「雇用一天只要兩枚劣幣就好哦。」

「我一天一枚劣幣就可以了！」

「等等，不要插隊啊。」

「給我飯吃的話就不用付錢了。我什麼都願意做！」

小女孩們在我的身邊纏著不放。

這幅光景要是被勇者隼人知道，他大概會大叫：「ＮＯ觸摸，佐藤！」吧。對於試圖抓住我衣服的小女孩，莉薩輕柔地將她推了出去。

「走開。」

說畢，莉薩瞪了對方一眼，但小女孩們儘管拉開些許距離卻仍未停止推銷。

嚴詞驅趕的話也過於可憐，不過每個孩子都是一或二級的低等級，要將他們帶去迷宮又太危險了。

這些小女孩當中傳出了「咕嚕嚕」的可愛空腹聲。

或許是同情這些飢餓的小女孩，小玉和波奇欲言又止地抬頭望向我。

就這麼置之不理也太可憐了。

我張望四周之際，有個賣饅頭的女孩快步走了過來。實在很有賺錢的眼光。

「要來點迷宮饅頭嗎？一粒一枚劣幣就能填飽肚子哦。」

這似乎是迷宮都市的經典食物，以薯粉製作的外皮包裹豆餡或薯餡而成。
與其說是蒸饅頭，這種料理好像更接近「日式煎餅」。
由於體積頗大，小孩子吃了應該會很飽吧。
「哇啊，是迷宮饅頭。」
「好久沒吃到東西了。」
「嗯，是大餐呢。」
「我會努力工作的，貴族大人。」
收下迷宮饅頭的小女孩們開始大口地拚命吃著。
被他們的吃相引起了興趣，我在發放給小女孩們的同時，也買了我們一行人的份來嚐嚐看。
——好難吃。
這種味道，簡直可以跟我在聖留市吃到的加波瓜料理一決勝負了。
把這種超難吃的饅頭當成大餐，真令人不禁擔心這些孩子們平時的飲食生活。
「麻麻的喲。」
波奇伸出舌頭面露微妙的表情。
看樣子，包在裡面的薯餡和豆餡當中的紅黑色纖維，一旦吃下肚就會陷入輕微的麻痺狀

態。

不愧是迷宮都市，就連在街上吃東西時也必須留意陷阱……

「佐藤，變漂亮。」

蜜雅突然冒出了謎樣發言。這對她來說算是長句子了。

「漂亮？」

「精靈光。」

看來是叫我釋放出平時一直壓抑著的精靈光。

我為了保險起見搜尋地圖，確認市內有無持有精靈視技能的人。

畢竟我的精靈光相當醒目特殊，必須要小心一點才行呢。

我在釋放精靈光的前一刻察覺到蜜雅的意圖，於是便試著開啟了瘴氣視。

——噁！

露天攤販區的許多食品上都附著有發霉一般的黑色霧狀瘴氣。

似乎是因為瘴氣不怎麼濃郁，蜜雅才會讓我釋放具有驅除瘴氣之力的精靈光。

儘管蜜雅沒有瘴氣視，但瘴氣太濃的地方會使得精靈不敢靠近，連帶導致她察覺到了異變吧。

「漂亮。」

我釋放精靈光之後，蜜雅便露出陶醉的表情注視著我的精靈光。

僅僅釋放了一分鐘左右，露天攤販區一帶的瘴氣就淡化了。

我手邊的迷宮饅頭則是連一丁點的瘴氣也未留下。

「發生什麼事了？」

我將瘴氣的事情告訴了一臉納悶的亞里沙。

這裡販賣的食物，恐怕都是未經淨化處理過的魔物肉吧。

難怪慢性瘴氣中毒的人會多達兩成。

「不過，這個還是一樣難吃呢。」

正如亞里沙的牢騷，迷宮饅頭在去除瘴氣後依然超級難吃。

既然吃不下又不能丟掉，正煩惱著怎麼處理之際，只見有其他孩子盯著我手中的迷宮饅頭，於是就送給對方解決掉了。真是天無絕人之路呢。

「好，差不多該進迷宮了吧。」

我們將小女孩們留在原地後前往西門。

不知為何，小女孩們都想跟過來，但我表明無法帶大家去之後便丟下了他們。

「小女孩們望著這邊，流露出很想成為同伴的眼神。」

「吵死了。」

亞里沙模仿著某遊戲當中的系統訊息，不過被我當作了耳邊風。

讓我們通過的西門即將關閉之際，另一端可以見到小女孩們依依不捨的表情，但我仍狠下心來沒有回頭。

死亡行軍

「我是佐藤。在多人參加型的網路遊戲中，將魔物吸引成團，拉怪逃跑的行為叫『拉火車』。由於會造成許多困擾，所以拉火車的人往往被其他的玩家們討厭。」

「哦哦！真有迷宮入口的感覺呢。」

「嗯。」

穿過西門後是往下的階梯，下降大約五公尺左右變成了高度和寬度可供四噸卡車行駛的半地下通道。

或許是回想起聖留市的迷宮，小玉和波奇默默鎮守在我的左右。

兩人用謹慎的目光投向四周，平時的悠哉模樣已經蕩然無存。

彷彿被影響了一般，其他孩子們也漸漸沒了輕鬆的氣氛。

太過緊張的話會造成問題，不過這種程度應該不要緊吧。

天花板附近有格子狀的採光窗。亮度雖然還不到沒有火把就無法行走的地步，但要看書的話會很吃力。

採光窗的另一側，不時可以看到疑似巡邏中的士兵腿部。

根據地圖顯示，這裡名叫「死亡通道」，而迷宮好像在更前面一些的地方。

這條通道每隔三十公尺就會拐彎，所以無法看到迷宮的入口。相當於通道轉折的地方有側滑式的鐵格子，遇到緊急狀況時可以進行封閉。

包括士兵的巡邏路線在內，看來已經備妥了各種魔物跑出迷宮時的應對措施。

——哦？

雷達捕捉到前方有四名探索者走來。

等級是七到九的較低等級——不，若說普通的騎士為十級左右，他們或許就算是中堅探索者了吧。

其中的一人似乎受了重傷的樣子。

「有人來了～？」

「是血的味道喲。」

小玉和波奇很快就發現了從拐彎後的通道對面走來的探索者們。

不久，通道的對面出現了探索者的身影。

「娜娜，保護好亞里沙和露露。」

「了解。」

莉薩見狀後向娜娜下達了指示。

蜜雅不要緊嗎？我這麼心想，卻見莉薩已經移動到蜜雅的前方。

「我是『赤冰』的傑傑！我們有人受傷了！要打架的話以後再說吧。」

前頭的青年這麼叫道並大動作揮手。他口中的「赤冰」應該是他的隊伍名吧。

從這裡無法看見傷者的臉，但對方的鎧甲大幅裂開，綁在傷口處的襯衫已經沾滿鮮血正在滴落。

「噁！好嚴重的傷……」

「主人。」

亞里沙和露露見到傷者後感到恐懼。

她們應該看過好幾次盜賊或海盜受傷的模樣，大概是昏暗的場所和氣氛的影響，使得她們將傷者和自己聯想在一起了吧。

「佐藤？」

蜜雅用眼神詢問我是否能使用治療魔法，我於是伸手制止。

「我是新人探索者，名叫佐藤。不嫌棄的話請使用這些藥吧。」

說畢，我從萬納背包裡取出兩瓶灌水魔法藥遞給對方。

以他們的等級來說，這些應該足夠恢復了。

「抱歉，我們手頭沒錢。等賣掉魔核的隊長趕過來之後就會付款的。能不能厚著臉皮先跟你拿藥呢？」

「好的，請用。」

我本來就打算免費贈送，所以二話不說便同意，將魔法藥的小瓶子交給傑傑。

「嗯？這難道是魔法藥嗎？」

「是的，沒錯。先別說這個，趕快讓他喝下吧。」

「嗯嗯，感激不盡。」

一瓶就恢復了將近六成。由於包著布所以看不到，但傷口想必癒合了。

「……啊啊，身體舒坦多了。謝謝你，少年。」

被傑傑攙扶著喝下魔法藥的探索者用沙啞的聲音道謝。

對方打算就這樣站起來卻又因為貧血而再度跌回傑傑的手裡。下級的魔法藥無法一併回復流失的血液，必須靜養一陣子才行。

「那麼，先告辭了。」

「等……等一下。我們還沒支付費用。」

「那是別人送我的，不用介意請儘管收下。要是有緣，我們以後再見吧。」

一直旁觀下去也無濟於事，我這麼告知後便當著他們的面辭行。

後方傳來了「一之四區有『離群』的兵螳螂在徘徊，千萬不要靠近」的忠告，我於是舉起手表達感謝之意。

大概是看到傷者後感到不安，露露和蜜雅的臉色很差。

亞里沙也顯得情緒低落，但似乎不如這兩人嚴重。

「妳們兩人，今天要先到此為止嗎？」

「我……我不要緊。」

「沒事。」

見到強作堅強的兩人，我便牽著她們的手走了起來。

要是繼續這樣下去沒有改善的話，乾脆就折返回迷宮的入口好了。

——不過這樣的顧慮似乎是杞人憂天，或許是牽著手走在一起覺得很開心，她們很快就換上了自然的笑容。

「抵達～？」

「很恐怖的門喲。」

「那就是通往迷宮的門嗎？」

「大概吧。」

通道盡頭是個相當大的房間，正前方有一道高約五公尺的大門。

門是以漆黑的神祕金屬製成，表面浮雕著鮮紅色的鬼臉。

門的前方有幾層寬大的階梯，附近設置了石製櫃臺。

櫃臺的後方站著幾名探索者公會的職員，以及包括魔法師在內的高等級護衛四人左右。

在那裡，探索者打扮的青年和公會的女性職員正為了魔核的收購金額爭論中。

「是剛才那些人的隊長嗎？」

「好像是呢。」

我這麼回答亞里沙一邊張望四周，映入眼簾的是跟櫃臺相對的另一側，廣場角落處坐著各類種族的小孩子。

整體來看服裝相當粗陋，所有人都未裝備武器或防具。

根據ＡＲ顯示的詳細情報，這些孩子似乎是等級三以下的搬運工。

不同於外面遇到的那些會親近人的孩子，他們沒有任何人靠過來。

「小孩～？」

「有很多小孩子喲。」

「姆？」

波奇、小玉和蜜雅都看似不解地傾著頭。

她們並非事先商量好卻做出整齊劃一的相同動作，讓人看了不禁莞爾。亞里沙則是露出一副「居然沒趕上」的悔恨表情。

那麼，說到那些孩子，明明沒發出任何聲音卻將目光直直釘在我身上。

「他們在做什麼呢？」

「眼神好可怕。」

亞里沙感到納悶，露露卻覺得有點詭異。這點我深有同感。

由於都是小孩子，實在很擔心娜娜會不會綁架他們——

「不夠幼小——這麼否定道。」

——結果就是這麼回事了。

「主人，這邊這邊！」

亞里沙站在櫃臺旁的公布欄前方招手。

公布欄上貼了好幾張傳單。

「這是魔物素材的委託單嗎？」

並非來自公會的委託，大部分的委託人好像是工匠或攤車的老闆。也有少數貴族和商人的委託。

廣告單的下半部分為空白，上面寫有日期、名字或記號之類的東西。

「是的——」

針對我的自言自語做出回應的人不是亞里沙，而是坐在公布欄旁邊一名打扮整齊的少年。

根據ＡＲ顯示，對方是迷宮都市內商人的小孩。

「——貴族少爺您應該不需要代讀或代筆，不過我可以幫忙介紹划算的委託。」

大概是來賺零用錢的吧。在識字率不高的這個國家，好像存在不少代讀或代筆的需求。

我將零錢交給少年，請教對方有什麼划算的委託。

「迷宮蛙的肉或甲蟲系的魔物的外殼一直都有募集委託，非常推薦。」

在我身旁，莉薩點著頭一邊喃喃道：「那個很美味。」或許是回想起了在聖留市的迷宮內所舉行的烤肉派對吧。

我瞥了一眼，只見莉薩身邊的小玉和波奇也一臉正經地不斷點著頭。

想必是正在模仿莉薩的動作。

「這邊的蟻蜜和迷宮菇不是比較划算嗎？」

「蟻蜜必須入侵危險的迷宮蟻巢穴當中，至於迷宮菇據說得前往位於迷宮深處的區域。

這兩種都很划不來。」

儘管稱不上耳濡目染，但少年在這裡賺零用錢的同時似乎也增進了不少對迷宮的了解。

「況且，募集的單子不一定會一直貼著，請多加留意。進入迷宮時有委託，並不代表出來的時候還會存在。」

這也很有道理。畢竟委託人收到重複的素材也會很傷腦筋吧。

「主人，職員在找您。」

我在莉薩的催促下回頭，見到一名知性臉龐的女性職員正在招手。

看樣子，對方和「赤冰」的隊長之間已經交涉完價格了。

我給少年小費作為情報的謝禮，然後往職員走去。

「什麼事呢？」

「失禮了，您是新人探索者嗎？」

「是的，本日開始要請您多指教了。我叫佐藤。」

「唉呀，真是多禮。登記時您應該已經聽說，這裡負責收購迷宮裡獲得的魔核。另外，同樣也會代為收購那面牆上所張貼的魔物部位。」

我傾聽著職員毫不拖泥帶水的說明。

「還有，對於黃金證持有者以外的人雖然不強制，但具有貴族籍的探索者在進入迷宮時還請先告知預計探索期間。」

「知道了。我想很快就會回來，就申請六天好了。」

我按照職員的要求告知預計回歸時間。之所以申請六天是要因為配合旅館的預計住宿最終日。

我想最晚大概在今天傍晚以前就能回來了。

——對了，順便問問看吧。

「話說回來，那些孩子是怎麼回事呢？」

「啊啊，他們都是希望擔任搬運工的孩子哦。待在那裡等待被探索者的隊伍雇用，鐘聲一響就要跟外頭的孩子們交換，不過禁止主動上前推銷。」

畢竟說話聲經過牆壁反射後很吵呢——職員這麼補充道。

不過，既然是搬運工，雇用成人不是比那些小孩子更合適嗎？

就在我們這麼交談之際，迷宮的門打開並從中走出十名左右的探索者。是平均等級為二的純戰士隊伍。其中有三人似乎是搬運工。這個隊伍所雇用的搬運工都是身材高大的獸人。

許多人放下行李休息時，其中一名熊一般大鬍子的探索者往這邊走來。

對方大概是探索者隊伍的隊長，唯獨他的等級高達三十。

「喲，貝娜。抱歉打岔一下，豬蜘蛛的肉還有在收購嗎？」

「不好意思哦。今天早上『梟之鬚』已經拿過來了，我想暫時應該不會有收購的委託。」

和我交談的職員似乎叫作貝娜小姐。

「嘖，又是那些傢伙嗎。真沒辦法，貝娜，把這些肉烤一烤吧。」

「好的好的。里克，把裡面的烤肉架拿過來。出租費用包括煤炭費在內總共一枚大銅幣。至於我的手續費，只要背上最好的一塊肉就行了哦。」

「妳還真不吃虧啊。」

熊鬍子探索者將大銅幣塞給職員，然後轉身面向孩子們。

「喂，小鬼們！老子也一塊請你們吃東西吧。開動前得稱讚一下老子才行，像是『多森大人好帥』或『謝謝多森大人』之類的啊。」

熊鬍子探索者這麼對孩子們宣布後，立刻就傳來震耳欲聾的歡呼聲。

小玉和波奇對於從沒吃過的肉類好像也很感興趣，但搶走缺食兒童的大餐未免也太過可憐，我便用手勢指示他們要自我約束。

「——差不多該走了吧。」

我們各自向迷宮門前的職員出示自己的木證後來到門的前方。

進入迷宮似乎不需要支付任何入場費。

「開門～？」

「波奇也要開門喲。」

「門很重，會非常辛苦哦？」

小玉和波奇上前開啟厚重的迷宮門之際，職員帶著莞爾的表情這麼叮嚀道。

「喲咻～？」

「嘿咻——喲。」

「——咦？」

見到輕鬆開門的小玉和波奇，職員驚訝得下巴差點掉下來。

這個人還真誇張——我略微苦笑，一邊鑽入了兩人所開啟的門中。

◆

「哇啊，這一次是階梯嗎……」

迷宮的入口內部是寬階梯。並非普通的階梯或螺旋階梯，而是折返式。大概是在原本天花板高聳的寬斜坡上修建了階梯吧。

階梯的扶手在等間隔處都設有箭孔，可以朝著樓下射箭。

這恐怕是魔物入侵時用來對付牠們的吧。折返各段的階梯平台都有砲塔，擺放著用布蓋起來的大砲。根據ＡＲ顯示，那並非魔力砲而是實彈射擊式。

砲座各配置了兩名士兵。

他們好像很空閒，正玩著看似將棋的桌上遊戲。從無人喝酒或打瞌睡這一點來看應該算很敬業了吧。不光是人族，這些士兵當中甚至有狼人或獅子人之類的強悍獸人。

經過時我們向每人打招呼，對方儘管覺得麻煩但仍會揮手回應或隨口「噢」一聲表示回答，感覺挺友善的。

「好累～」

「加油，亞里沙。」

關注著亞里沙和露露的對話，我一邊像往常那樣嘗試探索全地圖。

——好大。

即使和公都地下的迷宮遺跡相比也大得離譜。

與地上的地圖比較後，似乎是一直延伸至希嘉王國西邊的廣大沙漠地下。

地圖名為「賽利維拉的迷宮：上層」，所以這麼大的面積還算不上是全部。起碼有更下層的地圖才對。

我試著調整比例尺以看清整體圖。

簡直就像是往地下肆意生長的根莖，相連的塊莖似乎超過了一百個。

而它們每一個都以巨大的空洞為中心，形成了將近由三十到一百個小房間的集合體。

在探索者公會，每個塊莖好像都以「區」這個單位來稱呼。

——而且還有很多魔物。

我試著搜尋魔物後，顯示竟然就像電腦處理大量資料那樣出現了停頓。

所幸最後成功取消了搜尋，於是這次我僅鎖定入口附近的幾個區進行搜尋。

首先是最初的第一區，探索者的數量比魔物還要多。

這次我又稍微擴大範圍，統計與第一區直接相連的第二到第五區有多少探索者，結果得知總共是一千五百人以上。

獨自一人挑戰的探索者很罕見，大部分好像都組成了三到五人的隊伍。

第二和第四區的距離很近，但第三和第五區就遠在當日來回可能會很累的距離，後者目前有十人以上的等級二十至三十的集團在遠征當中。

「主人，階梯還沒結束嗎？」

「才走了一半左右哦。亞里沙妳最好開始重訓或慢跑，培養一下基礎體能吧。」

「嗚～」

我輕推著哭喪著臉的亞里沙繼續走在階梯上。

不同於從南方島嶼通往拉拉其埃的大階梯，這裡有他人在場所以無法用術理魔法讓大家飄浮起來以便搬運。

雖然好像有些寵過頭，但要是真的走不動的話，我再抱著她移動好了。

「Touch down～？」

「抵達了喲。」

「呼～終於到最下面了嗎～」

到頭來，亞里沙還未走完階梯就精疲力盡，我於是一路背著她過來。

「主人，前方有門——這麼告知道。」

「嗯，很大。」

正如娜娜和蜜雅所言，阻擋在正前方的是一道將近五公尺高的巨大雙開門。

看樣子，好像是內推式的門。

「大概是為了在魔物擁上來的時候便於封鎖吧？」

「是啊，小姑娘。歡迎來到冥府的入口。」

莉薩說著將門推開之際，位於門另一端身穿軍裝的矮小狐人男性這麼答道。

「什麼冥府的入口！烏鴉嘴！」

「好痛啊，隊長。」

身材壯碩的軍人一拳打在狐人的腦袋上。

儘管體格就像是洞穴巨人或歐克，但這位隊長先生卻是人族。

「很陌生的面孔呢？這裡是迷宮方面軍的最前線駐地。請不要逗留太久，盡快從三個方向的通道之一前往迷宮。」

兩名軍人的背後，在魔法燈光的照明之下有大約半個棒球場面積的寬廣空洞，三百名左右的士兵就駐紮在那裡。

三處的大門前建構了防禦陣地，以圍住門的形式配置了好幾門大砲和魔力砲。

至於通向小通道的門或孔洞似乎都被堵住了。

大概是為了便於防守吧。

「隊長，裡面的通道是赤鐵專用的吧？要說清楚才行。」

「吵死了，我現在正要講。」

拳頭第二次落在狐人的頭上。

就算是肉體語言也該適可而止吧。

「靠裡面的通道只能通往用來下降至迷宮中層的『奈落』房間。要是讓沒有實力的人進去，引發魔物的連鎖暴走就吃不消了啊。」

隊長先生所說的「連鎖暴走」，應該就是網路遊戲中常見的拖著一長串魔物逃跑的行為吧。

「對對，迷宮內的連鎖暴走可是重罪，千萬要留意哦？尤其是萬一帶到這個駐地來的話，最輕是重重罰錢，最壞的結果會被當成犯罪奴隸送去煤礦坑呢。」

「要是小嘍囉的話罰錢還算輕了，倘若造成士兵殉職可不是罰錢就能了事的。」

我們向給予忠告的兩位軍人道謝，然後離開現場。

兩人就這樣朝著我們下來的樓梯方向繼續走去。

「總覺得很像是遊戲的教學模式中會登場的那些人呢。」

亞里沙目送著兩人離去一邊喃喃說道。

對方明明就是好心告知，這麼講也太過分了。

「不可以這麼形容人家哦。」

「是——我會注意的——」

我略微責備後，亞里沙也老實地反省自己的失言。

「主人，要選擇左右哪一邊的通道——這麼詢問道。」

「我想想——就這邊好了。」

既然有了剛才的忠告，我們便前往有「離群兵螳螂」的一之四區。

畢竟我那些孩子們能輕鬆戰勝，而放任敵人出現在不恰當的地方也很危險呢。

另外，所謂的一之四區似乎是「從第一區進入的第四區」之意。好像是在第四區同樣也有僅能從其他區進入的場所，所以才出現了這種稱呼。

「喂，你！」

就在準備鑽入主迴廊的門時，我被一名士兵叫住了。

「那種打扮沒問題嗎？」

「是的，不用擔心。」

我穿著平時的服裝佩帶妖精劍，想必看起來是輕裝上陣吧。

「況且今天只是來看看，在第一區逛一圈之後就會回來了。」

「嗯嗯，那就好。」

我向給予忠告的好心士兵這麼說道，然後鑽進了莉薩她們所開啟的門中。

「很寬敞的通道呢。」

亞里沙等人打量著通道一邊發出讚嘆聲。

「根據剛才買來的地圖，這裡好像叫大迴廊呢。」

「比想像中還要暗。」

「走路似乎沒問題，不過很可能會遺漏掉埋伏的魔物呢。」

通道的單邊有僅能照亮膝蓋以下位置的微弱照明。

那種看似照明器具的石碑，好像就是地圖販子口中名為標識碑的魔法裝置。正如對方所言，我們一靠近後會就換從白色轉變為藍色的照明。

「要使用魔燈嗎——這麼詢問道。」

「說得也是。既然有點暗就使用照明吧——娜娜，拜託妳。」

「是的，主人。」

儘管我也可以使用術理魔法的「魔燈」，但太亮的話會讓其他探索者感到不自然，所以就交給娜娜負責了。

娜娜的理術發動後，前鋒成員的頭盔與後衛成員的法杖前端便附加了「魔燈」。

至於頭盔本身則是裝有讓「魔燈」只照亮前方的專用裝飾。

「主人，要採取什麼陣形呢？」

「移動時中央是露露、亞里沙、蜜雅，前鋒是娜娜、小玉、波奇，後衛就由莉薩妳和我來負責。」

有小玉和波奇兩人在前方應該能確實發現陷阱和魔物，而莉薩在最後方的話即使身後遭到襲擊也可以應對。

畢竟大家差不多能夠在不依靠我的情況下獨立戰鬥，所以我也該減少過度保護的行為以促使她們成長比較好。

「絨毛～？」

「上面有什麼東西喲。」

兩人頭盔上的「魔燈」照出了飄浮在天花板附近約網球大小的絨毛般物體。數量挺多的。

「姆，精靈吞噬者。」

蜜雅見狀後罕見地發火，從妖精背包裡取出火杖擺好架式。

我發動精靈視後，果真就像蜜雅所稱的「精靈吞噬者」那樣，可以看到小精靈的光正在被絨毛捕食中。

這個「精靈吞噬者」好像是一種魔物。

「——殲滅。」

火杖擊出的火焰彈命中天花板後飛濺四散，瞬間將周圍的絨毛點燃。

「很脆弱呢。」

正如亞里沙所言，僅接觸到飛濺的火花，牠們就便毫無抵抗之力地燃燒殆盡了。

將所有的「精靈吞噬者」清理完畢之際，蜜雅便換上一臉讓人想要加上「哼哼」擬聲的滿足表情並收起火杖。

「辛苦了。」

「嗯，很努力。」

我對挺起胸膛的蜜雅撫摸她的腦袋。

「我要用空間魔法來探索敵人了哦。」

亞里沙一手拿著長杖這麼環視眾人。

「嗯，下次換人。」

「ＯＫ——我們輪流探索吧。」

蜜雅的精靈魔法當中也有用於索敵的咒語，所以她似乎在強調下次要換自己負責探索。

「要開始了哦！」

「系～」

小玉摀住耳朵的同時，亞里沙發動了魔法。

我感覺到一種類似於術理魔法「信號」的魔力流動。

「什麼也沒有呢。」

「有蟲子～？」

「還有小小的蜥蜴和蝙蝠先生喲。」

面對亞里沙的牢騷，小玉和波奇都分別指出自己發現的生物。

「不是哦。我是說沒有魔物。」

亞里沙這麼訂正了兩人的錯誤。

「可惜～」

「那很傷腦筋喲。」

小玉和波奇頂著彷彿要說出「打擊～」二字的表情張望同伴們。

她們似乎不知道該怎麼辦才好。

「不用擔心哦。再深入一點就會有各種魔物了。」

兩人聽我這麼說之後也打起精神，於是我們便開始探索迷宮。

或許是目前所在的第一區有太多探索者，魔物幾乎都不存在。

有些通道裡偶爾會有魔物群移動，但由於未跟探索者所處的通道相連，所以雙方看起來不會彼此遭遇。

觀察了好一陣子後，原來這些通道最終有橫洞連接在一起，於遠方展開了戰鬥。

原來如此，魔物好像是透過這種機制跑出來的。

「有了照明視野還是很差——這麼告知道。」

正如娜娜所言，通道上不是牆邊擺放著圓柱或石像，就是半路冒出了莫名其妙的石階。

吧。

而且還有窗簾狀的遮蔽物從天花板垂下。那恐怕是蜘蛛網上面堆積的灰塵所形成的東西吧。

其他更有容易被誤認為小通道的凹陷。

天花板附近看似通風口的孔洞好像被小型魔物當成了通道，不時有飛蛾般的魔物或毛蟲魔物探出頭來，捕食那些飄浮在天花板附近的絨毛狀「精靈吞噬者」。

牠們每一種都是等級低於五，所以我就留給其他探索者解決了。

「道路另一邊可以聽到戰鬥的聲音喲。」

「有東西～？」

小玉和波奇察覺到了前方傳來的戰鬥聲。

在這條通道前方約六十公尺處，有五名探索者正在和三隻達米哥布林戰鬥中。

在迷宮裡由於天花板附近的風洞時常會發出低沉的噪音，所以好像很難根據聲音來判斷遠方的動靜。

而實際上，小玉和波奇察覺的速度也比以往慢了一些。

根據雷達情報，戰鬥地點並非我們所在的大迴廊，而是前方分歧的通道。距離大迴廊並不太遠。

就在行經那附近之際，一名探索者發現我們接近後發出了戒備聲。

「這些哥布林是我們的。你們到一邊去。」

「知道了。」

讓他們太過分心的話也不好，我於是簡短這麼回答。

戰況似乎相當激烈，明明只是對付等級一或二的達米哥布林，探索者們卻都已經受傷了。

這些探索者好像都是等級三左右的新人。他們身穿在草繩編製的背心縫上骨頭後製成的鎧甲，手裡拿著看似自製、有些鬆動的短槍和輕型大斧正在戰鬥中。

全員都是戰士，但持有魔法技能的人在探索者當中也算是僅有百分之幾的稀少存在，所以並沒有什麼好奇怪的。

我這麼思考並漫步在大迴廊之際，走在前頭的娜娜忽然轉過頭來。

「主人，發現了形跡可疑的幼生體——這麼報告道。」

「他們在看什麼呢？」

大迴廊一側的懸崖處，有幾個孩子正向下張望。

其中最年長的男孩是探索者，其餘五個孩子好像就是搬運工了。

孩子們正拿著用草繩編成的擔架狀物體。

「波瑪哥哥，後面！」

搬運工小孩發出警告聲後，探索者男孩和其他孩子們隨即戒心重重地回頭並舉起武器。所謂的武器也只是算不上棍棒的半截棍子。

看來我好像嚇到他們了。

「嗨，你們好。」

我將手移開劍柄主動交談，但他們依然未改變態度。

於是我讓同伴們留在原地等待，獨自走近懸崖邊。

往懸崖下望去，只見青年探索者們和達米哥布林正在展開殊死鬥。

「可惡，這隻胖子哥布林！」

青年探索者們口中的「胖子」，好像是名為「達米哥布林格鬥家」這種稍強一些的格鬥型魔物。

「既然這樣——就出絕招了。」

看似隊長的斧使吞下了某種藥丸。

下一刻，斧使的動作變突然變快，和截至剛才為止都無法力敵的格鬥家打得平分秋色甚至更勝一籌。

根據ＡＲ顯示，那位斧使剛才吃下的似乎是「魔人藥」。

如此高效的藥品，明知是危險的禁藥想必也有人會冒險使用吧。

話雖如此，既然已經被禁止，我想應該存在某種副作用才對。

在這之後戰鬥很快便分出勝負，對方開始將打倒的達米哥布林解體並取出魔核。

不久，懸崖下的探索者們留下達米哥布林已經回收完魔核的屍體，開始移往他處以尋找下一個獵物。

其中一人似乎察覺到孩子們的存在，喃喃丟下了一句：「嘖！居然是撿屍人嗎。」

的確，男孩的稱號當中有「撿屍人」這一項。

「走吧！要趕在被其他魔物吃掉之前回收才行！」

男孩等待懸崖下的探索者們消失後便這麼說道，孩子們隨即帶著草繩網紛紛走下通往懸崖下方的階梯。

我有些好奇，於是便叫住男孩試著詢問。

「你們拿哥布林的屍體要做什麼？」

「賣……賣給肉舖。」

——真的假的？

迷宮都市這裡居然連達米哥布林的肉都吃嗎……

縱使近來我對魔物肉的排斥感已經愈來愈低，但還是不敢將和人類同樣外型的生物吃下肚子。

「不……不是的！這不是在偷東西！只是撿拾別人不要的物品罷了！」

或許是誤解了我的沉默，男孩訴說著自己行為的正當性。

「啊啊，抱歉。我並不是在懷疑這一點。」

「先……先聲明，我們可不是拿來吃的哦？要是吃了那種東西就會生病，全身潰爛的。」

發現我誤會之後的男孩這麼訂正道。

對方表示吃了達米哥布林的肉雖然不會死，但有很高的機率生病，所以一向都被禁止攜出迷宮之外。

「就是所謂的哥布林病嗎？」

「誰知道？應該不是吧？」

男孩聽了我的猜測後搖頭否定。

「那麼，肉舖要拿那個做什麼？」

「餵給史萊姆吃，提煉成油和骨頭哦。」

——哦？

我向男孩詢問肉舖的地點之後試著搜尋地圖。

迷宮內的小房間裡有具備「肉舖」和「史萊姆使」稱號的蜥蜴人族馴服師。在他身旁是幾隻名叫「油史萊姆」的被馴服魔物。

由於距離這裡相當遠，也難怪探索者們不想親自帶去那裡。

「哥布林竟然也對生活有所貢獻嗎……人類真是厲害呢。」

「是啊，那些笑我們是『撿屍人』的傢伙，要是沒有我們把屍體帶去給肉舖的話就無法更換骨鎧上斷掉的骨頭，就連提燈也沒有便宜的哥布林油可以用了。」

男孩彷彿潰堤一般滔滔不絕說道。

看來他似乎累積了相當多的壓力。

「更何況如果把屍體棄置在迷宮裡，『無核』跟『帶詛咒者』就會到處徘徊哦？」

「——那是？」

由於第一次聽到這些詞彙，我便針對「無核」及「帶詛咒者」進行詢問。

「『無核』是沒有魔核的活屍體哦。『帶詛咒者』則是不會動的屍體，不過一旦靠近就會被抓住腳踝然後轉移詛咒。」

真不愧是迷宮……就連屍體也不能隨意靠近的樣子。

「『胖子』好重——」

「大哥哥也快來幫忙。」

「等等！我這就過去。」

先行一步來到懸崖下方的搬運工小孩們出聲向男孩求救。

我依照他們的人數拿出銅幣，交給了準備轉身離去的男孩作為情報費。

「哇啊！給這麼多錢真的可以嗎？」

「當然，謝謝你告訴我許多情報。」

「哼哼！那不算什麼啦！」

目送著心情絕佳的少年走下階梯後，我也返回同伴們等待的場所。

「第一區的魔物，大家果然都搶得很凶呢。」

在那之後我們仍沿著大迴廊前進，見到了初出茅廬的探索者們奮鬥的身影和彼此拚命爭奪魔物的景象。

「主人，標識碑的文字出現變化——這麼報告道。」

「四～？」

「上面寫著一之四區喲。」

走在前頭的三人唸出了寫在較大標識碑上的文字。

這裡是巡迴第一區的路線和第四區之間的分歧點。

雷達的顯示圈邊緣呈現出了紅色光點。

「是魔物快要變多了嗎？」

「嗯嗯——」

面對亞里沙的問題，我緩緩點頭回應，同時打開地圖確認。

紅色光點主要是迷宮蟻。而且數量還非常多。

迷宮蟻共計三百隻左右，分成十到五十隻不等的小集團正在移動當中。

而且，好像還有正在逃避那些螞蟻的三支隊伍，探索者和搬運工共十二人往這邊移動中。

這大概就是迷宮方面軍的人告訴過我們的「連鎖暴走」吧。

這樣的敵人對我來說並不算什麼，只是數量多了點。

對當地的探索者們而言應該算是相當重大的事件了吧？

「——很快就可以盡情戰鬥了哦。」

「我先調查一下看看。」

聽了我的話，亞里沙似乎從中感到了不尋常。

「下一次，換我。」

「是啊，這一次輪到蜜雅了呢。」

來到這裡的路上都是透過亞里沙的空間魔法和蜜雅的精靈魔法輪流進行探索，想必是這一次輪到蜜雅了吧。

「■■■　■　膽怯的風。」

蜜雅使用了索敵系的精靈魔法。

泛著淡黃綠色光芒的風穿梭在迷宮，為蜜雅捎來情報。

「佐藤，敵人好多。」

不要說得我好像個討人厭的傢伙好嗎？

「有人來了～？」

「這一定是昆蟲的聲音喲。」

將耳朵貼在地面聽聲音的小玉和波奇，似乎捕捉到了探索者們和魔物從遠方接近的腳步聲。

「究竟會來多少呢？」

表情凝重的亞里沙向我打聽正確的敵人數量。

「妳是問人類還是敵人？」

我有些促狹地試著詢問。

亞里沙即刻回答：「是敵人哦。」我於是便老實告知約三百隻。

「三……三百？」

「主人，建議撤退。」

「主人，我也贊成娜娜的意見。」

「嗯。」

顫抖的露露抓緊我的手臂。大家都做出了相當準確且謹慎的判斷。

倘若聽到約四十倍的敵人數量還打算戰鬥，像這種頭腦簡單的人實在不適合生存在總是需要保存實力的迷宮裡。

「沒事～？」

「不要緊喲。跟主人在一起不用擔心喲。」

還真的有。就是這些頭腦簡單的女孩。

小玉和波奇擺出了奇妙的耍帥姿勢。

我將手放在兩人的腦袋上一邊詢問：

「要是我不在的話怎麼辦？」

「當然就是逃跑喲。」

「二話不說逃走～？」

——哦？

原來不是頭腦簡單，似乎是因為信賴我的緣故。

「嗯，這樣很好。就算是低一級的對手，要是我不在的話，千萬不能挑戰超過三倍數量的敵人哦。」

畢竟在砂糖航線對付過的不死魔物和海盜們雖然數量眾多，但我當時也在場，所以同伴們頂多只是應付了三到五倍的敵人而已。

話雖如此，就危險度來說，拉拉其埃事件當中交手過的骸骨王和海王要遠遠厲害多了。

「要是真的無法避免戰鬥的時候呢？」

「妳覺得該怎麼做？」

我對亞里沙的問題提出反問。

「這個嘛──利用地形嗎？」

「答對了，就是佔據對方無法發揮數量優勢的場所。」

「在網路遊戲裡，用地形卡怪可是單人玩家的基本常識呢。」

原來如此，是這方面的知識嗎──

若是我以前玩的MMO-PRG，單人玩家都專挑一擊就能打倒的小嘍囉而已，看來換了一個遊戲許多方面都會有所不同。

那麼，雖然沒有義務去解救那些不認識的探索者，但既然是難得的魔物就讓牠們化為大家的經驗值好了。

「這次有其他人在躲避魔物的追殺，我們就來為了救人而戰吧。」

我隨便找了個理由建議開戰。眾人當下就做出理解的回應。

「當然，我不在的時候就得優先考慮自己的生命安全，立刻逃跑哦？」

為保險起見，我事先這麼叮嚀道。

我們往回折返一些，在便於和多數敵人戰鬥的高低落差處及瓦礫堆積的地方擺出陣式。

若將大迴廊比喻為河流，我們就類似在高約兩公尺的沙洲處建立了陣地。

相當於河底的部分由於瓦礫的關係所以很難奔跑，要爬上陣地僅能越過幾近垂直的高低差，或是從那些迷宮蟻接近的反方向側爬上斜坡。

不僅如此，當前鋒在這裡戰鬥時，後衛還可越過她們的頭頂施展魔法或者進行遠距離攻擊。

缺點是大迴廊呈彎曲狀所以僅能看到五十公尺遠的距離，再加上還有逃跑而來的探索者，所以無法在通道上設置陷阱。

原本我打算用土魔法在更利於戰鬥的場所建造陣地，但迷宮的地板不知為何好像會阻礙土魔法的效果，於是便乖乖移動了。

「——哦，差點忘記了。」

我對同伴們施加了「物理防禦附加」。

就算敵人比自己差，一樣要確保安全才行呢。

「來了～？」

「來了喲！」

大迴廊的另一端，有兩名兔人和一名鼠人的隊伍動如脫兔般逃了過來。

雖然還看不見，其後方確實跟著人族的男性隊伍，最後則是人族的女性隊伍。

「快逃！」

「喂，你們幾個，一大群迷宮蟻要過來了啊。」

「不想被吃掉的話就別拖拖拉拉的，趕快逃走！」

獸人隊伍「逃矢」經過我們身旁時紛紛表示情況危急並提出逃跑的忠告。他們全員都是等級七到十不等的戰士。

「主人，下一支隊伍來了——這麼告知道。」

緊接著的人族男性隊伍是由三名探索者和兩名搬運工組成。

探索者隊長為十三級，其他兩人則是不到十級。兩名搬運工體格壯碩卻僅有四級左右。

「喂，你們這些奴隸！可別把蟻蜜的罐子摔破了啊！」

手腳和脖子上綁著繃帶的隊長回頭這麼斥責搬運工。

看樣子，兩名搬運工似乎是他的奴隸。

「要是敢掉下去，我就砍斷你們的手腳讓那些螞蟻吃掉！」

奴隸們並未回應主人殘忍的威脅，只是默默追趕在男人身後。

「貝索，『美麗之翼』還沒趕上來啊。」

「哼，損失掉捷娜雖然很可惜，不過有兩個罐子就不會虧錢了。」

「說得也是，乘那些傢伙被吃掉的期間逃之夭夭吧。」

他們結束卑鄙的對話後，僅往這邊瞥了一眼就從旁經過。

不同於獸人隊伍，他們完全未發出任何警告。

而落後這兩支隊伍許多時間，人族的女性隊伍終於也來了。是兩名女性探索者和兩名搬運工的四人隊伍。

搬運工僅身穿便服和背著背架，但兩名女性探索者卻是裝備了草繩背心縫上骨頭的鎧甲、木盾，還有青銅槍尖的短槍。

女性探索者的背心內側是可以見到肚臍的短襯衫，下半身則是強調了腿部曲線的迷人熱褲。

那大腿根部的日曬痕跡實在很性感。

以待在昏暗迷宮內活動的探索者來說雖然很不可思議，不過好東西就是好東西。

對我而言是相當適合活動的服裝，然而從希嘉王國的標準來看，大概可稱得上是半裸的挑逗打扮了吧。

「主人，魔物！」

「女孩子快被追上了。」

亞里沙和露露指著女性們身後逼近的迷宮蟻前列集團這麼說道。

其中一名搬運工似乎弄傷了腳，正被另一名搬運工牽著手，勉強逃到了現在。

「嗚嗚！這種相對位置會把她們捲進魔法裡的。」

「姆。」

「魔法槍也無法確保射擊線。」

擔任後衛的三人心有不甘地緊咬嘴唇。

兩名搬運工的身後，和人類一樣大小的迷宮蟻眼看著就要追上。

由於對方在同伴們介入之前可能就會被追上，我便用術理魔法「理力之手」掃向其中一隻螞蟻的腿部使其跌倒。

這種魔法雖然帶有「手」字，實際上卻是魔法性質的念動力。

總而言之，這樣應該就沒問題了。

「那邊的人！快跑！迷宮蟻連鎖暴走了！」

一名女性探索者遠遠這麼叫道。

對方的說話方式很像男性，本人卻是個不到二十五歲的窈窕女性。算不上美女，不過有一張可愛的臉蛋。

另外一名女性探索者感覺比可愛小姐稍微年輕，是個將黑色頭髮在身後綁成一束的美女小姐。

可愛小姐是伊魯娜，美女小姐好像叫捷娜。

「你們有沒有煙幕彈或閃光彈？我們快被追上了！」

「抱歉，我們沒帶！」

我這麼回應美女小姐的呼喊。

很遺憾，我身上並沒有她所需要的道具。

雖然應該可以用煙火魔法來代替，但與其使用那種魔法還不如施展追蹤箭來殲滅敵人。

「伊魯娜小姐！」

聽到尖叫聲回頭，她們見到快被迷宮蟻追上的那些搬運工之後頓時忘了呼吸。

「救命！螞蟻！螞蟻——！」

「姊姊，別管我，妳趕快一個人逃走。」

姊妹之情表露無遺的兩名搬運工，其身後有大約三十隻迷宮蟻就要撲上。

至於剛才排除掉的迷宮蟻，如今就在稍後的位置呈丸子狀翻滾當中。

「主人。」

「再等一下——」

我讓出聲詢問的莉薩稍待一會。

——射擊線清空了！

「就是現在！戰鬥開始！」

「喲咻～？」

「喝——喲！」

小玉和波奇迅速對我的聲音做出反應，擲出了手中的拳頭大小石塊。

這些石頭朝著準備啃咬搬運工姊妹的迷宮蟻飛去，伴隨彷彿要發出「匡噹」聲響的速度擊出了漂亮安打。

「娜娜，用挑釁！」

「你們這些工蟻！一直工作到壓力性禿頭為止吧——這麼告知道！」

娜娜的挑釁加入後，迷宮蟻們的敵意便轉向這邊。

——這倒是無妨，不過別拿那麼敏感的話題來挑釁好嗎？

「……■■　水縛。」

「偷偷施展超‧次元掃腳！」

蜜雅的魔法和亞里沙的魔法雙重發動，讓失控的迷宮蟻跌倒在地。

亞里沙的魔法名為「次元掃腳」，那個「超」字想必是一時興起才加上的吧。

「要發射了！」

露露的雷杖槍使得被蜜雅的魔法淋濕的迷宮蟻們觸電。

「魔法……使？」

剛才救下的女性探索者之一傳來了這樣的喃喃自語。

「小玉、波奇，我們上。」

「了解～？」

「知道了喲！」

莉薩像往常一樣拖帶著紅色殘光，與魔槍化為一體發動了突擊。那蹂躪迷宮蟻的一擊必殺景象實在很有震撼力。

小玉對兩把魔劍注入魔力，如跳舞一般轉著圈圈不斷打倒迷宮蟻。對付小嘍囉還是二刀流的小玉殲滅速度最快了。

波奇似乎也習慣了對魔劍注入魔力，採取直線運動精準地將魔劍刺入迷宮蟻的甲殼縫隙中將其打倒。

「攻擊是最好的防禦——這麼告知道。」

面對因挑釁而聚集過來的迷宮蟻，娜娜利用大盾的盾擊和發動了「柔打」的魔劍加以應付。

她妥善運用了身體強化後的蠻力，其動作相較於打倒敵人，更像在把牠們推擠回去並排列整齊。

這種戰鬥方式，想必是在波爾艾南之森從精靈老師那裡學到的吧。

由於迷宮蟻的等級只有四到六左右，總覺得不太有挑戰性。

「我們也去幫忙吧——」

「好厲害，居然這麼輕鬆就打倒了那種硬梆梆的迷宮蟻。」

這時傳來了兩名女性探索者滿臉愕然的低語聲。兩人一開始似乎想加入戰局幫忙莉薩她們，但中途卻停下了腳步。

看樣子是判斷出自己只會礙手礙腳的緣故。

「剛才的閃光魔法大概是用來削弱螞蟻的防禦吧。」

露露使用了雷杖槍的鎮壓暴徒用擴散模式來攻擊，在她們看來好像是一種魔法。

「真是得救了，貴族大人。」

女性探索者當中看似隊長的可愛小姐向我這麼開口道。

儘管是在戰鬥中，但戰況從容所以應該沒關係。

一直俯視著下方也很難交談，我於是往下跳至她們所在的高度。

女性探索者美女小姐正在幫忙腿受傷的搬運工妹妹進行治療。或許是背上的行李很重，搬運工姊姊此時膝蓋著地以調整混亂的呼吸，並未查看周遭狀況。

美女小姐似乎擁有「急救」技能，所以我應該不必提供魔法藥。

「不用放在心上哦。對了，可以問個問題嗎？」

「當……當然，我們回到城裡一定會答謝您的。」

「不，答謝就不必了，妳們為何會知道我是貴族？」

在迷宮都市遇見的每個人不知為何都一眼看穿我是貴族而非商人，這一點實在令我很納悶。

這次我並不像在蘇特安德爾的船員酒館那樣灑了香水，身上穿的也不是毫無皺痕的新襯衫。

倘若是乘坐有家徽馬的車或船隻的話還可以理解。

「這個嘛──」

可愛小姐看似有些尷尬，但還是回答了我的問題。

「因為您在這種迷宮裡還穿著高級的長袍。」

是嗎，原來服裝的問題。

不過，魔法師應該也會穿長袍才對。

「而且，腰上掛著那種昂貴的劍。」

同伴們的魔劍有我為她們準備了不起眼的可愛劍鞘，但我自己的卻是忘了替換成不起眼的劍鞘。

唔，說不定是長袍和劍的組合出了差錯吧。

「還有——」

居然還有啊……

「會帶著禮服打扮的千金小姐和女僕一起進入迷宮的，就只有異想天——就只有貴族大人而已哦。」

可愛小姐差點說出「異想天開」後急忙訂正。

——啊啊，原來如此。

的確，帶著千金小姐和女僕進入危險的迷宮，像這種「異想天開」的事情也只有貴族才做得出來了。

後衛成員的禮服式鎧甲比起騎士身上的金屬鎧防禦力還要高得多，但畢竟從外觀上根本看不出這一點呢。

就在這麼悠哉交談的期間，同伴們仍在繼續驍勇地殲滅敵人。

原本有三十隻的迷宮蟻，如今也減少至剩下十隻左右了。

在中途，娜娜的「挑釁」效果結束，使得小玉和波奇差點被兩隻以上的迷宮蟻所包圍，幸虧有亞里沙和蜜雅從後方以魔法掩護而平安無事。

「小玉！我在左邊架了牆壁，妳從右邊攻擊。」

特別是亞里沙名為「隔絕壁」的障壁系魔法大為活躍。

換成是它的高階版「迷宮」魔法的話，似乎還可以製作出「隔絕壁」的迷宮並將敵人任意封閉在其中或釋放。

雖然好像要消耗許多魔力，但她表示若後續的迷宮蟻追上來便打算試試看。

後續的迷宮蟻本隊再過十分鐘左右應該也不會抵達，不過與這個迴廊接鄰的魔物用通道裡有迷宮蟻的小集團已經來到附近。是差不多十隻的群體。

「拿叉子的那邊是右邊哦！」

「系～」

對於分不清左右而猶豫不決的小玉，亞里沙這麼喊出了建議。

乍聽之下是左右顛倒的指示，但小玉和波奇吃飯的時候不用刀叉，而是右手叉子左手湯匙，所以這種形容很正確。

「妳看妳看，戰況那麼激烈，卻沒有任何人受傷哦。」

「咦？不會吧？」

兩名女性探索者見到同伴們的戰鬥後發出了驚呼聲。

前鋒成員受到迷宮蟻無數次的攻擊，但在我規格過當的防具和「物理防禦附加」魔法的保護之下並沒有任何人受傷。

「……是真的。這想必就是赤鐵探索者了呢。」

可愛小姐產生了誤會，不過見到對方那種崇拜的眼神，我實在很開口訂正：「其實我們是木證探索者。」

「沙沙聲～？」

「牆壁！另一邊！有聲音喲！」

小玉和波奇似乎察覺到了位於牆壁另一端移動的迷宮蟻動靜。

身處在那麼激烈的戰鬥中，竟然還能感覺到呢。

「佐藤，標識碑。」

望向蜜雅從高處指示的方向，只見原本對搬運工姊妹產生反應後散發藍光的標識碑，這時開始變成紅藍交替閃爍了。

「貴族大人！那是湧穴即將出現的前兆。魔物會從那裡冒出來哦！」

可愛小姐這麼警告道。

乍看是石牆的通道牆壁彷彿黏膜一般變薄後，便形成了小型的通道。

「哦，真危險。」

見到猛然撲出的迷宮蟻就要襲向搬運工姊妹，我便以瞬動也為之遜色的速度介入雙方之間。

然後從劍鞘裡拔出妖精劍，將迷宮蟻砍成兩半。

由於一不留神可能就會連石地板也砍成兩截，所以我盡可能小心控制力道。

「好……好厲害……」

「好漂亮的劍。」

向後退去的女性探索者們換上讚嘆的表情望向這邊。

我讓搬運工姊妹趴著地面移動，逃至女性探索者們的身邊。

——嗯？那是！

女性探索者們所在的位置後方，可以見到湧穴即將出現的徵兆。

「妳們兩個，後面！」

對方似乎並未察覺，我於是發出了警告。

「咦？這邊也有湧穴？捷娜，我們動手吧。」

「等……等一下！有點奇怪！」

兩名探索者的前方出現湧穴，一隻兵螳螂從狹窄的縫隙中扭動身體爬了出來。

這傢伙大概就是進迷宮之前「赤冰」的傑傑所提到的那隻「離群」吧。

不同於普通的螳螂，兵螳螂擁有六隻腳和四隻前肢。前肢還分為捕食用的小前肢和劍一般形狀的戰鬥用大前肢。

體高將近兩公尺半，具有十足的威嚇感。

「「「呀啊啊啊啊啊！」」」

得知爬出來的魔物是兵螳螂，女性探索者們和搬運工姊妹隨即發出了不顧形象的尖叫聲。

美女小姐手中的短槍掉落，可愛小姐似乎也因出現意料之外的敵人而嚇軟了腿，整個人跌坐在地上。

這支女性探索者隊伍「美麗之翼」的兩人當中，可愛小姐等級為八，而美女小姐的等級只有六，相較於爬出來的兵螳螂高達十六級的實力，她們會有此反應也是可以理解。

以現代人來說，就好比以為是野狗，撥弄草叢後卻跑出了巨大的棕熊一樣。

——KUWKUWAAAMWA。

還未完全離開湧穴，兵螳螂便俯視著四人恐懼的模樣發出大笑般的咆哮。

「妳……妳們快逃！」

「我……我們來擋住牠，快一點！」

臉上滿是淚水的兩名女性探索者露出毅然決然的表情這麼叫道。

她們用顫抖的雙手握緊短槍，用動作催促著搬運工姊妹趕快逃走。

這股氣魄真是令人佩服，但再怎麼說也不是這傢伙的對手。

最後一隻迷宮蟻終於從我面前的湧穴爬出來，我於是將其斬殺，趕往女性探索者她們的所在處。

「不好意思，我要了。」

我這麼告罪一聲，用妖精劍撥開兵螳螂揮下的劍肢。

——ＫＵＷＫＵＷＡＡＡＭＷＡ。

然後看準發出詭異咆哮的兵螳螂頭部，揮出妖精劍一閃而過。

我已逐漸了解該如何拿捏力道才不會產生魔刃了。

「我……我來幫忙！」

「我……我負責牽制。」

女性探索者們戰戰兢兢地來到我左右的位置。

儘管是難能可貴的提議，不過戰鬥已經結束了。

被上方落下的黑影所嚇到，女性探索者們向後退了一步。

「咦？」

「不會吧！」

見到滾落地面的兵螳螂腦袋，兩人發出了近似尖叫的驚呼聲。

汩汩流出的綠色血液在地面逐漸形成水窪，兵螳螂的巨軀隨之傾倒在地。

「莫非是剛才的那一擊？」

「貴族大人，好厲害。」

面對頂著彷彿看見英雄人物般的光彩表情這麼稱讚的兩人，我感到有些難為情，於是轉而望向同伴們。

同伴們這邊好像也快要結束戰鬥了。

「貴……貴族大人，感謝您再次救了我們的命。」

「「「謝謝您。」」」

女性探索者們和搬運工姊妹紛紛向我道謝。

「我還是第一次看到那麼厲害的劍技。」

「是啊。真不愧是赤鐵探索者大人哦。」

總覺得多暴露了一些實力，不過以三十級的祕銀劍使來說算很普通，所以應該不要緊才對。

我輕輕揮手以回應她們的答謝，然後走向結束戰鬥的莉薩等人所在處。

「主人，素材是否進行回收？」

「只要回收魔核就夠了哦。畢竟螞蟻的甲殼很脆弱，沒什麼用處呢。」

「主人，冒昧打岔一下——」

我這麼表示後，莉薩罕見地提出了異議。

「——甲殼可以作為鎧甲和盾牌的材料。至於迷宮蟻前肢的鉤爪，應該很適合用來做成短劍或割草鐮刀。」

在莉薩的故鄉，蟻系的魔物好像是相當寶貴的道具素材。

迷宮蟻的脆弱甲殼就連普通的鐵劍也能弄破，但總比使用了哥布林骨頭的骨鎧還堅固，所以既然有這方面需求的話要帶回地上也無妨。

先不論值不值錢的問題，至少可以幫助那些新人探索者呢。

「肉～？」

「要不要舉辦燒肉祭喲？」

從迷宮蟻的屍體身上回收魔核的小玉和波奇向我詢問是否要將肉解體。

「還是不要了。螞蟻的魔物肉都是苦味，可以食用的地方也很少。況且，小孩子吃了很可能會食物中毒。」

正如莉薩所言，食物中毒相當可怕。雖然對滿臉遺憾的小玉和波奇很不好意思，但之後會給她們保管在儲倉裡的食物，所以目前就先拿餅乾和水解饞一下吧。

「貴族大人，請收下這個。」

女性探索者的可愛小姐向我遞出魔核。

這似乎是從我打倒後放置不管的迷宮蟻身上幫忙回收而來的。至於兵螳螂的屍體她們則好像不敢靠近，所以並沒有動手。

「嗯嗯，謝謝妳。」

「雖然還不足以報答您的救命之恩，不過我們可以幫忙解體作業。」

女性探索者的美女小姐這麼提議，但我自然不可能接受。

「先別說這個，妳們最好趕快逃走。我的同伴透過魔法捕捉到有大批迷宮蟻接近這邊。再過一陣子就會出現在這裡了哦。」

「貴族大人您不逃走嗎？」

「我們稍微抵擋一下就會逃跑了。」

所以，妳們趕快逃跑就等於幫了我們的忙——話中蘊含了這樣的言外之意。

「知道了。請您務必要平安無事。」

「我們一定會報答您今天的恩情！」

女性探索者們終於不情不願地起身，開始逃跑了。

這時候，搬運工姊妹背著的蟻蜜罐子映入我的眼簾。搞不好那些迷宮蟻所追趕的目標就是那個呢。

「主人，下一波就快要來了哦。」

「知道了，我先來讓大家恢復魔力吧。」

我利用「魔力轉讓」魔法讓同伴們的魔力回復。

由於沒有任何孩子受傷，所以我又重新施展了「物理防禦附加」。

「來了！」

在這之後我們和迷宮蟻交戰了好幾次，解決完大部分的敵人之際，對迷宮蟻的巢穴發動攻勢。

最後在巢穴深處得到了蟻蜜和女王蟻蜜球之類的素材及自然發酵而成的蟻蜜酒，但這又是另一段故事了。

此外，並未來到我們這邊的迷宮蟻小集團，則是前去追趕名叫貝索的男性探索者一行人了。

所幸沒有任何人死亡，他們好像在瀕死狀態下衝進了迷宮方面軍的駐地。

將連鎖暴走帶到駐地裡的行為，記得應該會被視為犯罪才對。

對於他們一點也不光明的未來，我稍稍默哀了一番。

殘酷的迷宮

「我是佐藤。以前玩過的迷宮探索遊戲中，我曾經在不吃魔物肉的情況之下進行野外求生。記得當初不知不覺只熱衷於確保食物而完全不去破關。」

「跳跳薯～？」

「這邊是步行豆喲。」

小玉和波奇打倒了徘徊在通道裡的魔物。

牠們每一種都是只會用身體衝撞來發動攻擊的等級一弱小魔物，所以打起來就像在處理例行作業那樣。

殲滅了之前追殺「美麗之翼」的迷宮蟻所屬的巢穴後，我們恰好在巢穴深處發現通往隔壁區的捷徑通道。

原本預計當天來回的行程，也因為這個發現而改變了。

畢竟跟別人搶魔物也很麻煩，戰鬥時要提防其他探索者察覺同伴們的裝備和我的輔助能力也十分累人，所以我決定前往位於這個通道後方，沒什麼人的區域。

而這個通道盡頭的第九區不僅滿是陷阱，還充滿了擅長毒性、疾病和麻痺攻擊的小蟲系及史萊姆系的敵人，不過最終還是靠著生活魔法「驅除害蟲」直接通過了。

目前所在的第一之四之九之十七區——因為太長就簡稱十七區——由於僅能透過前述棘手的第九區過來，所以如今只有我們幾個人而已。

第九區的入口附近雖然有相當數量的探索者，但從以前到現在來過這邊的人似乎少之又少。

其證據就是標識碑的數量僅有其他區的兩成。

不過我們可以藉由設置在第一區的歸還用刻印板瞬間返回所以沒有關係。

「魔核是白色的呢。」

「以魔核來說體積很小。」

莉薩和露露解體了跳跳薯和步行豆，取出藥丸大小的白色魔核。

「顏色這麼白的魔核沒有什麼用處，以後就不用專程解體了哦。」

我這麼告訴兩人，然後將魔物的屍體收入儲倉。

這些傢伙就是進迷宮前吃過的超難吃薯類和豆子的實體。除了這裡以外，第二區好像也有牠們的群居地帶。

另外，剛打倒後的屍體用「樹靈珠」完全去除掉造成苦味和澀味的紅黑色纖維後，味道就變成很普通的薯類和豆子了。

「對面有光～？」

「小玉，拜託妳。」

「系～」

我這麼指示後，小玉便在提防陷阱的同時先行一步走在長有青苔的洞窟般通道的前頭。其盡頭是存在「區域之主」的第十七區大廳。

「有森林～？」

——森林？

儘管感到納悶，我仍往小玉招手的方向走去。

「的確是森林呢。」

大約可裝下三座東京巨蛋的空間裡生長了大量的樹木，光線從天花板傾洩而下。

這些光源是來自於垂掛在天花板上的植物根部。

我在前一個房間試著切斷了植物的根，結果發現呈光纖般的截面。想必這些根莖的構造就跟天然的光纖一樣，不斷汲取外部光源吧。

腳下泥土裸露的地面有長有雜草，所以感覺並不像身處在地下。

「比起剛才鎮壓的房間，簡直寬敞得不得了呢。」

環視森林的亞里沙一邊這麼喃喃道。

我們剛才的所在的通道似乎與大廳的上方相連，從這裡可以俯瞰整片森林。

「還有小河呢。」

剛才的房間裡也會從牆壁湧出水來，但這裡甚至形成了小河及池塘。

「姆，變異。」

蜜雅見到森林後皺起眉頭。

大概是目睹了這些植物系魔物編織而成的畸形森林而感到不高興吧。

「中央的花朵很美麗——這麼告知道。」

「好像是洋蘭呢。發光的花在沙沙擺動，莫非那也是魔物嗎？」

娜娜和亞里沙注視著座落於大廳中央的巨大植物型魔物。

「是啊，而且還擁有『區域之主』的稱號。」

對方名為狂亂洋蘭，等級高達五十三且會使用光魔法。

這個傢伙所生長的丘陵上還長有十幾株名叫騷亂洋蘭，等級四十左右的眷屬般魔物。

被花香吸引而來的蜂型魔物在這些魔物的周邊飛來飛去，遭到洋蘭所擊出的光彈射穿後紛紛墜落。

掉落地面的蜜蜂似乎又會被洋蘭伸出的藤蔓捲起，拖至根部的方向。

「先把那附近清理一番吧。」

畢竟敵人太強，不適合用來讓同伴們提升等級。

「我過去一下。」

「不可以受傷哦！」

面對憂心的同伴們，我揮揮手表示沒問題後便飛上天空。

狂亂洋蘭的花朵在我一接近後就開始發光，每朵花都射出了一發光彈。身為眷屬的騷亂洋蘭們則是發出吵鬧的噪音一邊擊出光之散彈。

——真漂亮。

欣賞著光芒亂舞的同時，我在攻擊即將命中之前改變天驅的軌道加以閃避。

眼看要經過我身旁的光彈忽然緊急煞車，朝著這邊改變了方向。

「哦，是追蹤型的嗎。」

光彈大角度改變方向的軌跡相當漂亮，讓我不禁開始享受捉迷藏的樂趣。

同伴們也發出了歡呼聲，我於是向她們揮手做出回應。

「——是臉嗎？」

樹木的底部有個看似臉孔的洞口。

由於看起來很像是要害，我便用術理魔法「魔法破壞」消除掉追蹤而來的光彈，再以閃驅朝著臉洞的正前方一口氣拉近距離。

——YWOWNLLUEAAAAMN。

狂亂洋蘭似乎察覺到危機，開始將光聚集於花朵——但已經太遲了。

我在妖精劍的前端延伸出魔刃，一擊砍斷了三十公尺以上的樹幹。

狂亂洋蘭的體力計量表以瘋狂的速度在減少。

——YWGOWNLLBUEAMN。

臉洞深處釋放出數不清的鮮紅藤蔓試圖做最後掙扎，但卻被出現在眼前的術理魔法「自在盾」所阻擋，僅留下空虛的連續敲打聲便告終。

不久，狂亂洋蘭的體力計量表耗盡，藤蔓無力地垂落地面。

>獲得稱號「弒區域之主者」。

「回收回收。」

我這麼嘀咕著，一面將開始往地面掉落的狂亂洋蘭上半部分收納至儲倉。

「那是什麼？」

臉洞的深處有閃閃發亮的物體。

根據AR顯示，似乎是光晶珠的集合體。

「很稀有的素材呢。」

這樣一來就能製作可發射雷射的光杖了。

我帶著喜孜孜的表情回收素材，然後用土魔法「陷阱」讓根部露出地面以便收納狂亂洋蘭的下半部分。

就算在迷宮內，只要是裸露的地面都能順利使用土魔法所以相當方便。

在陷阱坑的底部，相當於根部的中央部分處有個大寶箱。

「——寶箱……嗎？」

由於狂亂洋蘭實在不像有隱藏寶箱的嗜好，所以可能是原本就放在這裡，亦或是喜歡開玩笑的「迷宮之主」偷偷配置的吧。

察覺陷阱的技能會產生反應，於是我便用「理力之手」觸摸將其收納至儲倉，僅取出內容物。

裡面裝有一瓶下級萬靈藥和五瓶萬能藥，另外還有幾瓶中級的魔法藥，不過後者已經因為劣化而失去效力了。

根據精靈的資料所述，所謂的萬能藥就是萬靈藥的向下相容版藥品。

即使是向下相容版，包括解毒、治癒疾病、解除石化、解除麻痺等各種狀態異常的治療在內，其優秀的效能據說連被砍斷的部位都能接合起來。

換成下級萬靈藥的話，好像還可治癒萬能藥束手無策的詛咒和重度的狀態異常。

除了藥品，裡面還放有一把帶有光屬性的大劍尺寸魔劍，但性能劣於小玉和波奇平常使用的魔劍，所以實戰中就派不上用場了。

光屬性魔劍的外觀有些老土，典雅的設計卻似乎很受貴族青睞，所以我將其儲藏起來以作為候補禮品。

「好，清點完畢。」

我依序打倒那些毫無移動手段的騷亂洋蘭，將臉洞深處的光石塊回收後返回眾人身邊。

可惜的是騷亂洋蘭的底部並沒有寶箱。

「該怎麼說？好像在看科幻動畫或是彈幕遊戲的宣傳影片呢。」

回到大家身邊後，我收到了亞里沙針對「區域之主」戰的微妙稱讚。

補充一下，至於其他孩子們的稱讚當然就很正常了。

「那麼，最初就由我挑選好敵人然後帶過來。」

從通道剛進入大廳的場所處有塊大小適中的平地，我便利用土魔法和術理魔法在那裡建構了簡單的陣地。

雖然比我們在南洋旅行時的飛行帆船所搭載的防禦壁脆弱得多，但用來抵擋普通的魔物應該很夠了。

況且就算損壞也能立刻用魔法重建，所以沒有問題。

「麻煩一開始找『同強』（註：原文為「おなつよ」是「差不多同等強度」（同じくらいの強さだ）的簡稱」

聽到亞里沙這句有些暴露出轉生前遊戲喜好的網路用語，我舉起一隻手回應後便利用「理力之手」挑選合適的魔物陸續帶到同伴們那裡。

「——第一種是『爬行洋蘭』。雖然只會啃咬以及用藤蔓捆人，但等級高達二十三所以不能大意哦。」

我最初帶來的魔物是在葉子的身體上附有會散發香草氣味的花朵，花朵中央有張長了獠牙的嘴巴。

同樣外觀的魔物當中也有具備了「迷魂」特殊能力的個體，所以必須留意。

「……■■　麻痺霧。」

「明明是葉子卻那麼神氣——這麼告知道。」

沐浴了蜜雅的水魔法後「爬行洋蘭」動作變得遲鈍，接著受到娜娜的挑釁吸引，最終由獸娘們對其發動突擊。

——哦？

儘管只有一瞬間，我確實見到了波奇的魔劍上帶有看似魔刃的紅光。

繼續關注眾人的戰鬥後，結果不光是波奇，就小玉的魔劍也出現了魔刃的徵兆。

照這個樣子來看，只要持續提升等級的話，這兩人在不久的將來應該都能像莉薩那樣取得魔刃技能了。

這一天我們持續與魔物戰鬥至黃昏，然後直接在迷宮裡建立的安全地帶過夜。

◆

就這樣——住在迷宮內的戰鬥時光飛快流逝，到了預計回歸日的前一天。

「釣到了～？」

小玉帶著魔物，回到了鎮守在大廳丘陵處的同伴們身邊。

追趕小玉的魔物「步玉蜀黍」正如其名稱所示，在玉米的外表上長有給人昆蟲般印象的腿部。

而且——

「小玉！後面喲！」

——還會像機關槍一樣從本體擊出變形成圓錐狀的玉米粒。

「飄來飄去～？」

小玉利用瞬動避開了玉米粒彈幕。

步玉蜀黍停下腳步，陰魂不散地繼續以彈幕到處追殺小玉。

「是植物的話就別動——這麼告知道。」

娜娜以帶有挑釁的聲音這麼呼喊後，步玉蜀黍的目標便轉向了娜娜。

面對朝著陣地飛來的玉米粒，娜娜用大盾和自在盾抵擋。

盾牌上的衝擊力讓娜娜整個人後退，鞋底的釘子挖穿了地面。

其身旁可以見到被玉米粒直接命中的岩石碎裂的景象。

不小心被直接打中的話很可能會受傷。

另外，那些射偏至陣地之外的玉米粒，我則是將它們以「理力之手」捕捉並統統收入儲倉。

步玉蜀黍所射出的這種玉米粒，其堅硬的外皮足以擊碎岩石但內容物卻可以正常食用。

差不多也快到吃點心的時間，就用這些玉米粒來製作一道點心吧。

我在「平行思考」技能的輔助下關注著同伴們的戰鬥，一邊展開手邊的作業。

「這隻步玉蜀黍是二十七級！沒有魔法的普通魔物哦！等到對方射光玉米粒之後再反擊！」

亞里沙將利用「能力鑑定」確認的魔物情報告知同伴們。

等級在二十五以後的魔物即使是相同外觀，其中也會夾雜著用魔力壁保護自己或使用魔法的特殊個體。

真希望能像遊戲裡一樣，起碼換個顏色呢。

「嘿！嘿！」

露露躲在娜娜的身後發射輝焰槍，火焰子彈所貫穿的地方，玉米粒紛紛「砰」地一聲爆開。

輝焰槍這種自製的新裝備使用了我在遭遇焰王的「噴火島」火山口所獲得的火晶珠，屬於火杖的一種。

若是雷杖槍或火杖槍的話對這個等級的敵人來說終究太弱，於是我便嘗試準備了這把輝焰槍。

儘管其攻擊力就相當於設置在堡壘的魔力砲等級，所以無法在他人面前使用。

「對方差不多快射完了！蜜雅，拜託妳用麻痺水縛。」

「嗯，■■■……」

亞里沙評估戰況後對同伴們下達指示。

「娜娜，我會插入空間壁，妳就乘機重新架起自在盾。」

「了解——這麼告知道。」

步玉蜀黍的彈幕被亞里沙製作出來的透明牆壁擋住了。

確認娜娜施展完理術後，亞里沙立刻撤除空間壁。空間壁防禦力雖高但需要大量魔力來維持，經常使用的話效率似乎很差。

不久，射完玉米粒的步玉蜀黍前端分裂成四塊，從中出現了長有獠牙的大嘴。

步玉蜀黍發動突擊，準備吞噬娜娜。

「嘿！」

看準張開大嘴暴露出弱點的步玉蜀黍，露露擊出的輝焰槍子彈刺入了對方口內。

「……■■■　麻痺水縛。」

蜜雅的水魔法這時也發動，剝奪步玉蜀黍的突擊力並將其束縛在地面。

這是兼具了麻痺霧和水縛效果的中級水魔法。雖然不像麻痺霧那樣可以進行範圍攻擊，但不用擔心會波及自己人所以很適合用來對付單一敵人。

「就是現在，必殺之二次元殺法！」

亞里沙喊出莫名其妙的吆喝聲，朝著停止動作的步玉蜀黍施放出「空間切斷」的魔法。

看不見的劈砍將步玉蜀黍俐落地劈開，但由於太過銳利而並未造成太大的傷害。

畢竟植物系的魔物大多都很耐打呢。

「小玉、波奇，轉變為攻勢！一口氣收拾敵人。」

「魔刃～？」

「GO～喲！」

在魔劍上產生出魔刃的小玉和波奇連同莉薩一起從娜娜的身後衝出，開始對步玉蜀黍展開近戰。

在這幾天裡，小玉搶先學會了使用魔刃，而波奇也在今天上午的升級後終於成功學到了魔刃技能。

兩人手持挾帶紅光刀刃的魔劍，砍斷了步玉蜀黍的後腿。

大概是剛學會的魔刃技能等級太低，兩人的魔刃光輝都很不穩定，魔力的消耗也相當劇烈。

步玉蜀黍像鞭子一般揮動數不清的玉米鬚，前鋒成員則是將其掃開。

就這樣一進一退，戰況很快就倒向了同伴們這邊。

「這一擊就結束了——」

莉薩舉起纏繞著穩定紅光之刃的魔槍。

「——螺旋槍擊！」

挾帶銳利迴旋的魔刃刺出，深深扎穿了步玉蜀黍的身體。

——CWUOOORWNN。

裂成四個部分的獠牙大嘴裡，傳出了步玉蜀黍死前的吶喊。

魔槍周圍進一步呈螺旋狀轉動的魔力之刃，把魔物的身體鑿得更深。

莉薩的螺旋槍擊是以我在「黃金豬王」戰中學到的三連螺旋槍擊為基礎的招式。

儘管我一直覺得必殺技系的技能純粹只是哄騙人浪費技能點數的東西，不過威力比起普通攻擊要提升了好幾成，所以實在不容小覷。

真希望每個人起碼都能學會一招。

——CWUOOOOWNN。

步玉蜀黍在發出死前叫聲的同時，還將玉米鬚當成鞭子一樣胡亂揮舞。

植物系的魔物果真很耐打。

「長眠吧——這麼告知道。」

被娜娜經由身體強化後提升威力的盾牌攻擊所痛擊，步玉蜀黍的巨大身軀便猛然後退。

「追加的次元樁，極粗！」

亞里沙的空間魔法鎖定停下動作的步玉蜀黍發動追擊，給予死纏爛打的步玉蜀黍致命的一擊。

「大勝利～？」

「是喲！」

眾人打倒魔物後發出勝利的歡呼，我則是用生活魔法先清洗她們然後再以中級水魔法「治癒：水」一口氣治療大家的傷勢。

畢竟戰鬥中的傷勢都交給蜜雅處理，但戰鬥之後的治療就由我來負責了。

「好耶——！成功了呢！剛才的經驗值讓我變成二十九級了哦！」

「Great～？」

「太好了喲！」

「不可自滿哦。都是因為主人在場才有這種成果。」

「肯定。感謝主人——這麼告知道。」

「我當然很感謝啦。雖然現在是小玉在擔任誘餌，不過直到昨天為止全都是主人幫忙引過來的嘛。」

想不到亞里沙能說出值得嘉獎的一番話來——

「真的很厲害哦。獵殺的期間不但沒有其他敵人過來，休息片刻之後立刻又引來差不多實力的敵人，這種安排就連效率廚也瞠目結舌呢。」

——我猜錯了。不過這種最後才爆出重點的說話方式實在很有亞里沙的風格。

我表示「效率廚是多餘的」並在亞里沙的頭上「砰咚」敲了一拳，然後環視眾人。

大家整體的魔力消耗相當大，我於是依序用「魔力轉讓」魔法來回復每個人。

至於小玉已經前往尋找下一個敵人，所以等回來後再幫她回復好了。

「照這個樣子，今天之內似乎可以升上三十級了呢。」

這個十七區有許多強度適中的魔物，對她們的訓練和升級效率似乎都很有幫助。

正如最初被誤認為森林那樣，這個區域的植物型魔物相當多。

「抱歉～？」

「不用介意哦！」

出聲道歉的小玉身後，跟隨著會吸收魔力並到處走來走去的棘手藤蔓魔物「棘蔦足」以及不斷伸出黏液狀觸手爬行而來的食蟲植物型魔物「黏液手壺」這兩種魔物。

看樣子，她這次挑選魔物好像失敗了。

「娜娜，麻煩妳暫時纏住黏液手壺！」

「多多學習蝸牛的可愛吧——這麼告知道！」

或許是拜娜娜的挑釁技能提升等級所賜，她好像可以針對單一對象進行「挑釁」了。

「我們先打倒棘蔦足！對方會吸收魔力，小心不要被藤蔓纏住了哦！」

「知道了！」

「是喲。」

莉薩和小玉在牽制棘蔦足的同時，波奇則是扮演副盾的角色。

我所施加的物理防禦附加並未消失，但獸娘們的武器都被奪去了魔力。

「緊急情況～？」

「呃！這不是第三隻嗎！居然連火焰楓也來了。」

一邊晃動著不斷燃燒的葉子，火焰楓蠕動根部跑了過來。

「我用『迷宮』爭取時間，大家依序解決掉棘蔦足、黏液手壺和火焰楓。」

亞里沙發動空間魔法後，火焰楓的周圍便出現了以透明「隔絕壁」構成的迷宮。

著火的葉片從那些突出迷宮的樹枝處如飛鏢一般飛來。

由於數量太多，看起來無法完全守住，我於是伸出「理力之手」抓住葉子並將其回收至儲倉。

「Thank you，主人！」

我朝著出言道謝的亞里沙揮揮手，取出一枚持續燃燒的火焰楓葉片仔細觀察。

——對了。

我決定把這種葉子運用在剛才進行到一半的作業上。

「棘蔦足的體力不足四成了哦！」

「嗯，再接再厲。」

「發射！」

快速打倒棘蔦足後，同伴們又前往協助獨自一人在抵擋黏液手壺的娜娜。

「亞里沙，火焰楓快要跑出來了哦。」

「嗚哈～謝謝你，主人。」

接獲我的提醒，亞里沙急忙再次施展空間魔法。

這次的施法似乎耗盡了魔力，只見她從腰間的魔法藥固定帶取出魔力回復藥一口喝下。

度過危急狀況的同伴們，就這樣有驚無險地陸續打倒敵人。

「好香的味道～？」

「在煮什麼喲？」

結束戰鬥後的波奇左右擺動著尾巴跑來。至於陶醉地瞇起雙眼聞著香味的小玉也在一起。

「嗯？步玉蜀黍的穎果跟玉米很像，所以我就嘗試製作了鬆餅類的食物。」

我首先用生活魔法「乾燥」將玉米粒烘乾至硬梆梆的程度，再以原創的術理魔法「萬能工具」製作的磨臼進行碾磨，拿這些玉米粉製成的。

這是學生時代某個對小麥粉會過敏的孩子教我的食譜。

「討厭，別人戰鬥的時候不要在後面煮東西哦。肚子都快叫出聲音了。」

「嗯，一直叫。」

「辛苦了。」

華麗地忽略了亞里沙憤慨的抗議聲，我將烤好的鬆餅移至砧板。

然後切成適當大小再淋上楓糖發放給所有人。這算是小小的點心。

這些楓糖同樣也採集自與剛才出現的火焰楓同種類的魔物所製成。

「好吃～」

「臉頰要融化了喲！」

甜味讓小玉和波奇興奮得全身顫抖。

「再多加一點楓糖。」

「嗯，增量。」

「妳們兩人真是的，要是發胖我可不管哦。」

亞里沙和蜜雅向負責添加楓糖的露露要求增量。

見到露露一臉困擾地望向這邊，我於是點頭表示同意。記得楓糖的熱量應該不會太高才對。

「主人，這是用剛才魔物的黃色顆粒製作的嗎？」

「是啊。將那種顆粒磨成粉，再加上蛋和砂糖等許多材料製成的。」

我這麼回答露露的問題。

其實這種鬆餅全部都使用了迷宮出產的素材。蛋是小玉昨天採集到的，砂糖也是名為步竹砂糖的種類，提煉自「步竹」這種竹子所構成像鹿一樣的魔物素材。

同伴們吃得津津有味的模樣讓我感到心滿意足的同時，我自己也拿了一片送入口中。

由於沒有發粉或膨脹劑所以膨脹程度不怎麼樣，但味道已經達到充分令人滿意的程度。

──哦？

娜娜目不轉睛地盯著印在鬆餅背面的小雞圖案。

「主人，這個烙印非常無敵。推薦進行保護──這麼告知道。」

我一時興起就加上了小雞圖案的燒焦烙印，看來她似乎對此十分中意的樣子。

「以後會再幫妳烤的，趕快乘熱吃掉吧。」

「是的，主人。」

這是用「萬能工具」魔法製作出印模並將火焰楓的葉子夾在中間烙印而成的，未耗費太大的工夫。

順帶一提，其他孩子們的圖案則是肉球或兔子之類的。

小玉和波奇看似還想再多吃一點，就把我自己剩下的部分各分一半給她們好了。

我這麼招手後兩人立刻跌跌撞撞地跑來，像幼鳥一般張大嘴巴催促著，於是我便將切成大塊的鬆餅放入她們的口中。

「Delicious～？」

「很美味喲。」

蜜雅和亞里沙也仿效著向我張開小嘴，不過盤子已經空了所以我改為放入糖果。

早知道這麼受歡迎，剛才我就多製作一些玉米粉了。

另外，這種糖果是我用狂亂洋蘭的花蜜鍊成洋蘭蜜酒時出現的副產物製作的。

這些東西的製作法都存在於托拉札尤亞先生所留下的資料當中。

想必他一定是個老饕精靈吧。

「飯後休息一下再移動吧。」

「是啊，畢竟這裡的敵人好像只剩下小嘍囉了。」

亞里沙同意我的發言。

能像這樣子在迷宮內悠哉進行調理及確保點心時間，都是因為敵人很少的緣故。

由於我們在這幾天裡極盡所能地濫捕濫殺，如今會在大廳內主動襲擊我們的魔物就只有剛才那最後一隻火焰楓了。

要是被環保團體知道很可能會挨罵，但迷宮裡的魔物是「迷宮之主」藉由「迷宮核」之力產生出來的，似乎不用擔心會因為濫捕而導致滅絕的危機。

即使如此，對於看似狂亂洋蘭幼苗的「陽炎洋蘭」新芽我就沒有下手了。

將大廳內的敵人掃蕩乾淨後，我們又依序攻略了與大房間接鄰的小房間。

「最後的胞子攻擊真是危險呢。」

「真想不到，居然利用共生的『辛味葉鳥』施放出的火魔法讓胞子起火。」

望著迷宮菇在眼前倒下的龐大屍體，莉薩和亞里沙擦了擦冷汗。

辛味葉鳥是以紅色葉子構成的鳥型弱小魔物，平常都棲息在迷宮菇的頭部，偶爾還會有具備火魔法技能的個體。

「這隻迷宮菇的體積實在很壯觀呢。蜜雅，妳今天晚上也要吃嗎？」

「嗯，肯定。」

帶著垂涎三尺般的表情注視迷宮菇的屍體，蜜雅的雙眼頓時發亮。

「迷宮菇，美味。」

這種迷宮菇排是蜜雅最近這幾天以來的主食。

來到植物區之後由於蔬菜很豐富，使得蜜雅的心情變得比以往更為愉快。

「那邊，有寶箱～」

小玉指著位於香菇房間深處的凹洞這麼報告。

這個房間裡就像樹木一般生長著巨大的香菇。我曾一度嘗試切開過，但到距離表面幾十公分以內就變得像石頭一般堅硬。儘管算是一種魔物，卻完全沒有活動的跡象。

「哦——好久沒發現了呢。」

這幾天以來所找到的寶箱只有三個。

而打從第一天的「區域之主」之後每個寶箱都撲了空，裡面只放著外觀看似古代美術品的五把青銅劍和大面銅鏡。

當然，每一樣都是不具備魔法力量的普通物品。

我懷著眾人這次一定會發現寶物的期待前往開啟寶箱——

「又是青銅劍？而且全都是同型的嘛。」

「畢竟各方面能力都很平均，或許很適合用來訓練初出茅廬的探索者。」

安撫著這麼發牢騷的亞里沙，我一邊將寶箱裡發現的五把青銅劍回收至儲倉。

「天色就快要變暗了呢。」

「說得也是，我們也該回『別墅』了。」

大家似乎都對此毫無異議，我們於是決定撤出危險地帶。

儘管每個人都一副打得意猶未盡的模樣，不過除了所需經驗值較多的蜜雅以外，其他人都達到三十級且獲得了許多新技能，以初次的迷宮探索來說已經獲得相當充分的成果了。

在各種主要的技能當中，莉薩學到了必殺技系的「螺旋槍擊」技能、小玉和波奇是「魔刃」技能，而露露則是術理魔法和生活魔法的技能。

儘管術理魔法方面僅能使用初步的「魔燈」，但生活魔法好像可運用自如了。

露露曾表示過，希望能夠趕快學會術理魔法「立方體」和「自走板」。

前者是充當隨時保持清潔的砧板，後者就用在食材的搬運上。

——實在很像露露的風格。

還有，蜜雅和娜娜並未增加什麼值得一提的技能，不過蜜雅的精靈魔法技能似乎有所提升，如今已經能使用四大精靈系的精靈創造了。

最後是亞里沙——

「我還是決定選擇火魔法哦！因為精靈們說過，火魔法的身體強化是藉由燃燒體脂肪來產生能量，對減肥很有幫助嘛。」

——基於這個理由，她剛才便取得了火魔法技能。

明明昨天晚上還在抱怨空間魔法的等級從八提升至九需要太多的技能點數，而差點心灰意冷，如今居然就見異思遷選了火魔法。

還是不要告訴她，我提升技能等級時固定只需要一點的點數好了。

由於亞里沙目前勉強可以使用上級空間魔法，所以她好像才會選擇了可以在他人面前隨意使用且戰鬥效率更佳的火魔法。

另外，根據我自己的分析，身體強化一般都以魔力作為燃料，所以燃燒體脂肪之類的說法應該是精靈們在開玩笑的吧。

看她這麼高興，我於是錯過了告知真相的機會，不過還是得乘亞里沙開始暴飲暴食之前告訴她才行呢。

再來，進入迷宮時我所擔心的亞里沙精力值不足的問題，據她本人說好像是自己一直都將能力點數分配在魔法師系的能力值上面所導致。

既然亞里沙在升級時可以任意指定能力值進行提升，我便讓她將力量值和耐力值提升至沒有問題的水準以解決這個問題。

◆

「抵達～？」

「Gate open喲。」

小玉和波奇站在土牆前這麼開口後，一條通道便伴隨著轟隆隆的沉重聲響出現了。

首先迎接我們的是坐在台座上的企鵝像。

「回來了。」

「呱！」

企鵝像回應了蜜雅的問候。

這個企鵝像是我來到這裡之後製作的，裡面放有以前負責操縱飛行帆船的船首像型魔巨人的核心零件。

我讓企鵝像負責守門以及維護這個場所。

就算有同伴之外的人想要打開土牆，船首像型魔巨人也會將其拒於門外所以保安措施萬無一失。

若遭到入侵，則會按照事先的設定發送和術理魔法「信號」同種類的警報給我。

位於企鵝像的另一端，可以見到我們作為據點的一棟小木屋。

以樹木系的魔物素材製作的小木屋一開始只是作為起居室兼寢室，之後每一天又逐步進行增建及改良。

如今已經變成了起居室兼餐廳、寢室、廚房、浴室以及工作室，充滿了別墅風格的據點。

「大家趕快把手腳洗一洗之後進去吧。」

同伴們在玄關前的洗滌場清洗手腳的污垢，然後脫下鞋子換成拖鞋。

「既然沒有消耗多少魔力，應該用不著補充了吧？」

我喃喃說著，仍對企鵝像台座上面的魔力儲藏裝置填充魔力。

雖然也製作了與迷宮內的魔力脈相連以時常供給魔力的機制，但考慮到被「迷宮之主」干擾的危險性，我於是改成平時以單機的方式來運作。

兩者之間的切換可以由船首像型魔巨人自行控制。

「好，完成。」

我這麼嘀咕，同時環視座落著別墅的大房間。

別墅旁邊有活動人偶們負責耕種的田地，裡面種著番茄和藥草的種子。這些活動人偶就是之前在飛行帆船上面擔任過假船員的那些。

之所以會選擇將據點設在這個大房間裡，主要是因為有取水場和通風口，附近也不存在會產生湧穴的魔物通道。

大房間本身有三條往外的通道，但我在每條通道的兩端都事先設置了和剛才一樣的土牆門。

通風口嵌上了我從沉船裡面拆下來的真鋼合金材質金屬網，牆壁、天花板和地板也刻畫了魔法陣以啟動我在海龍群島的都市岩島嶼上所施加的那種淨化結界。

這些措施都是為了防備非實體系的魔物或蟲系的小型魔物。

畢竟最初露宿在這裡的時候，我們的體溫居然吸引了「咬地蟲」這種小型昆蟲魔物從土裡爬了出來。

所幸用生活魔法「驅除害蟲」就能輕鬆排除掉，但既然被打擾到睡眠，我便採取了各種對策，最後就變成這個樣子。

從某方面來說簡直就是個要塞，不過一切都是為了同伴們的安全和我的安穩睡眠著想，所以這次便將自我約束的這般枷鎖拋到一邊去了。

「——主人，浴室熱水準備好了哦。」

「嗯嗯，我這就去。」

聽到亞里沙前來呼喚，我於是關上魔力儲藏裝置的蓋子前往浴室。

別墅裡燒洗澡水的工作是由其他不會煮飯的孩子們輪流負責的。

波奇之前在燒熱水用魔法道具的輸出調整方面似乎還困難重重，但如今已經可以穩定地燒出洗澡水了。

「大家都在等著，趕快脫光光～」

一走進脫衣間，亞里沙便雙手蠢蠢欲動地這麼催促道。

要是拖拖拉拉的話會被亞里沙的魔手抓住，所以我藉助快速更衣技能變身為腰部圍著毛巾的打扮後前往洗澡間。

「唔唔！洗澡的時候禁止作弊！」

亞里沙失去幫我換衣服的機會後這麼大叫，但被我隨意當作了耳邊風。

眾人身穿一件泡湯衣在木製的浴槽前等著。浴槽是我用聖劍砍下巨樹的樹幹，再以亞里沙的空間魔法挖鑿而成的。

雖然認為她們先進去也無妨，但莉薩和娜娜都很堅持「最先泡澡的應該是主人」所以我便養成了第一個進入的習慣。

「主人，失禮了。」

「執行淋熱水作業——這麼告知道。」

看似有些開心的莉薩和娜娜分別從左右幫忙完淋熱水後，我便踏入了浴池。

然後緩緩將背部靠在浴池邊緣，於溫度適中的熱水裡放鬆身心。

——啊啊，泡澡真好。

我發動精靈視，一邊從浴池裡伸出手掌。

循著流動在手指之間的熱水，精靈紛紛舞動般地滑落。

據說精靈並沒有個性或感情，但這個洗澡間裡的精靈們看起來卻很開心的樣子。

「好多精靈。」

「是這樣嗎？」

蜜雅的發言令亞里沙不解地傾頭。

這裡的取水場有許多精靈。不知道是為了當作魔物的食物，抑或是單純為地脈的噴出口而已。

光是泡在熱水裡，身體就彷彿接受過按摩一般舒暢，說不定這是精靈們在幫我放鬆肌肉的緣故呢。

「好，身體也暖和了，開始洗頭吧。」

「系～」

「是喲。」

小玉、波奇和蜜雅三人很有活力地從浴池裡站起來。

最初我也會幫其他孩子洗頭，不過露露的臉卻紅得彷彿快要暈倒在池裡一樣，而亞里沙也興奮得流出鼻血眼睛直打轉，所以我就讓她們自己洗了。

「嗯，第一。」

經過猜拳後獲得第一名的蜜雅戴上洗髮帽，整個人坐在木製的洗澡椅上。

身體要是變冷就會感冒，所以我迅速以洗髮用的肥皂搓出泡沫。這種洗髮用肥皂的製作法是波爾艾南之森的鍊金術士茲托雷伊亞先生教給我的。

雖然還比不上原來世界的洗髮精，卻是比普通肥皂更容易起泡且對頭皮相當溫和的好東西。

至於洗髮帽當初是為了小玉和波奇她們而製作，不知為何如今就連蜜雅和娜娜也迷上了。

依序洗完小女孩們的頭髮後，我和波奇她們一起重新暖和身體直至數到一百為止便離開了浴室。

由於在精靈之村的時候也每天一起洗澡，所以我的目光如今已經不會被娜娜泡了熱水後變得略微透明的泡湯衣所吸引了。

總覺得自己好像變得性冷感了，還是偶爾到夜晚的城鎮上去找回熱情吧。

「明天早上，我打算先回一趟地上。」

洗完澡後我這麼告知，卻見大家的表情有些黯淡。

「咦～等升到五十級之後再回去嘛。」

「我也很想這麼做，不過會超過在迷宮入口登記的預計探索期間，而且預先支付的旅館住宿費也差不多快用光了。」

儘管我並不覺得對方會立刻就將我們的馬車和馬匹們處理掉。

「更何況要是不去探望一下馬兒，牠們說不定會很寂寞吧？」

聽了我的話，小玉和波奇面面相覷地露出「糟糕了！」的表情。

待在迷宮的日子裡，她們似乎完全忘記了愛馬的事情。

「回去吧～？」

「不趕快回去就不好了喲！」

小玉和波奇急忙站到椅子上，我於是撫摸兩人的腦袋讓她們坐下。

「真沒辦法呢。」

「嗯，理所當然。」

所幸大家似乎都可以接受。

「而且只要事先設置好刻印板，立刻就可以回來了哦。」

大家好像還打得不過癮，但經我這麼告知後，原本黯淡的表情隨即恢復了笑容。

看樣子，大家都很喜歡迷宮別墅裡的生活呢。

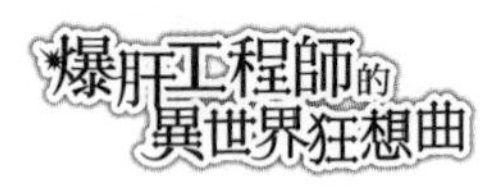

◆

「主人，我來了哦——咦，蜜雅？」

亞里沙打開附設於迷宮別墅的工房門走了進來。

不知為何，身上是穿著若隱若現的女用睡袍。

「姆，不知羞恥。」

蜜雅說得很對，所以我從儲倉裡取出一件開襟毛衣讓亞里沙穿上。

「搞什麼嘛，還以為是要求我陪睡呢。」

亞里沙嘟著嘴巴抱怨道。

不好意思，我對小女孩並不感興趣。

「之所以找妳們兩人過來，是希望妳們能協助我的勞作哦。」

我這麼告知並環視兩人，確定她們都理解之後繼續說了下去。

「記住我事先給妳們的咒語了嗎？」

「嗯，完美。」

「那倒是沒問題。不過內容很冗長，只能知道是轉移系的咒語哦。」

相較於抬頭挺胸的蜜雅，亞里沙卻是眉頭深鎖的煩惱表情。

大概是因為看不懂咒語的內容而覺得心有不甘吧。

「不要緊，妳們很快就會知道了。」

我用「理力之手」魔法準備了兩個台座。

台座上嵌入了從儲倉取出來的標記用三角形記號，一邊的台座擺上裝有溶解後的魔液，另一個台座則放上得自迷宮寶箱的青銅劍。

「好，先從蜜雅開始詠唱咒語，將咒語的基準點設在三角記號上。」

「嗯，知道了。■　■■■　■■■■■■……」

差不多可以了吧？

我看準時間後對亞里沙出聲：

「亞里沙，開始詠唱吧。」

「ＯＫ！　■■■■■……」

終於，冗長的咒語結束了。

「……　■■■　■　迴路〇〇一創造。」

蜜雅的咒語完成後，魔液就像蛇一樣從瓶子裡升起，獨自開始形成迴路。

魔液迴路接連出現分歧，細微的紅線以立體方式交織出劍的形狀。

「漂亮。」

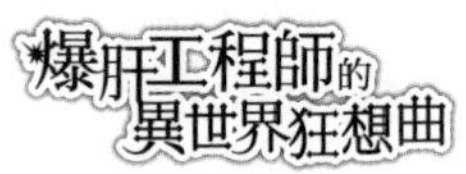

蜜雅陶醉地喃喃道。

「……■■■■■　迴路〇〇一傳送。」

而亞里沙的魔法完成之後，紅色的魔液迴路便消失，取而代之的是出現了青銅線構成的迴路。

「──成功了。」

我透過ＡＲ顯示確認青銅劍已經變成了魔劍。

出乎意料的是，我發現青銅劍的製作者居然還是原本的「賽利維拉的迷宮」。這真是令人喜出望外的幸運。這樣就不必再偽裝製作者了。

「對了對了，這莫非是──」

「沒錯，我給妳們的是創造魔劍的魔法咒語書哦。」

「魔……魔劍？」

「驚訝。」

見到兩人吃驚得跳起來，我浮現出驚喜成功之後的得意笑容。

本次會製作這樣的魔法，是有其原因的──

若是像以往那樣使用液體操作的魔法或鍊成，的確可以輕易製作出在公都黑市所販賣的那種單純迴路的魔劍，不過一旦涉及複雜的迴路，像波奇她們的魔劍就已經是極限了。

即使想在鑄造劍的整形階段同時製作，無論如何都會受到熱度影響而扭曲，換成鍛造劍卻又必須考慮到包裹在內的迴路會變形。

倘若使用以往的手法，總覺得再怎麼熟練都無法製作出神授聖劍等級的武器，所以我便嘗試改變了方法。

首先，我想到要在鑄造中利用水魔法來製作迴路，但除了控制困難外也跟以往的手法沒有兩樣。

而緊接著思考的，就是本次嘗試以水魔法先行製作迴路再以空間魔法進行安裝的方法。

——我將上述的始末告訴兩人。

「不過，這樣子很奇怪吧。」

「姆？」

望著自己的咒語書，亞里沙不解地傾頭道。

我對那副模樣投以微笑，回到自己思考上面。

自由創造迴路並製作出魔劍的「魔劍創造」咒語，其咒語容量有些過於龐大，在設計的階段就成了總量足足有好幾個上級魔法的奢侈魔法。

無人能施展的魔法畢竟算是瑕疵品，於是我便在完成前將其封存起來，朝著常人也可施展的方向做出改變。

「蜜雅，咒語書借我看。」

「嗯。」

亞里沙從蜜雅手中接過咒語書，仔細地以目光掃過。

儘管已經熟悉了我的原創咒語，但她的速度簡直就跟原作者沒兩樣。

「果然，跟我的『一樣』──」

我對看似已經找到正確答案的亞里沙點點頭。

「──這些咒語『純粹』是為了製作這把魔劍吧？」

「是啊。」

我交給兩人的咒語中並不存在變數。

正確來說，作為咒語起點的三角形標記位置是亂數，然而那並非重點所在於是就排除在外了。

「這兩種咒語，只是用來在這把青銅劍裡安裝這個魔法迴路罷了。」

青銅劍大致都是相同的形狀自然沒問題，但魔法迴路也是固定的。

由於轉移魔法的座標設定也安裝在咒語裡面，因此魔法迴路一旦改變的話連轉移魔法也無法使用了。

「真是奢侈呢。」

「不過，若不這樣做，迴路的整形和轉移座標設定的數量就會太多，根本沒有人能夠辦到哦。」

若是電腦還另當別論，最起碼人類根本就無法在腦中準確地設定好幾千個座標。

「想用。」

「好啊。刀刃會冒出火焰，要小心哦。」

「嗯。」

蜜雅注入魔力並舉起魔劍後，魔劍周圍便產生近似術理魔法「防禦壁」的保護膜，其外側冒出了火焰。

蜜雅用單手輕鬆地揮動帶有火焰的魔劍。

「漂亮。」

「總覺得讓人想要跳一下火舞呢。」

在單純感到喜悅的蜜雅身後，亞里沙喃喃說出了失禮的感想。

的確，除了史萊姆那樣討厭火焰的魔物或對普通攻擊具備抗性的魔物，這對其他魔物來說只是火把而已，不過實在是一把很有奇幻風格的魔劍。

「魔法效率似乎也很不錯呢。」

我從蜜雅手中接過魔劍，確認其完成度。

「對了——魔力如果操控得當，還可以這麼做哦。」

我調整魔力一邊揮動魔劍後，劍尖處便飛出了火杖等級的火焰彈。

「嗚哈！簡直就像是漫畫裡會出現的劍！」

亞里沙見狀後笑容滿面地嬉鬧著，接著又恢復正經的表情詢問：

「不過僅憑這一點，豈不是跟波奇她們的魔劍沒兩樣嗎？」

「外觀是這樣沒錯呢。其他還有身體強化、銳刃，以及兼具賦予持有者活力的精力回復效果。」

若非如此，蜜雅根本就不可能單手揮動沉重的魔劍。

由於魔力也會在劍和本人之間循環，所以消耗量相當少。

「謝謝妳們。這樣一來就能進入下個階段了哦。」

「姆？」

「下個階段？」

我的發言讓蜜雅和亞里沙傾頭不解。

「就是以奧利哈鋼和日緋色金這些傳說系金屬鍛造而成的劍來製作聖劍。」

畢竟青液比起魔液更能製作出細微且高密度的迴路，完成後的魔力效率也很棒。

「這件事情並不急，所以接下來的咒語也要拜託妳們了。」

見到我取出的一大疊咒語，亞里沙和蜜雅面面相覷後逃了出去。

「一百種會太多了嗎？」

我口中這麼嘀咕著並追上兩人，最後終於以優先製作亞里沙和蜜雅的專用裝備為條件，讓她們答應往後繼續幫我的忙。

總有一天，我還想製作出自律防禦盾和浮遊砲台之類的東西。

嗯，異世界的勞作真是令人夢想無限呢。

重逢

「我是佐藤。有些事就算自認為做得很完美，旁人看了往往會捏把冷汗。還是得乖乖聽從年長的友人所提出的忠告比較妥當呢。」

「下面那些軍隊的人都很戰戰兢兢的呢。」

「大概是某高層一族的子弟還未歸來吧？」

對於傾頭感到納悶的亞里沙，我說出了自己的推測。

剛才經過某個最靠近迷宮入口的大房間，裡面是駐紮的士兵們帶著登山隊一般的重裝備正在集合當中。

畢竟迷宮裡也有鄰國的王族或伯爵子弟之類的人物，他們的對象大概就是那些人了吧。

「哦～那真是傷腦筋呢。」

「是啊。預計回歸日當初應該要申請兩倍的時間才對。」

畢竟我們這一次雖然剛好在歸來日的當天返回，但如果出現什麼意外的話說不定就無法準時回去了呢。

話說回來，去程的時候就連下階梯都氣喘吁吁的亞里沙，回程的路上竟然已經能一邊聊天一邊爬完階梯了。

等級提升的作用果然很大呢。

「抵～達～？」

「可怕的門後面是笑臉喲。」

小玉和波奇打開了浮雕著「笑得有些詭異的太陽」的迷宮入口門。

「那麼，賽奧倫小隊長，萬事拜託了。」

「是的，我賽奧倫一定會將子爵大人您的友人救出。」

門的另一端傳來這個讓我有些熟悉，彷彿教師一般的嚴格聲音。

離開昏暗的迷宮來到外面後，採光窗灑落的光線之下赫然有個我認識的人。

「——潘！」

和我目光相接的那個人，看似嚇了一跳般想叫出我的名字卻在中途卡住。

看來對方似乎很無情地忘記了我的姓氏。

「好久不見，西門子爵大人。」

他是在公都經營卷軸工房的上級貴族，也是我的朋友多爾瑪的哥哥。

不同於給人有些吊兒郎當印象的多爾瑪，他的這位哥哥充滿了嚴厲教師般的威嚴感。

「剛才無意中聽到，既然您的友人下落不明，我也來幫忙協尋吧。」

從自己口中說出來或許有點狂妄，但在尋人方面，相信應該沒有比我——比我的特殊技能更為厲害的人了。

「不——不，不需要了。」

西門子爵呼出一口氣，同時搖了搖頭。

既然他好像委託了迷宮方面軍幫忙，大概是認為外行人只會礙手礙腳吧。

當然，這也是因為他並不知道我的特殊技能一事。

我打算暫時離開，之後再偷偷搜尋地圖並代為救人。畢竟對方一直都在卷軸製作方面給予我各種的方便，所以得幫這點小忙才行呢。

「已經找到了。」

——咦？

冷靜下來的西門子爵突然擁抱我的舉動讓我感到驚訝，但我隨即便猜到了事情的發展。

「那麼，他就是潘德拉剛動爵了吧。」

賽奧倫小隊長看似嚇了一跳，用審視般的目光注視著我。

順風耳技能捕捉到他低聲說了一句「臉很乾淨呢」。

我一瞬間懷疑起對方的審美眼光，不過他的言外之意大概是「連續好幾天徘徊在迷宮裡竟然都沒有弄髒」吧。

畢竟我在迷宮的別墅裡每晚都會洗澡，衣服也是每天更換呢。

「嗯嗯，是啊。這位是我無可取代的友人，同時也是好客戶的潘德拉剛動爵。」

西門子爵終於從擁抱中放開，不過隨即摟住我的肩膀將我介紹給賽奧倫小隊長。

我並不記得他是個這麼喜歡肢體接觸的人，但對方似乎對我的平安歸來感到非常高興，所以還是先按照他的意思吧。

和賽奧倫小隊長彼此做完自我介紹後，我便詢問了他們搜索我的始末。

事情的開端好像是——

前天，來到迷宮都市採購魔核及稀有素材的西門子爵，在貴族們的沙龍裡聽說了有一群探索者為了獲得蟻蜜而引發了連鎖暴走的傳聞。

聽著聽著，在說到救了那些探索者的竟然是一名手持祕銀名劍的黑髮年輕貴族，而且還帶著幾個小孩子及持有魔槍的橙鱗族女人時，他便從中聯想到了我。

為了保險起見，他派人前往探索者公會進行確認後，得知我們在連鎖暴走事件的當天成為探索者，就這樣進入迷宮還未返回的事實。

一開始他好像委託探索者公會派遣救援部隊前往，但對方卻堅持必須等超過預計回歸日之後才會出發而導致雙方毫無交集。

於是，他便直接找上迷宮方面軍的將軍進行談判，借用那些擅長迷宮探索的精銳組成了救援部隊。目前正在等待負責帶路的探索者過來。

當然，子爵本人並不一定要親自進迷宮，不過他說自己跟實際出動部隊的賽奧倫小隊長認識，所以才會專程過來一趟。

話說回來，幸好探索者公會是公事公辦的態度。

倘若當天就破例出動救援部隊，事情就會變得相當複雜了。

「似乎讓您操心了，真是非常對不起。」

「不，從這副模樣看來，好像是我太武斷了。把事情鬧大，我才應該說抱歉。」

聽完原委後，我向西門子爵低頭道歉，但對方也立刻反過來向我賠罪。

這樣一來總算不會讓對方失了顏面，接下來只要我們兩個人一起向賽奧倫小隊長低頭致歉就行了吧？

「所以我不是說了嗎？能擊退下級魔族的厲害劍士，就算第四區的魔物全部聯合起來也無法讓他受傷的。」

這麼插嘴的人是一名甲冑打扮的騎士。

據ＡＲ顯示他是賽奧倫小隊的一員，等級高達二十七。

「嗯嗯，勳爵你說得沒錯。這次的打賭是你贏了。之後我會叫人把酒桶和五頭羊送到兵舍的。」

「麻煩給我們麥酒哦。葡萄酒我們可喝不了啊。」

騎士聽了西門子爵的話之後露出笑容。

儘管是沒有爵位的貴族階級，但相較於貴族們愛喝的葡萄酒，他似乎更喜歡大眾取向的麥酒。

「小隊長，要讓下面的人解散嗎？」

「說得也是——傳令。」

賽奧倫小隊長摸著下巴的鬍子思考片刻後便叫來傳令兵。

「告訴將軍閣下。隱藏任務完成，我們賽奧倫小隊將執行原本的任務。」

「隱藏任務完成。我們賽奧倫小隊將執行原本的任務。」

「好，去吧！」

他向複誦完畢的傳令兵下達指示。

「原本的任務？」

「嗯嗯，我們所編寫的作戰文件，表面名義是為了消滅迷賊哦。」

聽到西門子爵的喃喃自語，賽奧倫小隊長這麼坦承道。

「既然文件已經批准，人員也都全副武裝準備完畢，我們準備直接前往消滅盤據在第二區的迷賊。」

賽奧倫小隊長望向騎士的方向露出計謀得逞的笑容。

「你們成天訓練應該也都膩了吧？偶爾也得去找那些人渣大肆發洩一番啊。」

「嘿嘿！我就喜歡深明大義的長官啊。」

賽奧倫小隊長和騎士這麼交談後，便告別西門子爵進入了迷宮。

他們或許真的很喜歡消滅迷賊，不過想必有一半的原因是顧慮到了西門子爵和我的感受吧。

在他們回來的時候，我也外送一些酒和大餐來加以慰勞好了。

「西門子爵，我想最好也答謝一下將軍閣下或是道個歉，請問該怎麼做才好呢？」

「這個我明天會前往道謝。你就不用擔心了。」

身為社會人士，可不能就這樣回答：「好的，原來是這樣。」

「倘若不適合一同前往的話，我自當遵從——」

「你真是一板一眼呢。好吧，我明天中午去接你。艾魯達爾將軍喜歡甜葡萄酒。酒由我來安排，你就準備一些適合配葡萄酒的菜餚吧。」

「好的，若不嫌棄這點小東西，我非常樂意配合。」

「那可不是什麼小東西哦。」

聽了我的話，西門子爵露出有些不悅的表情。

「你——『奇蹟般的廚師』做出來的料理可是具有媲美於同等重量黃金的價值。這點你在公都已經證明過了。想必羅伊德侯爵及何恩伯爵都會同意吧。」

真是令我懷念的人名。這兩位老饕貴族在享用我的料理時一向都吃得津津有味，所以我烹調起來也非常有成就感。儘管還比不上面對同伴們的時候呢。

「知道了。關於料理的事情，我會注意不再謙虛的。」

儘管覺得有些被老師訓話的感覺，我仍將他的忠告謹記在心。

「嗯，那就好。」

西門子爵「咳」地一聲清清喉嚨，換了一個話題。

「明天晚上要舉辦宴會慶祝你的生還。由於是臨時舉辦的，或許無法請來所有我認識的貴族，不過跟我有深交的貴族們應該有半數會到場才對。」

原來如此，是要把本地可以提供協助的貴族們介紹給我嗎。

這個迷宮都市賽利維拉似乎有像索凱爾那樣令人困擾的貴族，所以身邊若有其他認識的貴族就放心多了呢。

他表示原本希望幾天後再舉辦宴會，不過前往王都的飛空艇後天早上就要出發，下次回來已經是半個月後的事，所以在得知我平安無事後就不能再拖下去了。

西門子爵似乎在公都時就已經很忙，因此我對於他在百忙之中還為我而勞心勞力的舉動充滿了感激。

宴會的時候，不妨就送他那種會受大眾歡迎的原創咒語作為禮物吧。

既然煙火很受歡迎，融合了「理力之線」以及「魔燈」的「可自由移動的螢火」魔法應該很不錯。

我手邊還有之前分析時留下的模組，明天就來製作好了。

「——少爺！」

賽利維拉市方向的通道處傳來了年輕女性的聲音。

「太好了！」

「您平安無事嗎！」

跑到身邊抱住我的，是在連鎖暴走事件當中救出的「美麗之翼」兩人。

在亞里沙和蜜雅的鐵壁雙人組活躍之下，擁抱短時間內便結束了，不過可愛小姐肌肉發達的身體及美女小姐的柔軟身體都各自擁有不同的魅力，實在美妙極了。

她們似乎也以為我們被捲入連鎖暴走之後迷路了。

「兩位才是，幸好妳們平安無事。」

「都是多虧了少爺您哦。」

「真是得救了。」

待我們分享完重逢的喜悅後，西門子爵便告知兩人探索任務已取消，由他的隨從將解約費交給兩人。

據西門子爵的說法，她們好像就是負責替救援部隊帶路的探索者。

再三道謝後，兩人表示要多賺一點錢便進入了迷宮。

好像是因為引發了連鎖暴走而造成了迷宮方面軍的麻煩，導致她們被課以罰款。

由於接下了一起攻略迷宮蟻巢穴的委託，她們也受到貝索這名男性探索者的牽連而被迫負起連帶責任。

罰款的金額很高，光是採集蟻蜜所得的收入似乎還不夠支付。

儘管她們含糊其詞，但其餘不足的款項應該是借來的吧。

我目送兩人離去之際，西門子爵立刻告知要返回都市。

望著西門子爵帶著隨從先行一步返回都市之後，我便和同伴們一起前往公會職員所在的收購櫃臺。

「恭喜您平安歸來。」

「謝謝。」

面對祝賀我歸來的公會職員，我笑著向對方道謝。

「成果如何呢？」

「有魔核、迷宮蟻的素材以及迷宮蛙的肉。」

我將外觀扁平的肩掛包放在桌子上，公會職員隨即換上了苦笑。

想必是認為我們的收穫很少吧。

亞里沙頂著淘氣小孩般的笑容打量這邊的狀況。

「首先，魔核是一百三十七顆。」

「——咦？」

我從背包——魔法道具萬納背包當中取出五個裝有魔核的小袋子後，公會職員便凝固為半笑的表情。

我打開其中一袋，出示裡面的魔核。

「雖然很多是低等級的魔核，不過這邊較大的魔核都是朱三以上的等級。」

參考之前在庫哈諾伯爵領得知的等級表，我告知了對方魔核的等級。

「好厲害！是迷宮甲蟲和兵螳螂級的魔核。」

見到較大的魔核，公會職員原本半笑的表情轉變為驚訝的笑容。

見到對方的反應，我開始覺得將狂亂洋蘭在內的較強魔物身上所獲得的魔核放在迷宮別墅的倉庫裡是個聰明的決定。

儘管我們實際獲得的魔核超過了一千顆，不過看狀況，這次就先控制在能取得青銅證的程度吧。

「這邊也是朱一和朱二的等級約各占一半，沒有任何魔粒或純白的魔核呢。」

根據後來向公會職員打聽到的情報，所謂魔粒似乎是重量不足半公克的小魔核俗稱。

我腦中浮現出在「步行豆」和「跳跳薯」身上發現的白色小魔核。比起魔核這個名稱，確實讓人更想稱之為魔粒以方便區別。

「這樣夠升格為青銅證了嗎？」

有了這麼多魔核應該能讓所有人的木證升格為青銅證才對，但我為了保險起見仍詢問一下。

「是的，很夠了。里克，麻煩你計算收購價格。計算前先把青銅證的升格申請書拿過來。」

「是的，貝娜主任。申請書八張可以嗎？」

「嗯嗯，當然。」

職員們的對話讓我下意識露出微笑。對方用不著我主動要求就連同孩子們的份也一併準備了八張申請書，這一點使我抱持了好感呢。

「呵呵，好久沒有從赤鐵以外的隊伍回收到這麼多的魔核了。少爺您真是備受期待的新人呢。」

就連公會職員也稱呼我為「少爺」。我們這是第二次見面，上次自我介紹也是六天前的事情，對方會忘記我的名字也在所難免了。

題外話，對方冒出的那一句「備受期待的新人」，讓亞里沙萬分欣喜地做出了「好耶——！」的無聲姿勢。

小玉和波奇兩人由於被莉薩抱在手臂下方，所以僅用雙手參與。

或許是跟不上亞里沙突如其來的舉動，蜜雅和娜娜一起納悶傾頭的模樣很可愛。

露露和莉薩則是莞爾地欣賞著這幅光景。

「這樣一來，素材也很令人期待了呢。」

面對滿臉期待的公會職員，我從萬納背包裡陸續取出素材。

「這邊是迷宮蟻的甲殼七組。」

她帶著盈盈的笑容關注著。

「還有護衛蟻的刃臂十隻。」

「——咦？」

公會職員的臉上浮現些許的驚訝。

「再來是用於『蟻翅銀劍』的精銳蟻翅膀三枚。」

「蟻……翅？」

彷彿看到了什麼不敢置信的東西，她抽搐著臉上的笑容。

護衛蟻和精銳蟻是我們在告別「美麗之翼」後前往的蟻穴中遭遇的魔物。雖然比迷宮比更強，同伴們還是不費多少工夫就打倒了。

儘管儲倉內還有多不勝數的庫存，不過逗留期間我仍收斂一些將數量控制在符合我們實力的程度。

「莫非你們進入蟻穴了嗎？」

公會職員的詢問中夾帶著有些責難的語氣。

這也難怪。一支成員有半數以上看似小孩子的隊伍，竟然第一次就闖進了魔物的密集地帶裡。

站在她的立場，難免也會想要叮嚀幾句的。

「或許是連鎖暴走之後的緣故，牠們都在外遊蕩哦。」

我藉助詐術技能這麼回答公會職員的問題。

這並不算是說謊。本次拿出來的素材都是取自徘徊在巢穴外面的魔物。

總覺得好像會引發騷動，於是就隱瞞了我們進入巢穴的事實。

「然後是迷宮蛙的肉，一共三隻的分量。」

我請莉薩幫忙，取出了以每五十公斤為單位存放的迷宮蛙肉。

「很多呢。休伊，測一下重量。」

「是的，貝娜主任。」

身穿圍裙中年男性依序將蛙肉放在秤上面測量。

「這樣就沒了吧？看來並沒有禁止攜入迷宮都市的東西，全都是收購委託單上的素材呢。」

公會職員這麼說道，然後沉思了一會。

「關於剛才的素材，由於公會僅能以規定價收購，所以建議您帶去那個公布欄上面張貼有帳票的工房或批發業者那裡進行交涉。」

她這番並未優先考量公會利益的發言讓我有些吃驚。

「這麼推薦沒有關係嗎？」

「是的，探索者公會雖然名為公會，實際上並非民營而是置於希嘉王國迷宮資源省管理之下的公營組織。」

迷宮確實像礦山一般是龐大的資源供給來源，所以其管理團體背後有希嘉王國的影子也不足為奇。

「雖然仲介所得的收益會被列入營運經費，但其本質還是穩定回收魔核。」

說到這個，好像唯獨魔核是強制收購吧。

「公會的代理收購，純粹是為了讓不諳買賣的探索者們不會被老奸巨猾的商人們占便宜。畢竟探索者富裕至一定程度後就會充實裝備，生存率也會隨之提高呢。」

原來如此，所以才得出了「一切都為了穩定回收魔核」的結論嗎。

「麻煩留下一塊迷宮蛙的肉，剩下的全部賣掉。」

「真的可以嗎？既然品質這麼好，起碼會比規定額多出兩成，順利的話甚至還能賣出三倍的價格哦？」

「是的，畢竟我沒有熟識的工房。」

雖然很對不起她的一番顧慮，但這些都是我為了累積成果及確認公會職員反應而帶回來的東西，所以就不考慮拿到工房去交涉價格了。

起碼得等到以後我熟悉迷宮都市再說。

「知道了。在計算完畢之前，請先填寫這邊的申請書。」

對方遞來的申請書上只有木證的編號及名字的書寫欄位。

此外僅僅寫了「根據在迷宮內回收了規定數量魔核的功績，要求授予青銅證」的字樣。

「相當簡潔呢。」

「是的，會成為探索者的人，大多都無法理解太過困難的文章內容。」

公會職員平靜地這麼告知。

這個國家的識字率很低，好像也幾乎沒有機會在學校或私塾學習的機會，所以這也是無可奈何的。

「如果已經決定好隊伍名的話，請在名字上方寫下隊伍名。」

說到這個，我們還沒有決定隊伍名。

「隊伍名要叫什麼才好？」

由於想不出來，我試著改問同伴們。

首先開口的是亞里沙——

「潘德拉剛士爵和情婦們。」

駁回。

「波奇和主人。」

「唉呀，波奇，妳討厭跟我們在一起嗎？」

「不……不會討厭喲。換成波奇和主人和小玉和莉薩和露露和蜜雅和娜娜和亞里沙好了喲！」

「好長～？」

波奇的失言被露露這麼戲弄著。

儘管她隨即訂正，但正如小玉所說的那樣太長了。

「更簡潔一點比較好吧。弒魔王者怎麼樣呢？」

「那不就像稱號了嗎？」

要是有人信以為真就很傷腦筋，而且大部分的情況下只會被嘲笑為一群自以為勇者的笨蛋。

「推薦幼生體保護隊。」

「咦～這樣一來豈不是必須保護迷宮前的所有小女孩了嗎？」

「真希望讓她們起碼不要餓肚子呢。」

這個城市裡難道沒有賑濟食物的團體嗎？

「潘德拉剛士爵和愉快的同伴們好了。」

「露露，妳果然是亞里沙的姊姊呢。」

「咦，莉薩小姐，那是什麼意思？」

亞里沙的昭和年代威力似乎確實感染了露露。

「妖精之友。」

「的確是朋友沒錯啦～不過不太像隊伍名呢。」

剩下沒有發表意見的就是小玉了嗎？

「嗯～？吃肉隊～？」

「吃漢堡排隊。」

「吃烤全鳥隊。」

「吃巧克力聖代隊。」

受到小玉的影響，同伴們陸續列舉出了類似的名稱。

我看她們只是假借取隊伍名的名義，不斷大聲說出自己想吃的東西吧？

說到巧克力聖代就讓我回想起來，最近得去詢問一下精靈妮雅小姐的巧克力製作進度如何了。

總覺得再繼續下去就沒完沒了，我便決定暫時將我的姓氏登記為隊伍名。

我確認所有人都填寫正確後遞交申請書，公會職員便在每張表格裡手寫註明「證明魔核已領收。迷宮門主任，貝娜」的字樣，然後從寫好的開始依序放入文件夾裡疊放。

「這樣就申請完畢了。青銅證應該三天時間就能備妥，在這之前請帶著木證。」

青銅證的領取似乎是在西公會進行的。

等待計算完畢的期間，我試著詢問了稅金和手續費之類的問題。

對方一瞬間露出彷彿看到稀有動物的眼神，但目光落在我的貴族服裝後便換上心領神會的表情。

大概是覺得會關心稅金這種事情的探索者相當少見吧。

「在這裡賣出的魔核將會先被抽取稅金。」

公會職員往這裡瞥了一眼，確認我完全理解後又繼續說了下去。

「至於探索者們帶回的魔核之外物品則是免稅的。」

「免稅嗎？」

「是的，畢竟探索者們所期盼的是穩定的魔核回收。」

封建社會的為政者，據我所知都是為了從民眾身上壓榨稅金的存在才對……

「稅金會從該繳的人身上徵收哦。」

公會職員眨了個眼睛這麼告知。

大概是對商人或工匠課徵重稅吧。

「主任，計算完畢了。」

「我這邊也測完重量了。」

接過部下們遞來的計算書，公會職員告知我結果

「魔核的價格會根據等級、大小以及表面的傷痕而有所變動。」

她出示的表格中，只見迷宮蟻的魔核是每顆一枚銅幣，而迷宮蛙的魔核是每顆兩枚銀幣。

另外，我剛才也放入了一顆同伴們每天都會大量打倒的三十級魔物身上的魔核，它的價格則是五枚金幣。這其中或許有等級高且體積大的緣故，不過價差也太驚人了。

「價格差距很大呢。」

「是的，畢竟朱三以上的魔核有大量魔法藥及魔法道具方面的需求，許多魔法道具也必須使用某程度以上大小的魔核才可製作。」

原來如此，所以才有如此極端的價差嗎。

鯨魚——大怪魚托布克澤拉的魔核超過朱九等級，顏色也是很深的紅色。雖然我並不打算賣出，但實在有點好奇超巨大鯨魚的魔核究竟值多少錢。

「素材方面的代理收購價格是這樣。請確認一下。」

我的目光落在從公會職員手中接過的計算表上。

根據公會的規定收購價格，甲殼七組是十四枚銀幣，刃臂十隻是四十枚銀幣，而蟻翅三枚為六枚銀幣，若是帶去工房，甲殼和刃臂的價格就會倍增，就連完全沒有傷痕的蟻翅每一

枚都可能有兩到三枚金幣的價格。

另外，蛙肉是每公斤一枚銅幣，所以有能力獵殺迷宮蛙的話似乎比獲取魔核的收入還要穩定。

我稍微計算一下，等級十以下的探索者勉強可以過活，等級十五左右的則過著普通生活，等級二十的話倘若沒有受重傷就比較富裕，至於等級三十以上可以過著有積蓄的富裕生活。

當然，這是專指那些不像我一樣透過地圖事先掌握敵人動態並進行引導的普通探索者。

透過收購價格，我有些可以理解那些低等級探索者的輕裝打扮了。

「這裡是魔核及素材的收購款。」

我在心中計算了一下，並沒有錯誤。

總共是二十枚金幣及三十一枚銅幣。

若是將螞蟻素材賣給工房的話還會多出二十枚金幣的收入，所以用四十個人日計算每人每天大約一枚金幣左右。

雖然僅僅獵殺魔物，我們實際上就已經賺了比這個多出幾十倍的收入。

當然，若用獲得的材料來量產魔法藥和魔法道具，甚至是魔劍之類的魔法武器的話應該還能獲得天文數字般的收入，不過畢竟沒有那麼大的市場，而且除了為同伴製作及自己的嗜好之外，我對麻煩的作業實在敬謝不敏。

「這樣可以嗎？」

「是的，我很滿意。」

我點點頭，請對方退還未賣出的素材，然後將現金放入充當錢包的小袋子裡。

「最後確認一下，您應該沒有非法藏匿魔核吧？」

公會職員的眼睛閃動著光輝。

根據ＡＲ顯示，她似乎擁有「判罪之瞳」這項烏里恩神的天賦。

在她面前說謊——不，隱瞞罪惡的話想必會被看穿吧。

所以，我坦承回答了她的問題。

「是的，『從迷宮帶回來的魔核』就是這些了。」

畢竟剩下的都放在迷宮的別墅內，至於儲倉內的東西都是在進入迷宮之前就持有的。

「好的，謝謝您。」

「不會，不用客氣。」

見到對方盈盈的微笑，我也回以笑容。

「無表情」技能老師今天也一樣勤快。

「那麼，在回去之前——」

我迅速計算了一下坐在牆邊的搬運工小孩有多少人。約有二十人左右。

從AR顯示看來，每個孩子都處於空腹狀態。

「我想把這些蛙肉分一半給孩子們享用——」

「您要租用烤肉架以及購買燃料對吧？」

我還未說完，對方便欣然同意了。

對方這麼容易溝通真是太好了。

「露露、莉薩，不好意思，妳們可以動手烤肉給大家吃嗎？」

「是的，主人。」

「請包在我們身上。」

莉薩開始設置烤肉架，露露則是負責切肉。

「幫忙～？」

「波奇是把肉穿上竹籤的專家喲。」

雖然我並不認為有那種專家，但小玉和波奇仍將露露切好的肉逐一串起來。

「火老是點不著呢。」

「幫忙。■　火。」

見到辛苦半天卻點不著煤炭的莉薩，看不下去的蜜雅便用精靈魔法點火。

不同於迷宮裡，這裡有許多精靈所以似乎可以順利施展。

「嚇一跳。」

「很大的火呢。」

「是魔法。」

「好厲害，跟我們一樣大的孩子居然是魔法師大人。」

小女孩們對蜜雅的魔法發出了驚呼聲。

其中最年長的女孩用崇拜般的閃亮眼神仰望著蜜雅。

蜜雅儘管一臉冷酷的表情裝作不在意，鼻翼卻有些隆起，嘴角也放鬆了少許，所以看起來並沒有惡意的樣子。

「歡呼吧！潘德拉剛士爵大人現在要請大家享用迷宮蛙的肉串哦。」

亞里沙這麼告知後，孩子們便不約而同地朝向我這邊一起喊道：「謝謝。」

總覺得都是多虧了之前見到的那位多森先生教得好。

「不可以一下子靠過來——這麼告誡道。為了安全請排成一排——這麼指示道。」

「嗯，排隊。」

娜娜和蜜雅好像在幫孩子們整隊。

肉有很多，所以我們花了半個小時一直烤到孩子們吃飽為止，剩下約一半的肉則一併請公會職員和路過的探索者們享用了。

同伴們也和搬運工小孩們一塊在偷吃，但午餐時我還打算享用旅館自豪的羔羊料理以慶祝從迷宮歸來，所以就讓她們克制一下不要吃太多了。

◆

「哦——原來還有定期馬車呢。」

從迷宮門前的西公會到我們登記為探索者的東公會之間，似乎有探索者公會的馬車以每一刻——每兩個小時的間隔在行駛。

雖說是馬車，實際上為近似載貨用的敞篷馬車。

「下一班馬車是半刻後……不過既然已經達到規定人數，我立刻就發車吧。」

「太好了，謝謝你。」

既然馭手決定為我們行個方便，我也就多給了一些馬車的費用。

馬車在我們坐上去之後便開始行駛。

「主人，發現有集團染成了熱情的紅色——這麼告知道。」

娜娜所指的角落處，有身穿紅色斗篷及鎧甲的探索者們正沐浴在其他女性探索者的尖叫加油聲當中。

「那可是全部由赤鐵探索者組成的『赤龍的咆哮』啊。那位拿著赤鞘劍的就是團長傑利爾准男爵。表面上是個擁有「紅色貴公子」外號的文雅男子，但據說他可是名列希嘉八劍的劍豪。」

聽著馭手的解說，我一邊確認ＡＲ顯示。

對方四十五的等級非常高。裝備有單手劍和盾，似乎是一位擅長火魔法的魔法劍士。他的隊伍成員也都是三十到四十之間的高等級。

「那些人就是最強的嗎？」

「這個嘛，由於首席探索者亞薩克老爺不在，他們目前大概是最強的吧。」

「既然這樣，就暫時把傑利爾當成勁敵吧！」

「了解～？」

「要努力成為最強的喲。」

亞里沙單方面做出了勁敵宣言。

當然，位於人牆另一邊的傑利爾先生根本不可能聽到，連馭手也笑著鼓勵道：「加油啊，未來的首席。」

亞里沙的發言大概是認真的。

而事實上，在裝備方面感覺也是我們略勝一籌，所以接下來就要靠同伴們的努力和時間來解決一切了。

「從這一帶開始有許多專為探索者開設的店家。工匠街則是在南門一帶。」

馬車通過西公會前方，來到了有許多小店鋪彼此緊挨著的場所。

傾聽著馭手的解說，我一邊眺望街景和往來的人們。

「話說回來，這個都市的水渠很髒呢。」

「應該不至於拿來飲用吧？」

行經小橋的時候，亞里沙俯視著水面喃喃道。

水面上漂浮著廚餘和垃圾。

「大家都照常使用哦？當然，只限於沒有漂垃圾的地方。」

「真的假的！」

馭手的解說讓亞里沙大受打擊。

我也感到頗為震撼。這對生長在衛生環境的人來說或許是很難待的地方吧。

當然，我有生活魔法「淨水」和魔法道具「深不見底的水袋」所以還不要緊。

「有錢人或貴族的家裡倒是有水井，而且那裡是上游，水應該很乾淨吧？」

或許是不忍心看到我和亞里沙遭受打擊，馭手這麼安撫道。

我打起精神仔細觀察馬路後，只見垃圾散落滿地，走在路上的探索者們也都將吃剩的東西和垃圾到處亂丟。

不過好像還不至於像中世紀的歐洲那樣，連排泄物也倒在大馬路上。

根據地圖情報，這裡起碼還有比公都規模小一些的下水道。

「主人，躲在小巷裡的幼生體們無精打采──這麼告知道。」

娜娜所指的小巷陰暗處，零星可以見到孩子們坐在那裡的無力身影。

「那些都是找不到工作的小鬼。大概是肚子餓了癱坐在地上吧。」

「哦～好像會有很多扒手呢。」

「這倒是不常見哦。這個迷宮都市的露天攤販大多都是脾氣暴躁的探索者轉行經營的，偷東西可是會有生命危險的啊。況且在這裡，竊盜就算是初犯也會被送去煤礦嚴加懲罰，當扒手應該算是最後的手段了吧。」

馭手不以為意地笑著回答亞里沙的感想。

真是個殘酷的都市。要是有神殿在賑濟食物給那些缺食兒童的話，我就過去多捐獻一點吧。

「從這一帶開始治安會比較差。人生地不熟的話千萬不要去小巷裡的店家啊。那裡可是有危險的人口販子。」

馬車穿過小型拱門後，便來到了看似紅燈區的美妙大街。總覺得營造出了一種下流的雜亂感呢。

明明就沒有美女站在樓閣處揮手，這種雀躍感究竟是來自於哪裡呢？

當然，這些話我並沒有說出口。

穿過這個紅燈區後，便是連接南門與北門的大道，我們多費了一些時間才穿越擁擠的北門前。

「主人，即將穿過內牆──這麼告知道。」

越過作為貴族區邊界的城牆後，街景立刻就變成了行人稀少的寧靜模樣。

「那一帶的大型建築是伯爵大人和子爵大人的房子，外牆附近大多是男爵大人和准男爵大人的房子。至於世襲的士爵大人，房子就在更過去一些，位於內牆前方一帶。」

原來如此，許多東西似乎都是按階級來區分的。

「名譽士爵或名譽男爵之類的非世襲貴族也都在內牆周邊吧。至於那些討厭貴族間階級隔閡的人，好像也會在內牆外面蓋房子啊。」

根據AR顯示，貴族區裡面有許多空屋。

大概是門第不高的貴族就無法在貴族區擁有房子吧。

我們就這樣一路聽著馭手的介紹，馬車最終抵達了東公會前。

◆

「嗨，我想要延長住宿期間，可以嗎？」

我們回到了僅保留房間卻連一次都沒有住過的旅館。

畢竟已經支付了高額的住宿費，今天得充分享受一下旅館的設備才行呢。

我這麼心想著——

「潘……潘德拉剛士爵大人？您……您還活著？不是應該死了嗎？」

——然而旅館老闆的回答卻感覺有些不尋常。

「不……不不，真高興您平安無事，延……延長當然沒問題了。真是非常對不起，您的房間正在打掃中，請在大廳裡休息片刻。當然，我並不會再向您收取入座費之類的費用。」

該怎麼說？旅館老闆的態度顯然相當可疑，目光不斷游移著。

這時候，前去察看馬匹狀況的小玉和波奇回來了。

「沒有馬～？」

「走龍和馬車都不見了喲。」

——哦？這是怎麼回事？

我們將目光投向旅館老闆。

亞里沙和莉薩則是更像在瞪人的感覺。

「馬……馬已經牽到牧場去運動了。至於馬車因為太髒，就讓專門清洗高級馬車的工房清洗了一番。當然，這些都是本旅館的免費服務。」

原來如此，好像是以為我死了，所以打算偷偷賣掉的樣子。

「哦？那輛馬車可是委託公都的名匠特別製作的，價值並不下於兩百枚金幣。想必那間工房應該不會隨意留下傷痕或破壞塗裝吧？」

「是……是的，這當然了。」

懷著略施薄懲的想法，我試著出言刁難對方。

「莉薩、娜娜，我不太放心，妳們可以幫我去檢查一下馬車嗎？」

「不……不不，不必勞駕。幾位剛剛從迷宮歸來一定很累了吧？我們剛好進了一批優質的羔羊肉，您看是否先來用餐呢？馬車和馬我會讓旅館的人去接回來，倘若您願意一邊用餐一邊等待，那個……」

該怎麼說？太不中用了，根本不像是這種高級旅館應該會有的老闆。搞不好是入贅的女婿，想要多撈一點錢吧？

「各位，旅館老闆說要免費請我們享用羔羊料理。大家一起說謝謝吧。」

就讓對方好好請一頓羔羊大餐作為他動歪腦筋的代價吧。這樣子的懲罰應該很合適。

年少組毫無心機地道謝。不知是了解到自己的歪主意曝光或認為已經成功蒙混過關，總之對方似乎願意乖乖地請客。

待我們享用完可口的餐點之際，馬車和馬都平安返回了旅館。

既然餐點很美味，馬也沒有被掉包，乾脆就原諒對方好了。

反正他應該已經被嚇破膽，八人份羔羊料理全餐的金錢損失也算是沉痛的打擊才對。

之後再叫他給馬兒餵食特等飼料吧。

「你在搞什麼啊，海森！我的馬車怎麼了？開了三百枚金幣的高價，事到如今居然又說不能賣。」

就在我打算停手的當下，一名老紳士衝進了旅館的大廳裡。

「杜卡利准男爵大人，那個……事情出了一點差錯──」

旅館老闆被身材像鐵絲一般纖瘦的老紳士逼問著。

這個旅館的老闆似乎準備以三百枚金幣的價格將我的馬車賣給他。看樣子對方哄抬價格的本事倒是不小。

「唉呀，准男爵大人，請您先到裡面的接待室。我們剛從王都進了優質的葡萄酒哦。」

在老闆娘的安撫之下，氣呼呼的准男爵從職員用走道走向裡面。

我無意插手無謂的糾紛。

畢竟剛才的羔羊料理已經讓我氣消，況且不用我做什麼，旅館老闆詐騙貴族——而且是詐騙世襲貴族的行為，就足夠讓他的未來一片黑暗了。

我也沒有意願在無法信任的旅館裡繼續住下去，所以準備搬出這間旅館。

首先要確認蔦之館的現狀，若可以居住的話就住在那裡，要是不行，還有請西門子爵或他的朋友幫忙介紹不錯的住家一途。

不然僅在都市內設置「歸還轉移」用的刻印板，實際上住在迷宮別墅裡似乎也挺有趣的。

蔦之館與空殼住家

「我是佐藤。有時我會在意外的場所聽到關於自己朋友的事情。在真切體會到世界真小的同時，往往也會因為得知朋友意外的活躍表現而另眼相看。當然，反之亦然。」

「那麼，我們出發吧。」

搬出旅館後，我們決定前往托拉札尤亞先生曾經住過的蔦之館，以作為新住家的候補選擇。

「對了對了，那個『蔦之館』在什麼地方呢？」

坐上馬車時亞里沙這麼詢問道。

之前搜尋地圖時並無符合的結果，但都市內還有一大塊被視為其他地圖的場所，我想應該就在那裡了。就是都市的東南方，貴族區的隔壁。

「對面可以看到森林對吧？大概就在那裡面哦。」

「啊——那個？我還以為是自然公園之類的呢。」

「嗯，精靈豐富。」

正如蜜雅所言，用「精靈視」技能觀看後就會發現森林周邊聚集了他處好幾倍的精靈。其中有個精靈特別密集的場所，所以我先將其標記為臨時目的地。

我們朝著森林前進，不久便讓馬車跑了起來。

通過看似劃分與森林交界處的矮石牆拱門後，立刻切換成為其他地圖。

用不著搜尋地圖，我在執行「探索全地圖」後隨即就發現了要找的「蔦之館」。

畢竟這片森林裡的房子就只有這一棟，還不至於會迷路。

「真的很像是自然公園呢。」

「有許多小鳥和小動物——這麼告知道。」

「嗯，清靜。」

拱門另一端是一整片遼闊的自然環境，樹木間的小路有衣著講究的人正在散步，蓄水池和水渠畔則可以見到小孩子們正在捕撈小蝦和小魚的身影。

「蔦之館」似乎就位於這個乾淨清澈的蓄水池上游處。

根據地圖顯示，那裡好像就是水源。

離開鋪裝過的道路，馬車在雜草覆蓋的小徑上前進。

行駛了好一會，馬車忽然改變了方向。

「怎麼了，露露？」

「對不起，不知道為什麼，總覺得必須讓馬車轉向才行。」

紀錄中出現了「抵抗了『鄉愁』魔法」的訊息。似乎是某種趕人系的魔法。

「姆？」

或許是這種魔法對精靈無效，蜜雅一臉平靜的模樣。

除我和蜜雅以外的人好像都跟露露有同樣的感覺。

「這裡好像布下了魔法，所以接下來就由我跟蜜雅過去一趟吧。大家暫時在這裡等著。」

我這麼告知眾人，然後和蜜雅兩人往蔦之館的方向走去。

為了防範因轉移系魔法「徘徊之森」而迷路，我於是牽著蜜雅的小手。

「約會。」

蜜雅開心仰望著我，看似有些害羞地喃喃說道。

在這種氣氛下實在很難坦承自己是為了防止走散，所以我便回以微笑並享受著在寧靜森林裡的散步。

從剛才的地點走了五分鐘左右，便可見到森林中有一棟房子。正如名稱所示，公館的表面都覆蓋著藤蔓。

「蔦之館？」

「好像就是那個呢。」

很類似托拉札尤亞先生位於波爾艾南之森的房子。

相較於貴族區的房子僅有不到一半的大小，但用地面積好像差不多。

樹籬笆的外側有寬約兩公尺的溝渠，裡面流動著清澈的水。溝渠外側也有矮樹籬笆，所以溝渠本身好像也屬於蔦之館的一部分。

這一帶的地勢比都市內的其他地方高出了數公尺，溝渠內流動的清水透過細小的水渠流入剛才的蓄水池，進而惠澤整個迷宮都市。

「那邊。」

蜜雅所指的方向有拱門狀的樹木及高度到腰部左右的白色木門。只不過，那道門的對面僅有盛滿清水的溝渠，並沒有可供過去的橋樑。

我透過魔力感知試著確認，發現淺溝內側好像也設下了空間系的結界魔法。

托拉札尤亞先生似乎有很高的防盜意識。又或者是這裡的治安太差，逗留在此的期間必須要這麼做才可放心呢。

「祕笈。」

蜜雅從妖精背包裡取出可愛的記事本。

『開門吧，吾乃波爾艾南之森的蜜薩娜莉雅。門衛啊，即刻前來迎接。』

蜜雅用精靈語唸出了寫在記事本裡的開門用句。

儘管平常不太說話，蜜雅的口齒卻相當清晰呢。

下一刻，位於溝渠另一端的門後方，有個女童偷偷探出臉來。

和我對上目光後，對方急忙躲在了門的另一邊。

『那……那不是人族的小伙子嗎！「鄉愁」的結界到底在搞什麼嘛？』

順風耳技能捕捉到了對方刻薄的低語。

把近似黑色的綠色頭髮綁成馬尾的她，是家庭妖精棕精靈。我在波爾艾南之森受到了她的同族不少照顧，所以用不著仰賴ＡＲ顯示就能看得出來。

『門衛啊，即刻前來迎接。』

我將重複唸出最後一句的蜜雅整個人舉起，以便讓溝渠對面看得清楚。

當然，也放下了兜帽讓精靈耳朵暴露出來。

『精靈大人！』

對面的女童發出驚呼聲，在我們前方和溝渠另一端的兩道門之間立刻架起了橋樑。

是鏡子一般透明的橋。

「嗯。」

握住蜜雅伸來的手，我們一起過了橋。

『蜜薩娜莉雅大人，我是蔦之館的守門人，基里爾的孫女蕾莉莉爾。』

蕾莉莉爾似乎認識蜜雅的樣子。

「蜜雅就好。」

『那真是太惶恐了！怎麼可以用暱稱來稱呼精靈大人！』

原本用精靈語說話的蕾莉莉爾，在察覺蜜雅使用希嘉國語後便改口了。

「——請您直接叫我蕾莉莉爾即可。」

「嗯，蕾莉莉爾。」

蕾莉莉爾的等級是比較高的二十級，擁有探知系的技能和隱形系的種族特性。似乎很擅長擔任斥候。

儘管是學齡前兒童般的外表，其實際年齡卻是六十歲，所以在交談的時候還是注意一下自己的言行好了。

說到花甲之年的人，總覺得只要意思有無法傳達的，好像就會亂發脾氣。

「對了，蜜薩娜莉雅大人，這個人族小伙子是誰？身為人族竟然牽著精靈大人的手，真是太無禮了。就讓我來灌輸他什麼叫自知之明吧。」

初次見面好感度居然就已經負分了。

波爾艾南之森的居民們並不會歧視人族，不過在蕾莉莉爾眼中的人族似乎低了一等。

莫非是在人族當中生活，最終導致她最終討厭人族了嗎？

——不知為何，總覺得無法站在人族那一邊呢。

「姆，無禮。」

蜜雅見到蕾莉莉爾對我的態度後發了脾氣。

「佐藤是未婚夫。」

「咦？咦咦？怎麼會……這是開玩笑的吧？」

蜜雅的未婚夫發言似乎很有衝擊性，蕾莉莉爾上下舞動著雙手這麼否定道。

「姆姆，父母公認。」

「哇哇哇，怎麼……怎麼會有這種事～」

聽到父母公認後或許是超過了心理極限，蕾莉莉爾翻起白眼倒了下去。

「那麼——」

也不能就這樣子放著她不管。

我於是抱起身材嬌小的蕾莉莉爾，讓她躺在樹蔭底下鋪設的墊子上。

或許是用地周圍的溝渠或充滿綠意的緣故，時而吹來的風相當涼爽。

在有些塵埃漫天的迷宮都市當中，唯獨這裡和周邊的公園營造出了另一個世界的面貌。

「——啊！我作了個惡夢。」

「嗯，夢？」

「是的，就是精靈大人被人族小伙子誆騙的惡夢。」

對一個專程將她送到樹蔭下照顧的親切年輕人也太失禮了。

蕾莉莉爾搖搖晃晃地站起來，恍然大悟般望向了蜜雅。或許是遲了一些才察覺到我的存在，她又像機器人一樣動作很不自然地轉向我這邊。

之後的騷動就不提，只要記住跟女童相處是一件很辛苦的事就行了。

「那麼，蜜薩娜莉雅大人還有佐藤，這邊請。」

對於我的存在做出妥協的蕾莉莉爾，終於帶領我們前往公館。

我請她將在外等待的亞里沙等人排除在「鄉愁」的對象之外後，便透過「遠話」魔法呼喚她們過來。應該很快就會到了吧。

據蕾莉莉爾表示，入口的橋樑和隔離魔法可透過她手中的代理者獎牌來操作。

蜜雅從基里爾那裡拿到的獎牌也被稱為「管理者獎牌」，權限似乎比蕾莉莉爾的獎牌還要高。

「那麼蜜薩娜莉雅大人就是蔦之館的新主人了，沒有錯嗎？」

「不是。」

蜜雅左右搖搖頭，指向了我。

「主人是佐藤。」

「咦？那個小……佐藤……嗎？」

——妳剛才想說小伙子吧？

嗯，畢竟是花甲之年的老婆婆，我在她眼中想必就是個小伙子了。

「基里爾跟我說過，他們當初逗留在迷宮都市的期間就是使用這間公館。那塊獎章也是他讓我們保管的東西哦。」

這件事情並非交代給我，但為了避免複雜化就稍做省略了。

「嘖，原來是那個老糊塗……不，是爺爺嗎？真不敢相信。」

不不，蕾莉莉爾。改口的速度太慢了。妳剛才可是說了老糊塗啊。

「姆，事實。」

「那個，該不會是爺爺他發瘋……不對，是身體不舒服的緣故嗎？」

「佐藤是波爾艾南之森的恩人。是雅潔的友人。」

蜜雅說出了罕見的長句子。

不過相較於友人，「戀人候補」這種略帶希望的稱呼會更好。

「所謂雅潔，莫非是高等精靈的雅伊艾莉潔大人嗎？」

蕾莉莉爾一副不敢置信的樣子，整個人驚訝萬分地跳起來。

倘若在漫畫裡，可能臉部的五官都跟不上跳躍的速度了。

「……那樣高貴的高等精靈大人，竟然會在人族的面前現身！而且還是友人？高等精靈大人明明就是可稱為亞神的天上人。」

聽了蕾莉莉爾的話，我不禁露出苦笑。

個性軟綿綿的雅潔小姐，沒有什麼比亞神或天上人之類的稱呼更不適合她的了。

在世界樹的記憶庫中見到的「亞神」雅潔小姐倒是另當別論。

「……真……真的？」

「是的，承蒙她和我成為了朋友。她教導我精靈視和精靈魔法，還帶我到世界樹的瞭望台。」

面對目光向上望來一邊詢問的蕾莉莉爾，我這麼回答道。

「實……實在非常對不起————」

內心經過極度的慌亂之後，蕾莉莉爾整個人趴在地上為剛才的無禮致歉。

而且，還表示「既然是高等精靈大人的友人，即使是人族也不可直呼其名」，往後都加上「先生」二字叫我「佐藤先生」了。

題外話，在我告訴她稍後過來的其他成員也是雅潔小姐的友人後，蕾莉莉爾再次上演了昏倒的一幕。

——加油吧，蕾莉莉爾。

◆

「蜜薩娜莉雅大人，還有其他幾位也這邊請。」

我們在蕾莉莉爾的帶領下進入館內。裡面是相當常見的希嘉王國風格公館。

入口大廳的角落處有個很難發現的小通道，其盡頭放有一枚可感覺到強大魔力的鏡子。

蕾莉莉爾舉起獎牌後，鏡子的表面就現波紋狀的亮光。

哦哦！很像是前往異世界的鏡子——等等，這裡就是異世界了吧。

「請跟著我。」

說畢，蕾莉莉爾便跳入鏡子裡。我查看地圖之後，發現蕾莉莉爾就位於地下十公尺左右的地方。

「這好像是轉移門的一種呢。」

我這麼告訴吃驚的同伴們，然後也跳入了鏡子。

相較於用精靈的「妖精之環」進行移動，我感覺到了一種近似空間魔法當中的空間扭曲系魔法的異樣感，然後便來到了和剛才不同的地方。

是個種植了草皮看似中庭的場所，明明位於地下卻相當明亮。

天花板高度超過了三公尺，這種亮光感覺上也並非魔法而是外界的光線。

或許和迷宮別墅所處的場所一樣，是透過那種莖部如光纖一般的植物，抑或是利用魔法將陽光傳達而來的吧。

我這麼打量著中庭之際，同伴們陸續穿過鏡子現身了。

「這裡就是蔦之館的本館。地上的公館是給訪客用的仿造品。」

蕾莉莉爾的說明，讓我想起了精靈們在波爾艾南之森的迎賓用樹上村以及位於地下的近未來感風格住家。

精靈們似乎很喜歡這類東西的樣子。

確認地圖後，地下不光存在有一百個房間以上的居住區，似乎還有托拉札尤亞先生使用過的工房和設備。

「很小心謹慎呢。」

「畢竟托拉札尤亞大人是被稱為精靈的賢者。爺爺說過，由於發明出來的魔法道具以及魔法技術太多，在賢者大人前往迷宮的期間，覬覦這些財產的盜賊和國家曾經發動多次襲擊。」

原來如此，並非疑神疑鬼，是為了自衛就變成了這副模樣嗎。

「就算是現在，每當太守更替時，都會帶來武裝集團打算將這座公館據為己有。」

即使如此仍未淪陷，豈不是很厲害了嗎？

「若是高等級的探索者應該能夠突破吧？」

「居住在這個城市裡的人，是絕對不會襲擊蔦之館的。」

面對亞里沙的疑問，蕾莉莉爾自信滿滿地篤定道。

「因為，這座公館裡的『偽核』一直在維持著城市的水源呢。」

「哇啊！竟然掌握了生活命脈，托拉札尤亞真有一套呢。不愧是賢者大人。」

亞里沙很欽佩地出言稱讚托拉札尤亞先生。

蕾莉莉爾似乎也不知道詳情，不過他留下的資料中卻記載有偽核這樣東西。

據內容所述，那是仿造都市核的魔法裝置，好像以五十級魔物身上得來的巨大魔核為基礎，再使用大量的聖樹石所製造出來的。

它能夠從附近的地脈吸取魔力以供給公館的結界和魔法裝置，還可以遠端管理連線中的魔法裝置，似乎是一種各方面都十分便利的系統。

莫非——

『偽核該不會是在掠奪原本流向都市核的地脈魔力吧？』

——我腦中浮現這樣的疑問，但看了後續的說明發現這是我多慮了。

偽核似乎是一種將流入迷宮的魔力奪取而來的系統，反倒發揮了阻礙迷宮成長以保護都市的作用。

「不過，既然是為政者會盯上的場所，把這裡當作據點好像不妥呢。」

「是啊，待在館內的期間倒是不用擔心，但公館的住戶如果在外遊蕩，很有可能會被當作人質或捲入各種麻煩的事情呢。」

「可是，我們又希望使用這裡的設備——」

亞里沙似乎也持相同意見。

「不然就在都市內買一棟空殼房子，透過轉移從那裡進出如何？只要我或是主人負責施展轉移魔法就行了。」

「說得也是，就這麼辦吧。」

不知道有沒有合適的物件可以當作空殼住家，去探索者公會問問看好了。

乘這個機會，我決定先確認一下托拉札尤亞先生使用過的工房和設備清單。

「地下的設備並沒有人族可以使用的東西哦？」

「不用擔心哦，我已經使用過位於波爾艾南之森的地下研究所了。」

「賢……賢者大人的本館？真虧那個老糊塗會放您進去呢。」

妳忘記掩飾自己對基里爾的稱呼了哦？

「畢竟是為了研究如何解救世界樹的危機啊。」

蕾莉莉爾半信半疑，不過似乎很想見識我的本領，於是在未經說明的情況下帶我來到了控制板。

沒有問題——和波爾艾南之森的地下研究所示相同的操作形式。

「總之先確認一下設備清單好了——」

「瞧你神氣活現的，好像真的會操作顯示板的樣子。」

蕾莉莉爾喃喃自語些什麼，不過我還是選擇優先滿足自己的好奇心。

器材不如波爾艾南之森的地下研究所那樣充實，但精靈式的大型鍊成板和鍊成釜，以及可用來調整魔造人的培養槽都一應俱全，讓我十分滿意。

可以對魔核及聖樹石進行格式化及寫入的魔法裝置也有舊型的。這種應該就是因為調整困難所以在精靈之村被大家敬而遠之的型號吧。

「——很不錯呢。這樣一來似乎就能製作各種魔法道具了。」

我手中有一堆在迷宮裡找到的稀有素材，所以很想現在就使用這些設備，不過今天還是只確認一下就好了。

「謝謝妳，蕾莉莉爾。今後我會經常過來使用器材的。」

「可不要把賢者大人用過的珍貴器材弄壞了哦？」

「嗯嗯，當然了。」

就這樣子確認完地下設備清單後，我們便在面向地上庭院的露臺裡舉辦了茶會以增進彼此的感情。

作為茶點的卡斯特拉則是相當受蕾莉莉爾的青睞。

回程之際我們設置好「歸還轉移用」的刻印板，便離開了「蔦之館」。

◆

「接下來要去買房子嗎？」

「嗯嗯，我打算請西探索者公會幫忙介紹空殼房屋。」

東邊的探索者公會似乎人比較少，但我希望有個方便前往迷宮的房子，所以就選擇了靠近迷宮的西探索者公會。

沿著與來時不同的道路前進，我發現與森林區的交界處有武裝的衛兵在站崗。

貴族區的那一側並沒有衛兵，我於是將臉探出窗戶試著和衛兵交談。

「通過這裡需要什麼許可嗎？」

「不！貴族大人並無任何通行限制。」

我並未出示象徵貴族身分的銀色金屬板，但衛兵們在見到從貴族區過來並跟隨護衛的精緻馬車，似乎就判斷出我是貴族了。

看來並沒有什麼問題，我便為打擾他們值勤一事致歉然後離開現場。

沿道路前進些許後，便可看到熱鬧的南門。

這裡和北門好像是普通市民和商隊的出入口，有許多馬車來來往往。

或許是迷宮都市本地的民風所致，有許多馬車都帶著護衛。不光是馬和走龍，鴕鳥一般的走鳥和愚鹿似乎也被當成了馱獸和騎獸使用。

「熱鬧～？」

「好多店家喲。」

小玉和波奇東張西望著靜不下來，目光不斷追逐往來於路上的人們。

連結南北兩座門的大道上有許多商家林立，門的附近則似乎有不少專做商隊生意的批發店舖。

至於針對富裕階層店舖，好像就位於通往貴族區的內門所在的大道中間點。

「嗯，多彩。」

「是啊。有很多獸人，甚至還有身穿游牧民族類服裝或西方各國服裝的人們呢。」

相較於公都，這裡又是不同人種的熔爐。

「——謝謝。」

聽到駕駛台的露露這麼出聲後，我從相反側的窗戶查看外頭。

看樣子，好像是鼬人族的商隊知道我們是貴族的馬車後便主動讓道。

我隔著窗戶微微點頭示意，但不知為何卻把對方嚇得不輕。

或許是很少貴族會對商人打招呼的緣故吧。

沿著城牆前進，穿過持有小塊農地的農戶們聚集的場所之後，我們來到了看似牧場的地方。

「肉～？」

「看起來非常美味喲。」

見到牧場裡的家畜們，小玉和波奇都緊貼著窗戶。

「有馬和羊，還有，那是——奧米牛吧？」

「好像是名叫賽利維拉鈍牛的品種呢。」

駕駛台的露露所指的方向，有一種身材圓滾的短腳牛。

根據在公都購買的書籍敘述，這種牛的肉質脂肪較多但滋味普通，是可以擠出大量美味牛奶的品種。

這裡似乎有三座牧場彼此接鄰在一起。

「決定好房子後，就來這裡購買牛奶和香腸類食品好了。」

「耶～」

「太好了喲！」

「還有起司。」

我對開心的年少組撫摸腦袋，接著點頭回答蜜雅：「當然了。」

就這樣沿著流經牧場旁的河川前進後，左手邊可以見到由高聳城牆保護的迷宮方面軍駐地。

雖然沒有城郭，但建造了好幾座塔，上面都設置有大型的魔力砲。

或許是考慮到成為戰場的可能性，駐地前方還有學校操場般的廣大空地。

河川流入城牆前的護城河。這裡似乎是最下游的地方。

我們經過駐地前方，過橋後便進入了低所得階層的簡陋房屋鱗次櫛比的區域。

河川沿岸都是臭氣沖天的屠宰場或皮革工房，所以居住環境似乎很差。

通往探索者公會的道路既狹窄又擁擠，於是我們繞一些遠路，選擇了行人較少的路線前進。

「——呃！」

發現橋下可以見到人影，我便利用望遠技能觀看，結果目睹了年輕女性探索者們正在河裡洗澡的景象。

雖然好像用了草席般的東西遮擋起來，不過縫隙也太多了。

「怎麼了嗎？」

「沒什麼大不了的哦——」

儘管可能會被當作雞婆，過橋的時候我還是拜託亞里沙和娜娜贈送她們大塊的防水布以作為屏風。

◆

「那麼，拜託妳們留守了。」

「是的，主人。」

在西公會的停車場下了馬車後，我便帶著亞里沙和娜娜進入西公會。

屋內似乎相當擁擠，再加上又不能放著馬車不管，所以我決定帶著最少的人數前往。

亞里沙是為了輔助我交涉，帶著娜娜則是發生糾紛時可以擔任亞里沙的護衛。

度。

「人不像之前那麼多了呢。」

正如亞里沙所言，相較於之前猶如上下班時間車站內的景象，今天卻是普通的擁擠程度。

——那是……

在人群的另一端，我發現了在太守公館找我麻煩的代理太守索凱爾正帶領護衛大剌剌地闊步行走。一旁還帶著跟他十分匹配，表情傲慢自大的美女職員。

他旁若無人地在擁擠的走廊上直線前進，只見周遭的探索者都一副不勝其擾的樣子。

——君子不立於危牆之下。

要是被索凱爾發現而上前找碴的話也很麻煩，我於是乖乖待在人牆後面。

「主人，發現了通緝告示——這麼報告道。」

「好像是懸賞要犯呢。」

剛入內的牆壁上，張貼著附肖像畫並寫有金額及名字的通緝單。

「上面說是迷賊——不論生死都會獎賞一百枚金幣，很多錢呢。」

亞里沙指著一名用面具遮蓋右半邊臉的迷賊，似乎是名叫「迷賊王魯達曼」。總覺得這個名字有點熟悉，大概是我的錯覺吧。

旁邊還貼著名為「短劍姬戴琳」的美女和「肉彈男古姆」這個像不倒翁一樣的壯碩男

子。種類實在是五花八門。

「要是發現的話抓起來就行了。」

為了保險起見，我將這些懸賞要犯的名字記錄在交流欄的記事本裡。雖然只要搜尋一下就可立即分辨出迷賊，不過還是保險一點比較好呢。

「真想叫他們在天花板上掛個指示牌呢。」

「配置有再檢討的餘地——這麼同意亞里沙。」

為數眾多的柱子上掛有標示目的地的指示牌，但身高太矮就會被別人擋住了。

西公會的格局和東公會很類似，不過樓層內沒有協商區，靠內的位置可以見到充滿綠意的中庭。不同於雜亂的樓層內，那裡幾乎沒有人。

雅致的中庭裡設有開放式露臺，看起來是貴族或高等級探索者的專用區。

「唉呀？那個在露臺和帥哥們談天說笑的，不就是米提雅公主嗎？」

「好像是呢。」

擔任護衛的岩石騎士今天似乎不在場。

打擾他人的戀愛之路也不好，所以我就默默沿著露臺旁的走道前進。

「佐藤先生！還有亞里沙！」

然而，米提雅公主卻是開心地站起來，朝著這邊不斷揮手。

很遺憾，並未提到娜娜的名字。畢竟她一直騎著走龍，兩人沒有任何接觸呢。

「探索者生活如何吶？充滿了刺激嗎？」

「是的，非常刺激。」

不僅獲得許多素材，而且還建造了祕密基地般的迷宮別墅，說是享受著愉快的迷宮生活也不為過。

「您的同伴似乎回來了，我這就先告辭——」

「等一下，傑利爾先生！難得有這麼機會，就介紹一下本公主的友人吶。」

和米提雅公主相談甚歡的，似乎就是我們離開迷宮時所見到的「赤龍的咆哮」隊長傑利爾先生。

另一人則是初次見面，是「業火之牙」這支探索者隊伍的隊長，名叫薩里貢。

身為野性帥哥的他，同樣是三十九級的高等級。

或許是順風耳技能捕捉到亞里沙在旁用日語喃喃唸著：「雜魚林？」的緣故，我真怕自己將薩里貢的名字錯唸成「薩貢里」。

「這位是穆諾男爵家臣，佐藤．潘德拉剛士爵——」

「潘德拉剛？你就是潘德拉剛勳爵嗎？我從沙珈帝國勇者正木大人那裡聽過你的事情

哦。」

聽到我的名字，傑利爾先生的美麗臉龐浮現出驚訝。

他似乎是用姓氏來稱呼勇者隼人的。

實在有點好奇，隼人究竟說了關於我的哪些事情。

「哦——這傢伙就是潘德拉剛嗎……不就是個挺臭屁的小鬼嘛。」

至於另一位薩里貢先生，則以一副瞧不起我的態度拋出了這句話。

對方不像是個好相處的類型，於是我決定消除他的聲音，僅和傑利爾先生交談。

為了不讓亞里沙和娜娜發脾氣，我先以空間魔法「遠話」囑咐她們。

「勇者大人來過迷宮都市嗎？」

「嗯嗯，稍微調查過迷宮之後，就回收隨從啟程了哦。他好像說過接下來要去巴里恩神國吧？」

面對亞里沙的問題，傑利爾先生爽快地回答道。

話說回來，近距離交談之下就能看出他的厚實胸膛和粗大手臂了呢。

「唉呀？那把劍——莫非是波爾艾哈特的矮人打造的嗎？」

見到我的妖精劍劍柄，傑利爾先生立刻露出了毫不做作的真實笑容。

他插在腰上的赤鞘劍似乎也是波爾艾哈特出產——應該說，是製作我這把劍的杜哈爾老先生，其首席徒弟薩吉爾先生所打造的。

「是的，正是如此。」

「果然沒錯！雖然是從未見過的印記，不過從那裝飾來看應該是杜哈爾老師的高足之一吧。」

不，是那位杜哈爾老先生和我一起打造的——這種話我可不敢告訴正在興頭上的他。

還是轉移話題好了。

「傑利爾動爵您的劍看起來也是波爾艾哈特製造的，果然同樣是其高足的作品嗎？」

「沒有錯！」

我這麼詢問後，傑利爾先生便頂著燦爛的笑容上鉤了。

「這是杜哈爾老師的首席徒弟薩吉爾老師特別為我打造的劍呢！以祕銀為主材質配合少許的黃銅及青銅，然後再加上日緋色金的粉末製作而成，在波爾艾哈特製的祕銀材質合金劍當中也是為數不多的——」

好長！

太長了，傑利爾先生。

看樣子，我好像不小心對一個狂熱者提供了話題。

於是我放棄抵抗，聆聽他的解說。畢竟內容也令我頗感興趣，所以並不會感到那麼痛苦呢。

話雖如此，在他的同伴前來叫人後便立刻結束了。

「傑利爾！都準備好了哦。」

「知道了！我這就過去──那麼米提雅殿下，就容我先告辭了。」

「嗯，祝你們成功討伐『區域之主』吶。」

回應樓層內傳來的呼叫聲，傑利爾先生就這樣離開了。

總覺得周遭的氣氛忽然放鬆了下來。

「他們的目標是寶箱嗎？」

「亞里沙妳不知道嗎？『區域之主』的魔核，可是取得對戰『樓層之主』資格的必須物品吶。」

簡直就像是遊戲裡的持續型任務。

「哼！搶在那傢伙之前打倒『區域之主』的將會是我們『業火之牙』。」

「嗯，薩里貢先生也請加油吶。」

面對自我宣傳的薩里貢，米提雅公主笑盈盈地鼓勵道。

滿臉通紅的薩里貢，就這樣一副樂不可支的模樣得意洋洋地扛著大劍離去了。

或許薩里貢是個蘿莉控也說不定。

「米提雅殿下您的工作進行得還順利嗎？」

亞里沙以客氣的口吻這麼詢問外表年幼的友人。

「嗯，沒有問題吶。雖然有索凱爾先生的阻止，但多虧了太守夫婦在前天歸來，本公主終於能開始治療太守女兒了吶。」

——居然在妨礙太守女兒的治療？

或許是對索凱爾的第一印象很差的緣故，我不由得有些懷疑起這是對方的某種騷擾行為或是陰謀詭計。反省，反省。

「米提雅殿下您在迷宮都市的生活中有何困擾的地方嗎？」

「別館裡的生活已經夠舒適了吶。雖然和自大的索凱爾先生之間有些處不來，但比起這個——」

米提雅公主有些欲言又止。

她的語氣中感覺得出一種更勝於不滿的不安。

「——本公主更加不喜歡波布提瑪先生吶。一旦被那個人注視就會全身發寒。雖然負責教育本公主的老僕說過，不可因外表或言語而看輕他人……」

看樣子，好像是生理上無法接受對方的這種最糟糕的狀況。

「不不，不行啊。本公主果然還是不夠成熟吶。對了，亞里沙——」

米提雅公主對於說出他人壞話感到羞愧之後，便開始向亞里沙講述迷宮都市裡有趣的場所。

「殿下，讓您久等了。」

這時，手臂和額頭都包著繃帶的隨從少女跑了過來。

米提雅公主今天的護衛似乎並非岩石騎士而是隨從少女。

「好好治療過了嗎？」

「是的！由於索凱爾先生也在，我就順便告知了在街上被暴徒襲擊一事。」

——襲擊？所以傑利爾等人才會在她身邊嗎？

「殿下您沒有受傷嗎？」

「嗯，有琉拉的保護所以不要緊吶。」

根據米提雅公主的說法，暴徒是一群蒙面且注重打扮的年輕人。

倘若不是為了搶劫，我實在很好奇究竟是誰會襲擊她。

撇除薩里貢那樣的蘿莉控，很難想像有人會因為性衝動而襲擊對方。

這時，米提雅公主的老奶媽也帶著岩石騎士過來了。

「公主殿下！您又到這種地方來玩了呢。」

「琉拉，妳受傷了嗎？」

看樣子，兩人都不知道遇襲的事情。

「既然奶媽和拉普娜都來了，本公主就準備回屋子了吶。佐藤先生、亞里沙，再見了吶。」

目送著被隨從們帶回去的米提雅公主離開後，我們便前往辦事窗口準備購買房子。

◆

「符合士爵大人您需求的房子就是這些。」

公會不動產處理部門的男性職員指著迷宮都市的地圖為我進行介紹。

對方介紹給我的是南北大道旁靠貴族門的舊商家、位於工匠區的工房以及據說是貴族情婦曾經住過的房子三處。

「貴族區的治安會比較好，但那邊是太守公館負責管理的，所以需要請那邊代為介紹。」

我正在閱讀寫有每一棟房子情報的紙張，職員則是一邊這麼補充道。

舊商家距離西公會太遠，工房又是位於皮革工房附近臭氣沖天的地方，所以我用刪去法選擇了前情婦的房子。

雖然空間有點狹小，但若純粹作為通往蔦之館的中繼點應該沒有問題。

「對了對了，這邊這個不行嗎？」

瀏覽著被職員挪到一邊去的檔案，亞里沙指著其中的一件這麼問道。

我瞥了一眼書面資料，發現一處原本是貴族的別墅，占地廣大且距離牧場和農場又近。價格也便宜。

只不過，好像是閒置了十年左右的空屋，住進去或許要稍微費一番工夫。

「那……那是一處有些問題的物件……」

據職員所述，其中殘留著針對建造該房子貴族的詛咒，就連神殿的高階神官也無力解咒。

「很厲害的詛咒呢。」

「是的，據說是從前消滅穆諾侯爵領的『不死王』的詛咒。」

——居然是賽恩！

我的腦中浮現出娜娜的前主人，那個綁架了蜜雅的骷髏頭。

「莫非，那棟房子的前屋主是——」

「是的，對方就相當於穆諾侯爵的侄子……聽說家裡人也都變得像木乃伊一樣離奇死亡。」

往後成為屋主的那些人據說被發現之際也都快要虛弱而死。

這種詛咒似乎也影響到周圍，陸續有人感到身體不適，所以房子的周邊最後都變成了空屋和空地。

「後方的牧場倒是沒有問題，只不過因為緊鄰被詛咒的房子，乳製品和肉類的銷量好像都很差。」

風評損害也該有個限度。

我透過地圖確認後，得知那棟房子確實被施加了詛咒。

大概和賽恩留在穆諾男爵城地下的詛咒是同一種類吧。

「就買這個好了。」

「您是認真的嗎？」

「是的，我是穆諾男爵大人的家臣，可不能放任和穆諾家有關的房子繼續被詛咒沾染下去。」

職員還想要讓我打消念頭，但被隨後跑出來的上司大喝一聲之後便締結了買賣契約。

「潘德拉剛士爵大人，連同周邊的空地和空屋也一併購買的話，您意下如何呢？全部加起來就以這個價格轉讓。您是否願意考慮一下呢？」

「這個嘛——」

上司先生似乎想把不良物件一次清空，所以當我不報期望地和亞里沙一起試著殺價後，對方就答應以最初介紹的三個物件當中最便宜一處的半價賣給我。

他到底有多想脫手啊……

「那麼，就算是成交了。」

我從萬納背包取出金幣交給對方，收下房子的所有權狀和鑰匙串。登記手續則是由持有契約技能的職員當場辦理完畢。

我和笑容滿面的上司先生彼此握手，然後離開了公會。

另外，我關心的固定資產稅方面，金額會根據房子的規模和地點而有所變動，但這棟房子三年內可免稅，第四年以後也相當便宜。

我想稅金總有一天還是會上漲，不過比起貴族區的房子只是九牛一毛所以應該沒有必要擔心。

◆

「沒問題嗎？被詛咒的房子。」

「當然，畢竟我也在穆諾男爵城的地下解咒過一次呢。」

我這麼告知看似憂心的亞里沙後，她終於放下心恢復了笑容。

我們折回剛才來時的道路，迅速前往房屋。

「噁！都是雜草嘛。」

面對雜草叢生的房子，一臉厭倦的亞里沙發出牢騷。

「交給我們～？」

「割草裝備著裝喲！」

「這是新型的死神割草鐮刀——這麼告知道。」

小玉和波奇將小袋子裡取出的割草鐮刀拿在手中，擺出了架勢。就連娜娜也取出了長柄鐮刀。

「好像有點生鏽了呢。」

我將鑰匙插入把門鎖起來的大顆掛鎖並將其打開。

之後再來加點潤滑油好了。

「露露，擋在那裡會妨礙通行，妳先讓馬車進入用地吧。」

「是的，主人。」

關注著露露駕駛馬車移動，我一邊確認房子的狀況。

庭院裡充滿了濃度可能會損害健康的瘴氣，於是我將精靈光全開以驅散瘴氣。瘴氣的來源果真是主屋的樣子。

——哦？

位於用地內的馬廄陰暗處，有五個小孩子跑進了裡面。恐怕是非法滯留在空屋裡的流浪兒童吧。

等級看起來也很低，所以我便指示娜娜她們在割草的同時前往查看。

「娜娜，妳帶著小玉和波奇前往調查馬廄。」

「是的，主人！」

「了解～」

「是喲！」

三人撥開前往馬廄的雜草，一邊開路一邊推進。

「莉薩和蜜雅妳們去查看一下水井。」

「知道了。」

「嗯。」

和娜娜一樣手持長柄割草鐮刀的莉薩除著草不斷前進。

「那麼——」

我環視廣大的用地。

比我看到登記文件時所想像的還要大。

面積相當於貴族房屋的庭院，僅我們幾個除草的話實在有點麻煩。

「亞里沙和露露，拜託妳們負責確保人手。」

「人手……嗎？」

「就是要把割草和打掃工作外包對吧！」

露露似乎聽不太懂，但亞里沙立刻就領會了我的意思。

「既然西公會前面坐著一群沒有工作的孩子，我們這就趕快去招募吧！只要說請他們吃晚餐的話馬上就會聚集過來哦。」

光提供食物就讓他們出賣勞力的話也不好意思，所以我決定支付符合市場行情的工錢。

「要雇用多少人才好呢？」

「這個嘛——我今天想要把草除完，所以大概需要十個人左右。人數多少增減一些也無妨哦。」

「ＯＫ！總之想來的孩子就全部錄用吧。」

「嗯嗯，就這麼拜託了。」

畢竟面積這麼大，人數就算是兩倍或三倍也沒有問題呢。

目送兩人離開後，我便獨自一人前往房子的主屋。

一打開門就有瘴氣外洩，但都被我的精靈光一一淨化。

「在對面嗎──」

我喃喃自語著，一邊用天驅往內部前進以防接觸到滿是灰塵的地板。

「好像是從地下室流瀉出來的。」

在看似屋主書房的房間深處，有通往地下室的門被木板雜亂地釘起來封鎖，我將其撬開後走下階梯。

前方飄來了以精靈光無法徹底淨化的濃密瘴氣，於是我使用儲倉裡取出的聖碑專職將其淨化。

來到最下層之際，地面出現了半透明的黑色影子。

『入侵者啊。我名叫「不死王」賽恩──他的幻影。』

那模樣比我穆諾男爵城地下見到的黑影還要更不清晰。

AR顯示中出現了「詛咒魂」字樣。這想必就是詛咒的來源了。

我將稱號換成「勇者」，然後從儲倉裡取出自製的聖劍。

原本很想使用轉讓自「不死王」賽恩，讓他和男爵城的黑影成佛的聖劍朱路拉霍恩，不過那已經歸還給希嘉國王所以並不在我手上。

賽恩憎恨希嘉王國的貴族，所以我並不使用與希嘉王國有淵源的光之劍，而是嘗試選擇了毫無關連的自製聖劍。

「賽恩已經成佛了。你在穆諾城地下的同事也一樣。你也結束自己的使命吧。」

我向或許已經被施術者遺忘的「詛咒魂」這麼告知並揮出聖劍。

被聖劍的藍色軌跡所觸碰的「詛咒魂」如幻影一般變淡然後消失了。

不知對方是否安詳地升天，但紀錄中出現了消滅詛咒魂的訊息，所以一直侵蝕這棟房屋住戶的詛咒應該也隨之消失了。

事實上，原本濃郁的瘴氣也已經淡化至僅靠精靈光就能消除的程度。

想必再過一陣子，房子內的瘴氣也會消散得一乾二淨吧。

「不——好了——」

「不好了喲！」

我來到屋子外頭，只見小玉和波奇從馬廄跑了過來。

「告知緊急事態！生命既危險又危險。請求火速救援。」

從馬廄入口探出臉來的娜娜這麼呼喚我。

看樣子，那些流浪兒童並非是單純的非法滯留者。

「快一點～」

「這邊喲。」

我被小玉和波奇帶到馬廄的陰暗處，有小學生年紀的小孩子們坐在那裡。

「好像相當虛弱呢。」

我用肉眼觀察孩子們的狀態，一邊調查ＡＲ顯示的詳細情報。

地圖的預設顯示只有種族和等級，搜尋特定範圍時一般也只出現名字、種族、年齡、性別和等級而已。

這是因為增加太多情報會讓視野變得狹窄，所以才調整過的。

至於敵對者、犯罪者、技能不明者以及四十級以上的人，則是會分別標上不同顏色作為強調之用。

「怎麼樣了——這麼詢問道。」

「嗯嗯，總之並沒有生命危險。」

只不過，或許是很久沒有正常進食，已經處於危險等級的虛弱狀態了。

不僅如此，水大概也沒有喝多少。他們的意識似乎很朦朧，見到我們之後僅有一人做出反應，但此人卻也沒有活動的跡象。

我將勞累的精靈們十分喜愛的能量飲料稍微稀釋後給他們服用。

畢竟他們身材嬌小又相當虛弱，喝下普通濃度的能量飲料或許有危險。

「受傷～？」

「好像很痛喲。」

小玉和波奇憂心忡忡地望著孩子們。

每個孩子都有骨折、因骨折造成手腳差點長壞疽或裂傷處嚴重化膿等傷勢。

看來賽恩的詛咒和瘴氣並非是他們虛弱的主因。

「我這就幫他們治療。」

我用回復魔法一併治癒孩子們的傷勢。

有的孩子骨折後的骨頭沾黏在一起，但舊傷無法用魔法藥或回復魔法來治癒。

不過，放任不管的話似乎會很難正常行走。

我回憶著「自我治療」技能時的魔力流動，一邊嘗試錯誤看能否治療孩子們的身體。

「嗯……嗯嗯！」

對方有些痛苦，但應該進行得很順利。

>獲得技能「魔力治癒」。

>獲得稱號「靈性治療士」。

感覺好像獲得了方便的技能，我便將其開啟同時設定成新的稱號繼續治療孩子們。

技能等級最大的輔助效果十分驚人，在我專心施以魔力治療後，孩子們的骨頭全都成功變回正常的形狀了。

「這樣就沒問題了。」

「沒有清醒──這麼告知道。」

「他們只是累得睡著了哦。隔些時間給他們喝水，然後再喝一次能量飲料吧。等明天早上讓他們吃一些稀飯應該就沒問題了。」

「不愧是主人──毫不吝嗇地這麼稱讚道！」

「太好了～」

「是喲！」

這些孩子就交給娜娜來照料吧。

就這樣讓他們躺在地上也很可憐，我於是取出我們露營時將毛毯疊在一起使用的鬆軟墊子鋪在下方。

這時，莉薩和蜜雅衝了進來。

「主人，剛才聽到小玉和波奇叫得很大聲，莫非有什麼事嗎？」

「佐藤。」

「已經不要緊了哦。」

我將事情的經過省略成「在此躲雨的孩子們因房子的詛咒而變得虛弱」並告訴莉薩和蜜雅兩人，然後問起了水井的狀況。

「水井需要進行修理。」

「嗯，滑車腐朽。」

這麼交談的同時，我們一邊前去察看水井的實物。小玉和波奇也一起跟著。

破碎的滑車殘骸掉落地面，在防止異物掉入水井的蓋子旁邊，有個綁了繩子的水桶。

這個水桶有點潮濕，恐怕是剛才那些孩子用過的吧。

我伸出理力之手，將水井裡的垃圾連同水一併收納至儲倉裡的垃圾桶資料夾，如此反覆進行至井底剩下乾淨的水為止。

「這樣應該就可以了吧？之後就交給專門的修理業者好了。」

我這麼告知，然後打開了通往廚房的後門門鎖。

「這邊的修繕和打掃工作似乎會很費力呢。」

灰塵比玄關那一邊還要多。看來這十年的歲月並不是蓋的。

「探險。」

「需要我先進去嗎？」

「不要緊。」

以氣勢十足的蜜雅最為前頭，小玉和波奇往廚房突擊了。

然而，下一刻——

「佐藤。」

「蜘蛛絲～？」

「黏答答的喲。」

全身滿是蜘蛛絲的蜜雅，和同樣沾滿了蜘蛛絲沮喪地垂下耳朵的波奇紛紛跑來向我哭訴。

包括安然無恙的小玉在內，我幫忙整理三人的儀容後再度展開了探索。

當然，這次換成我在前頭。

我用「理力之手」觸碰蜘蛛絲和堆積如山的灰塵，讓他們直接進入了儲倉內的垃圾桶資料夾。

「爐灶好像可以直接使用呢。」

「這個黑色東西是煤炭嗎？」

廚房的爐灶裡推積著看似煤炭的黑色碎片和灰燼。這方面的調理用品似乎改成魔法道具會比較好。

「好多房間～？」

主屋是三層樓建築，更有閣樓和地下室。主屋的地板面積不包括閣樓和地下室的話有三百坪左右，大約是現代日本平均建坪的十倍。

「也有很多椅子和衣櫃喲。」

閣樓和地下室留有許多包括壞椅子在內的破爛物品，所以我統統收納至儲倉的垃圾桶資料夾內再打掃一番。有這類「理力之手」的複合招式真是輕鬆。

「可以用的家具也有很多呢。」

「嗯，堅固。」

調查完房子內部的結果，除了部分腐朽的地板之外，只要清除灰塵和蜘蛛絲就能入住了。

室內也放置有許多貴族風格的家具，因此需要換新的部分大概就是廚房一帶和主臥室了吧。

「地下室～？」

「有起司和肉乾的味道喲。」

我們從走廊來到地下室，這裡似乎兼具災害時的地下避難所和食物庫的作用。甚至還有固定木桶的台座和擺放葡萄酒的架子。

剛才淨化過「詛咒魂」的地下室是獨立的，好像並未跟這裡相通。

那裡就用來設置轉移魔法用的刻印板好了。還是要建個空殼研究室呢？

「地下室好像跟走廊和廚房是相通的。」

這裡有兩個階梯，我們走上去之後發現來到了廚房。

「大致繞了一圈，沒有發現浴室呢。」

「是的，真可惜。」

喜歡洗澡的莉薩很沮喪地說道。

好，就算是為了莉薩，乾脆打掉一樓的某個房間來追加洗澡間吧。

「看來得建造新浴室才行了呢。」

「是的，主人！」

聽我這麼說完後，莉薩便露出燦爛的笑容即刻回答。

原先沒有洗澡間應該是出於水資源寶貴的緣故，但身為日本人果然還是希望在家裡有個浴室呢。

至於泡澡桶就跟迷宮別墅一樣，準備那種用亞里沙的空間魔法將大樹樹幹挖去部分後的一體成形式好了。

我專為加工泡澡桶而創造的「泡澡桶製作」咒語看來又會再次發揮作用了。

◆

「預備～？」

「砰——喲！」

小玉和波奇開始在庭院裡比賽割草，我於是指派莉薩前去察看娜娜他們的狀況如何。

「佐藤。」

「怎麼了，蜜雅？」

蜜雅從後方拉扯我的衣服下襬。

她表示想前往蔦之館，所以我先在房屋的入口處設置歸還用的刻印板再轉移至蔦之館。

「——蕾莉莉爾，打掃。」

「蜜薩娜莉雅大人，是打掃這棟破屋嗎？」

「嗯。」

蜜雅的目的是將蕾莉莉爾帶來這裡。記得她應該有「打掃」技能才對。畢竟種族為家庭妖精呢。

「佐藤。」

「什麼事。」

「變漂亮。」

「好啊。」

大概是叫我釋放出平時壓抑著的精靈光吧。

房子裡已經沒有瘴氣，不過蜜雅似乎另有想法，所以我就按照她的要求釋放出來。

「嗯，漂亮。」

沒有精靈視技能的蕾莉莉爾則是滿臉問號。

「蕾莉莉爾，家庭魔法。」

「是……是的，蜜薩娜莉雅大人。」

蕾莉莉爾在蜜雅的催促下使用魔法。

「■■■■■■ ■■ …… ■■■■■■ 家洗淨。」

冗長的咒語結束後，整個屋內忽然變得亮晶晶。我好奇之下把腳抬起來，不知是什麼原理的魔法，只見腳所踩踏的地方也都乾淨溜溜。

不知道為什麼，連蕾莉莉爾也是彷彿第一次看到自己魔法的表情，不斷在檢查被清理乾淨的地板和窗框。

V獲得技能「精靈魔法：家庭妖精」。

蜜雅剛才提到的「家庭魔法」，好像屬於是精靈魔法的系統之一。

蕾莉莉爾似乎看不到精靈卻可以使用精靈魔法。根據巫女精靈露雅小姐的說法，應該是有了精靈視之後方能使用精靈魔法才對……

大概是蕾莉莉爾的種族特性或天賦，使得她學會了「精靈魔法：家庭妖精」吧？

「了不起。」

「您……您過獎了……不過，感覺魔法的效果比平時更好了。」

「嗯。」

這恐怕是被我吸引而來的精靈提升了效果所致，不過蜜雅好像不打算說明所以我也就不提了。

畢竟如果她是為了之後才告訴對方作為驚喜，我搶先說出來就太不解風情了。

「繼續。」

「請……請等一下，蜜薩娜莉雅大人。不同於各位精靈大人，我們本身的魔力很少。由於剛才的魔法已經消耗了大半的魔力，暫時無法施展大魔法。」

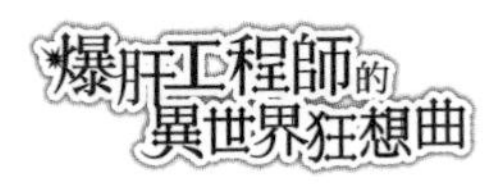

「嗯，佐藤。」

見到表情委屈地這麼訴苦的蕾莉莉爾，蜜雅叫了我的名字。

大概是希望我用「魔力轉讓」魔法讓蕾莉莉爾的魔力回復吧。

這種事情不需要特別考慮，所以我便依照蜜雅的要求去做。

「咦？這是？你到底做了什麼，小……佐藤……先生。」

「都是因為蜜雅拜託的。我剛才轉讓了魔力哦。」

蕾莉莉爾起先滿臉困惑地唸著：「轉讓魔力？這麼多？」但在蜜雅的催促下又施展了各種像「擦亮房屋」和「回復房屋」之類讓人很想吐槽的魔法，把房子弄得跟新蓋好的一樣。

不過，竟然連腐朽的地板和破洞的牆壁都能補上──雖然當作建築物版的回復魔法也不是不能理解──實在讓我有些無法接受。

「真是不簡單呢。」

「嗯，厲害。」

「很榮幸獲得兩位的誇獎。」

我和蜜雅這麼稱讚後，蕾莉莉爾惶恐卻又自豪地回應道。

「接下來就是打掃室外了哦！」

我制止了乘勝追擊準備連房屋外面也清理乾淨的蕾莉莉爾，讓她繼續保持外側的髒污。

「雨天會漏水固然很讓人傷腦筋，不過就這樣保持骯髒的狀態吧。畢竟那似乎不是很尋常的魔法，可能會嚇到住在附近的人。」

「人族說的話實在很莫名其妙呢。蜜薩娜莉雅大人平時想必也很辛苦吧。」

「嗯。」

撇開蕾莉莉爾的失禮發言不提，蜜雅妳也不要點頭附和，而是應該出言否定或維護吧？

言歸正傳，正在興頭上的蕾莉莉爾被我潑了冷水後似乎有些不滿。

既然有這個機會，就試著拜託她打掃其他地方吧。

「我想順便請妳打掃別棟及訪客用的別館——」

這棟房屋的用地內除了主棟以外，還有來客專用的別館以及傭人專用的別棟。客人專用的別館是兩層樓建築，傭人專用的別棟則是平房。

傭人的房屋有許多小房間，本身就建造有衣櫃和床鋪。

「——不過這些是不是改天再做比較好？」

「蕾莉莉爾，加油。」

「是的！只要魔力能維持下去，我一定會完成的。」

蕾莉莉爾在蜜雅的聲援之下鼓足幹勁，按照我的要求完成了各建築物的修繕和打掃工作。

將精疲力盡的蕾莉莉爾留在主屋裡，我動身前往馬廄。

獸娘們在發現我的蹤跡後也都聚集在馬廄裡。

「孩子們好像稍微恢復了一些呢。」

或許是剛才的魔法藥逐漸生效，孩子們的皮膚開始略微泛紅，我便用生活魔法加以清洗。

「那麼，讓他們換好衣服之後送到主屋吧。」

「是的，主人。」

「我來幫忙吧。」

娜娜和莉薩幫忙換好衣服的孩子們，由小玉和波奇用擔架進行搬運。

我則是在乾淨溜溜的主屋一樓處準備好簡易床鋪，讓送來的孩子們躺在上面。

把所有人安頓好之際，亞里沙他們恰好出現在雷達上。

「好——抵達——」

牽著馬的露露和側坐在馬背上的亞里沙，兩人帶回了二十名以上的小孩子。

超過一半是人族，剩下的為鼠人族和兔人族之類身材嬌小的獸人。

「歡迎回來，比想像中還多呢。」

「是啊——開始招募之後報名相當踴躍，所以就全部錄用了哦。」

亞里沙聳聳肩膀回答我的話。

「話說回來，小玉和波奇她們也太拚命了吧。這樣一來孩子們豈不是沒有可以割草的地方了嗎？」

「嘿嘿～？」

「很努力喲。」

也難怪亞里沙會那麼傻眼。

廣大的用地裡，有半數以上的雜草已經被兩人割完了。

只不過，像前庭的灌木叢等必須慢慢除草的地方就沒有處理，所以也不算是沒剩下多少作業。

「較小的孩子過來拿手套和籃子，負責把割下後丟在地面的雜草收集到籃子裡！至於比較大的孩子就拿手套跟鐮刀，把房子周圍的草割一割！」

「嘿嘿，是手套～」

「好棒，好漂亮的手套。」

從露露那裡接過手套的孩子們，彼此開心地出示戴了手套的手。

「亞里沙，戴手套除草的話，會把手套弄髒的哦？」

似乎是忌諱把手套弄髒，年長的少女這麼向亞里沙求助。

「沒關係哦，要是不戴手套除草的話，手豈不是會受傷嗎？」

「可……可是……」

「如果把手弄傷，就會妨礙明天的工作了吧。」

「啊，嗯，知道了。」

感覺她已經被亞里沙說服，但似乎還在擔心弄髒了是否真的沒關係。

「那麼，作業開始！傍晚之前完成的話，主人會請你們吃美味的晚餐哦！」

「「「吃飯！」」」

「加油——！」

「「「噢——！」」」

聽到亞里沙為了維持眾人的熱情而提出的報酬，孩子們隨即發出歡呼聲並著手開始作業。

確認孩子們都開始作業後，亞里沙呼了一口氣往這邊走近。

「唉呀？這不是蕾莉莉爾嗎？」

亞里沙發現了在我背後休息的蕾莉莉爾。

「既然這孩子在場，就代表家中已經打掃完畢了？」

「亞里沙小姐，我在茶會上不是說過了，請不要用『這個孩子』來稱呼我！」

「啊啊，抱歉抱歉。」

隨口應付著蕾莉莉爾的抗議，亞里沙一邊打開了房屋的門。

「蕾莉莉爾妳幹得好！真不愧是家庭妖精棕精靈呢！太令人佩服了。」

亞里沙整個人迅速轉身，豎起大拇指來大力稱讚蕾莉莉爾。

蕾莉莉爾的個性似乎很容易得意忘形，在聽到亞里沙的稱讚後立刻自滿地挺起平坦的胸膛。

——對了。

得告訴亞里沙和露露，我在她們外出時保護了孩子們一事才行。

「露露！妳來屋子裡一下。」

我出聲呼喚在屋外正開始照顧拉車馬的露露。

「——主人，讓您久等了。」

露露拖著躂躂的腳步聲跑過來。

「地板非常光亮呢。」

對於如此驚訝的露露，蕾莉莉爾和剛才一樣挺起胸膛自著。

「唉呀？莉蕾蕾爾，歡迎過來。」

「等等，小丫頭！我說過我叫蕾莉莉爾吧！」

「唉呀，我也不是小丫頭，而是叫作露露哦。妳忘記了嗎？」

看樣子，這兩人之間有些難相處的樣子。

蕾莉莉爾對於蜜雅之外的人都是這個樣子，但個性那麼溫和的露露竟然用吵架般的態度說話實在相當罕見。

根據亞里沙的說法，好像是因為她很不滿對方那些針對我的無禮發言。

我有點擔心，不過亞里沙卻很樂觀地表示：「以後應該就會和好的哦。」

由於蕾莉莉爾無法離開蔦之館太久，我便讓她帶著甜甜的蜂蜜點心作為禮物並使用轉移魔法送她回去。

為答謝今天的事，我準備招待蕾莉莉爾享用晚餐，並親手做飯來慰勞她。

◆

在孩子們割草的期間，我帶著露露和莉薩造訪西門子爵邸，將告知我搬家一事的書信交給了女僕小姐。

之所以三人一起前往，是為了讓她們兩人記住地方。

原本還打算要四處問候附近的鄰居，但那棟房子是因為「賽恩的詛咒」而聲名大噪，所以我決定先度過一晚以證明平安無事再說。

回程之際，我們到又到處購買了許多新家最起碼必備的小東西和器具。

而我也順便在商業公會請他們介紹了商人，委託對方幫我帶信給聖留市的潔娜等人、穆諾男爵領的卡麗娜小姐他們，還有我在公都所認識的那些人。

「露露，就在那邊的神殿前讓我下車吧。」

南北向的大道和通往貴族區的內門彼此交叉的圓環處有神殿集中座落在那裡，所以我打算過去捐獻一下。

露露和莉薩則是在神殿後方的停車場負責留守。

「——好氣派的裝飾。」

一進入神殿，我就被可媲美於公都貴族區神殿的建築豪華程度嚇到了。

若想建造如此氣派的神殿，得要有相當多的贊助者才能辦到吧。

「唉呀，這位少爺。您今天有何貴幹呢？」

身穿華麗法衣的高階神官像個商人一樣搓著手走了過來。

「唉呀呀，您佩帶的劍真是出色！少爺您想必是一位探索者吧？」

眼尖地捕捉到我掛在腰上的妖精劍，高階神官雙眼一亮這麼推測道。

「是的，不過才進過迷宮一次而已。」

「——既然如此，您肯定是希望尋找一同前往迷宮的神官吧。」

這麼回答之後，對方一瞬間露出失望的表情，但隨即又恢復笑容開始了推銷話術。

「很遺憾，擁有神聖魔法技能的神官僅會派往赤鐵以上的隊伍。」

「不，我並沒有——」

「不過！」

我想告訴對方不需要找人，但高階神官卻打斷我的發言繼續喋喋不休。

「我們還是派遣前途無量的人選前往少爺的隊伍好了。那可是位充滿純潔之心及服務熱誠的『貌美』女神官！」

不知為何說到「貌美」二字時，對方刻意強調了一下。

高階神官招了招手，立刻就有神官服打扮的美少女姿勢優美地現身。

這位美少女神官等級只有三，而且沒有任何神聖魔法或戰鬥系的技能，似乎只具備「服務」技能而已。

盈盈微笑的美少女神官雖然相當可愛，但看慣了超級貌美的露露之後，我並不會對此感到心動。

「請等一下，我今天只是來捐獻的。」

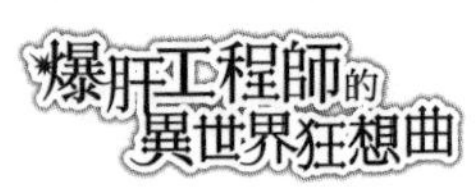

「捐獻……嗎？您看起來並不像受了傷的樣子——莫非是希望我們上門治療嗎？」

為何會這麼說？

「不，這些都沒有必要。我來到賽利維拉市之後一直還沒有捐獻過，所以只是前來捐獻一趟罷了。」

我這麼表示後，對方便投以彷彿看到了怪胎一般的目光，接著急急忙忙地替我叫來了捐獻負責人。

原本以為只有這座神殿如此，但其他神殿大致都是相同的反應。

看樣子，只捐獻而不求回報的人在這個都市似乎相當罕見。

為了保險起見我試著詢問，結果得知他們並未舉辦像公都神殿那樣的賑濟食物活動，僅對處理神殿雜務之人提供簡單的食物罷了。

這個都市針對貧困者的社會救助對策究竟是怎麼回事，實在讓我有些好奇。

◆

「那麼，露露。開始準備晚餐好了。」

「是的，主人！」

割草作業在傍晚前順利結束，我們便依約開始煮飯請孩子們吃晚餐。

幾個年長的女孩子提出幫忙的請求，於是我就拜託她們清洗蔬菜或削皮之類的簡單作業。

「是肉！」

「好多，啊嗚！」

正在收拾器具的孩子們看到用於製作骰子肉排的狼肉後發出了歡呼聲。

相較於柔軟的蛙肉，莉薩建議我烹煮較硬的狼肉更能夠讓孩子們滿足和飽餐，所以我便決定把最近沒有機會出場的狼肉釋出庫存。

「哇～好香的味道。」

「我們也可以吃到嗎？」

「笨蛋，那是那些孩子們的晚餐哦。」

「我們的晚餐不是那邊的薯塊嗎？」

「原來是薯塊啊——」

孩子們看到油炸前的「跳跳薯」之後情緒變得低落。

這種薯類是用「樹靈珠」去除了造成苦味和澀味的元凶，和迷宮都市內一般流通的薯類完全不同。

我彷彿現在就能看到孩子們驚訝的表情了。

「那種紅色的是什麼呢？聞起來很甜呢。」

「我肚子餓了呢。」

「就算是薯塊也沒關係了。」

由於沒有桌子和椅子，我決定把餐點放在用樹靈珠加工木板而成的餐盤內。

餐盤的內容物有抹了甜辣醬的玉棋、稍微燙過的葉菜、油炸的鹹洋芋片、煮成甜味的紅蘿蔔，至於主菜則是選擇了以奶油和胡椒鹽調味的骰子狼肉排。

蔬菜放得較多的原因是擔心孩子們缺乏維他命。

唯獨蜜雅的主菜是做成了香菇排。畢竟蜜雅對肉排這種油膩的「ＴＨＥ肉類料理」似乎還很排斥呢。

「噗哈～」

「好好喝。」

「我還要一杯。」

「笨蛋！乾淨的水可是很貴的哦。」

「嗚嗚，對不起。」

我讓他們彼此之間傳遞水桶用來洗手，結果似乎是因為太口渴，居然開始輪流喝起水來了。

看來我應該先發放裝了水的馬克杯才對。

說到這個，在她們作業中所發放的水似乎也很受歡迎吧。

「好，大家排成兩排吧！」

調理完畢後進入供餐階段，孩子們卻在遠處圍觀著遲遲不上前領取餐盤，於是亞里沙便發號施令讓他們排隊。

我以製作方便為第一考量，所以餐點應該不是那麼豐盛才對。

「哇啊，可以吃到那些大餐了。」

「好棒。」

「最後會不會說不給你們吃？會不會？」

「不要嚇唬人啊！」

孩子們的眼睛散發著期待的光輝。

接過餐盤的孩子們爭先恐後地開動。有人塞得滿嘴都是，也有人一口一口仔細地咀嚼品嚐。

令我詫異的是，沒有任何孩子對味道發表感想。大家好像都拚命吃著，根本沒空說話。邊吃邊哭的孩子也不在少數。

他們能夠滿意我固然很開心，不過還是正常吃飯吧。

「露露的手藝也進步了呢。」

「雖然很不甘心，不過真好吃。在烹飪手藝方面輸給人族，可是攸關家庭妖精的顏面哦。亞里沙小姐的姊姊真是個怪胎。」

「唉呀，蕾莉莉爾。我們主人的手藝更好哦？」

「妳是說那個小……佐藤先生嗎？」

「因為白天的卡斯特拉也是主人做的呢。」

晚餐時間一併找來的蕾莉莉爾正和亞里沙坐在一起吃東西。

這兩人感情出奇地好。真希望她也能照這個樣子跟露露和睦相處。

較小的孩子們吃完後仍依依不捨地舔著盤子，我於是把為獸娘們準備的烤蛙肉串分給他們。

由於每個孩子好像只要給多少就能吃下多少東西，所以我便在他們還沒吃壞肚子前適時制止了。

另外，我鑑於新家有許多房間所以幫大家都分配了自己的房間，不過感到寂寞的同伴們卻一個接著一個聚集在我的主臥房裡，最後只得像往常一樣大家成群地一起睡覺了。

大家和樂融融真是一件美事。

感受著彼此的溫暖，新家的夜更深了——

宴會

「我是佐藤。聰明反被聰明誤這個有名的典故到了現代也依然通用呢。在戰略類的對戰遊戲中，相較於無視理論的新手，愈是自稱軍師的人就有愈容易中計的傾向。」

「聽說你買了房子呢。」

「是的，求售中的房子和我有些淵源，所以就買下了。」

買下房子的隔天早上，我在西門子爵家換乘對方家的馬車，前往迷宮方面軍的將軍所在處，一起為了準備救援部隊一事答謝和致歉。

「已經請好傭人了嗎？」

「不，因為經常不在家，所以我打算只雇用負責留守的人。」

「既然如此，我的家臣一族中剛好有合適的人。今晚的宴會前幫你介紹吧。」

「謝謝您。真是太好了。」

「見面的時候如果不喜歡，只管拒絕就好。」

倘若雇用一個不牢靠的人，家中財物似乎不是被偷就是會遭到挪用，完全沒有好事。

至於身懷介紹信的人也必須留意，據說有時是別人為了尋找自己的把柄而派來臥底當間諜的。

對了對了，在還沒忘記之前得和他討論一下卷軸的事情。

「雖然這件事不該在馬車中談論——」

我將「操螢光」的咒語書交到西門子爵的手裡。這是之前我想到的將「理力之線」和「魔燈」融合起來而成的「自由移動的螢火」魔法。

「我看不懂魔法書，不過見到潘德拉剛勳爵你自信滿滿的表情，大概就能想像是什麼樣的魔法了。」

西門子爵看著我微笑道。

「這個咒語也維持跟『煙火』相同的條件沒關係嗎？既然那麼暢銷，我想應該改為抽成制才對哦？」

「不，跟之前的條件一樣就行了。」

畢竟我已經有用不完的錢，這也算是答謝對方親自為我提供了各種方便，所以這樣就很夠了。

乘著這個機會，我也從砂糖航線的航海期間製作的魔法當中挑選兩種，以及在對迷宮探險有幫助的咒語裡拿出三種，向對方下訂單要求製作成卷軸。

這些話題聊著聊著，馬車終於抵達了迷宮方面軍的駐地。

「記得把杜哈爾老師的祕銀劍掛在腰上。」

說著，西門子爵將雕刻雅致且附有細劍的劍帶圍在腰上。

西門子爵的家臣則是拿著用布包裹起來類似劍的物體。

根據AR顯示，我得知其實體為我在公都的黑市賣出的魔劍魔劍「曉」。當初不知道是誰得標，看來似乎是被他買走的樣子。

「艾魯達爾將軍一向都看不起武人以外的人士。」

我的腦中掠過了渾身肌肉喜歡哇哈哈大笑，頭腦簡單的軍人想像圖。

這時，負責領路的軍官帶著數名勤務兵出現了。

「——唉呀？是那時候的少爺。」

帶路的狐人是我在迷宮入口遇到的那位軍人先生。

「你們認識嗎？」

「是的，初次進迷宮時承蒙告知了許多資訊。」

我們在狐軍官的帶領下前往艾魯達爾將軍的辦公室。

裝上馬車的料理則是由年輕的勤務兵們負責搬運。

在我們被帶往的地方——

「歡迎，我是被委任迷宮方面軍的阿爾艾頓．艾魯達爾名譽伯爵。」

艾魯達爾將軍如我想像一般渾身肌肉，但卻和喜歡哇哈哈大笑的印象相去甚遠，是個將門貴族出身的優越感表現得淋漓盡致的鷹鉤鼻中年男性。

「感謝您前些日子的幫助，艾魯達爾將軍。」

「無妨。倘若這點小事能補償你容忍我那侄子的任性就沒有怨言了。」

「真希望比斯塔爾公爵也收斂一點，不要跟歐尤果克公爵爭來爭去了。」

「別強人所難了。那正是攸關貴族的門面啊。」

話題的內容讓我完全摸不著頭緒，只知道西門子爵和艾魯達爾將軍似乎交情很好的樣子。

緊接著在西門子爵的催促下，我也自我介紹並表達了謝意，艾魯達爾將軍聽完後浮現出不懷好意的笑容。

「原來如此，你就是潘德拉剛勳爵嗎？子爵說過你可是肩負希嘉王國未來的卓越人才哦。」

艾魯達爾將軍的發言讓我有些愣住。

我可不記得自己肩負著那樣的未來哦？

「正是如此。多虧了他，使得即將成為魔族溫床的穆諾男爵領獲得解救，在古魯里安市及公都也僅憑驚人的些微損失便討伐了下級魔族。」

西門子爵向艾魯達爾將軍宣揚了我的功績。

所謂公都的下級魔族，是我在特尼奧神殿打倒的那傢伙嗎？

「他個人的戰鬥能力及他的家臣團實力，大概相當於一流的騎士團了。」

請不要過度吹捧我了。「無表情」技能老師會累死的。

「而且不光是軍事，也精通於魔術，在開發各種魔法的同時還有餘力以燦爛的『煙火』魔法來娛樂人心。」

「哦？就是他開發出那種『煙火』的嗎？」

艾魯達爾將軍對這點很感興趣。

莫非「煙火」的卷軸在迷宮都市很受歡迎嗎？

「就連在我主君的領地上所蔓延的派閥對立，也多虧了有他的料理及人格作為潤滑而使得暗殺之類的聳動話題統統絕跡了。」

——潤滑油？是哪件事情？

說到在溫馨的公爵領進行暗殺，莫非和魔王信奉集團「自由之翼」有關嗎？

「既然光靠料理就能有如此的改變，真希望也改變一下那位亞西念侯爵啊。」

「說不定真的會有辦法。畢竟他居中調停了那位羅伊德侯爵及何恩伯爵。」

「什麼！你是說那對冤家嗎？」

說到這個，我記得之前也曾聽說過這兩位老饕貴族是一對冤家。

由於我個別認識兩人時他們都和樂融融，所以實在沒有什麼真實感呢。

「對了，那就是我拜託你帶來的魔劍嗎？趕快讓我瞧瞧。」

「只是看看而已哦。這可是向公爵閣下借來的名劍。」

「我知道。」

帶著彷彿拿到新玩具的孩童般表情，艾魯達爾將軍拔出了魔劍「曉」。

「真是一把美麗的劍。」

在鑄造的青銅劍上面鍍了祕銀的同時，我還記得自己稍微用鏤金技能稍微玩了一下。

「是祕銀劍嗎？」

「不，據伊帕薩勳爵所言，並無祕銀劍特有的重量變化。」

「那麼就是只有外側了嗎——」

聽到了令我懷念的名字。伊帕薩勳爵身為羅伊德侯爵的公子，是從穆諾男爵領前往公都的旅途上和我建立了良好友誼的歐尤果克公爵領近衛騎士。

「——這真是了不起。第一次見到如此容易施展出魔刃的魔劍。」

艾魯達爾將軍在魔劍的周圍發出了散發紅光的魔刃。

「是這麼出色的劍，真想用來獵殺一次較強的魔物試試。」

「抱歉，這我無法作主。還請您在年初的王國會議上和歐尤果克公爵交涉。」

喜孜孜的艾魯達爾將軍在聽到西門子爵的話之後臉色一沉。

「誰叫我們派閥不同，也只能放棄了——嗯？潘德拉剛勳爵的劍莫非是出自於杜哈爾老師之手？」

一臉死心的艾魯達爾將軍，目光捕捉到我掛在腰上的妖精劍後雙眼發亮。

「是的，這是承蒙杜哈爾老師打造的祕銀劍。」

托拉札尤亞的名字在迷宮都市相當出名，所以我就沒有說出妖精劍托拉札尤亞這個劍名了。

對方似乎很想摸摸看，我於是從劍帶取下妖精劍交給了艾魯達爾將軍。

「嗯，果然是配得上杜哈爾老師真印的劍。而且十分美麗。和剛才的魔劍有過之而無不及。」

將軍用妖精劍發出魔刃後輕輕上下揮舞。

「不過，祕銀劍可是很挑使用者的。」

這麼告知的艾魯達爾將軍，其愛劍儘管沒有真印，卻也是出自於杜哈爾老先生之手的祕銀劍。

「未注入魔力的祕銀劍很輕，不過一旦注入足以使出魔刃的魔力後就必須具備相當的力氣才能揮動。而且重量還會根據注入的魔力量產生變化，所以使用起來非常困難。」

的確，儘管單手劍技能已經提高至最大，但我還記得當初仍花了些時間才習慣妖精劍。

「若是能夠完美駕馭祕銀劍的達人，自然是這把劍比較出色了。」

說著，艾魯達爾將軍將妖精劍收入劍鞘。

「只不過，要使用魔刃的話還是剛才的魔劍較為適合。它的魔力路線太過純粹了。那把魔劍可以推薦給所有人使用。倘若有大量的那種魔劍，希嘉王國就能和魔王的軍勢抗衡了。」

對方稱讚我的魔劍固然很令人高興，不過請不要做出那種好像會豎旗的發言。要是魔王的軍隊真的打過來該怎麼辦。

話雖如此，我已經在公都地下打倒了魔王「黃金豬王」，所以下一個魔王應該六十六年後才會出現。

「讓你掃興了嗎？倘若勳爵你擁有配得上這把祕銀劍的身手，便可發揮出不遜於公爵魔劍的活躍表現了。繼續努力吧。」

「是的，感謝您的忠告。」

最後，艾魯達爾將軍給了我一句忠告：「這把劍會讓小人眼紅，千萬不可輕易示人。」

接著，在我收下妖精劍之際，入口的門未經敲響就打開了。

「將軍閣下，大餐拿來了。」

「子爵大人帶來的餐點也一起裝盤了哦。」

進來的是狐軍官以及在迷宮被他稱為「隊長」的人。令我意外的是，這位隊長先生似乎是迷宮方面軍的第二號人物。

他們手裡端著的盤子裡裝有我帶來的「適合搭配甜酒的下酒菜」。

其後方可以見到勤務兵們推著擺放有餐具和酒瓶的手推車。從他們準備了符合人數的酒杯看來，似乎已經打定主意從大白天就開始舉辦酒宴了。

「……是你們啊。」

「我負責試毒，得要依序品嚐一下才行呢。」

「你不是有鑑定技能嗎？只要看著我的杯子就好。」

「我可沒有那種東西哦，隊長。」

還是一樣令人相當愉快的雙人組。

「也罷，從這些酒瓶的數量來看三個人也喝不完。要是你們別再搞這種鬧劇，我就讓你們一起加入宴席。」

艾魯達爾將軍這麼表示之後，隊長先生和狐軍官兩人高興得差點連盤子都拋了出去。

艾魯達爾將軍的個性比外表看來還要更不拘小節。

「這邊的應該是傑茲伯爵領的紅葡萄酒和艾爾艾特侯爵領的水果酒，至於這種透明的酒又是什麼？」

「我也不知道，那是潘德拉剛動爵帶來的禮物。」

兩人的目光投向了我。

「是拉拉基王國的蘭姆酒『樂園』和伊修拉里埃王國的利口酒『凪』。這兩種都是微甘順口的好酒——」

「你是說拉拉基的『樂園』？」

艾魯達爾將軍滿臉驚訝地站起來，將蘭姆酒「樂園」的瓶子拿在手裡。

總覺得會讓我聯想起在魔導王國拉拉基所發生的事情。

「這不是絕對不會流傳至拉拉基王國之外的夢幻之酒嗎？」

我有些了解箇中原因。

魔導王國拉拉基這個國家就類似一群嗜酒貴族的集合體，想必根本無意將好喝的酒作為出口商品吧。

「伊修拉里埃王國以寶石『天淚之滴』聞名，但酒就從來沒見過了。這邊的紅葡萄酒瓶子不同，應該不是傑茲伯爵領的東西吧？」

「是的，那是名為妖精葡萄酒的——」

「什麼！居然是公會長一直在吹噓的那種妖精們所喝的酒嗎！」

所謂公會長，指的是探索者公會的公會長嗎？

看樣子，妖精葡萄酒在迷宮都市並不如魔導王國拉拉基那樣稀奇。

西門子爵看起來很羨慕的樣子，我於是悄悄在他耳邊道：「之後再送您同樣的東西。」

「那麼，為潘德拉剛勳爵和西門子爵的友情乾杯！」

在艾魯達爾將軍的領頭乾杯之下，一場小酒宴便展開了。

當然，隊長先生和狐軍官也在一起。

「嗯，這種酒沒有毒。」

「你不用喝應該也能知道吧？」

「沒這回事，隊長。畢竟鑑定也不是十全十美的呢。」

正如狐軍官所言，若用了比鑑定技能更高的阻礙認知系道具就鑑定不出來了。

「這在王祖大人的軼事裡也出現過哦。當他將王位讓給第二代的仁王夏洛利克並周遊列國之際，據說就是使用了連原版的大和石也無法看穿的神奇技能。」

「那種東西是後世作家創造出來的故事。」

說著，隊長先生的拳頭砸在了狐軍官身上——職場霸凌也該有個限度。

不過，毫不洩氣的狐軍官卻繼續說了下去。真是堅強。

「那麼，史書裡出現的綠色上級魔族呢？那傢伙不是也騙過了大和石並潛入王祖大人的軍隊中，準備暗算睡夢中的王祖大人嗎？」

「我也知道這個故事。結果還是被王祖大人識破了吧。」

剛聽到兩人話中的「綠色上級魔族」這個名字時，我的腦中掠過了「焉」語尾的綠貴族——波布提瑪顧問的身影，但在我的AR顯示中他卻是人族。

畢竟按照剛才的說法，身為勇者的王祖大和既然識破過對方，而具有同樣技能的亞里沙無法看穿的情報又能被我的「主選單」和「探索全地圖」看穿，所以應該騙不了我才對。

當然，若王祖大和當初是用鑑定技能以外的方法看穿就另當別論了。

即使是傳說中的國王，也不可能具備那種漫畫或輕小說主角的御都合主義能力吧。

「嗯，我自認已經吃遍了宮廷料理和珍奇的料理，不過這還真是美味。」

艾魯達爾將軍稱讚了我所帶來的料理。

今天的料理是適合搭配甜酒的各類卡納佩和三種不同的炸餃子，還有經典的披薩以及唐揚橙雞。

披薩由於外觀特異所以好像讓人難以下手，不過炸物和卡納佩就順利地在消耗中。

「金色的唐揚我可是第一次見到哦？」

「那是名為炸餃子的料理。請沾這邊的醬汁吃吃看。」

對於未曾出現在公都料理品項中的炸餃子感到驚奇的西門子爵，我推薦他使用餃子沾醬。

「我還是第一次吃到這麼美味的東西！不愧被稱為『奇蹟般的廚師』。等等，隊長！不要獨吞唐揚啊。」

「吵死了。你去吃那邊的發霉起司或炙燒肉乾吧。」

「太過分了，隊長。」

——發霉？

「哼，那個發霉是很正常的！枉費我還特地拿諾羅克王國的珍貴起司來請你們吃——」

「我可以吃一點嗎？」

「潘……潘德拉剛勳爵，千萬不要。」

儘管西門子爵阻止我，但這怎麼看都像是我在產地見過的康門貝爾起司。

香味很類似，味道也──

「──這真是美味。很出色的起司呢。」

「嗯，這是諾羅克王國的人過來時，我讓他們一起帶來的。」

心情大好的艾魯達爾將軍又拿出其他的起司。

這個則是普通的起司。

「是莫札瑞拉起司嗎？這種也很美味呢。」

「『莫茲拉雷拉』？那個是從加爾雷恩同盟採購的起司。大家都稱作白起司，原來是叫『莫茲拉雷拉』嗎？」

感覺這樣下去「莫茲拉雷拉」可能會變成固定名稱，於是我否定道：「不，我好像錯認為類似的起司了。」

另外，對方表示白起司「莫札瑞拉起司」在市內有負責銷售的商會，使我得以拿到了簡單的介紹信。這樣一來據說就能買到極品的白起司了。

至於「康門貝爾起司」好像是諾羅克王國一行人在運送「諾羅克荊」的時候帶了一些過來賺點零用錢，下次不知什麼時候還會進貨。

見到我露出失望的表情，艾魯達爾將軍便決定分一半給我，所以我打算再帶著使用康門貝爾起司的料理和這次沒有攜帶的酒類過來答謝對方。

酒。

「很好喝的酒呢。」

美味起司和美味葡萄酒的組合簡直是絕配。

搭配著艾魯達爾將軍拿出來的各種私藏起司，我依序品嚐了同樣是他所私藏的各類葡萄酒。

「比斯塔爾公爵領的紅葡萄酒可是希嘉王國首屈一指的。不同於列瑟烏伯爵領那種淡而無味的紅葡萄酒，香氣不但豐富且具有深奧的滋味。」

唔，還是不要隨便批評其他的酒類比較好。

雖然這種非常好喝的厚重酒體紅葡萄酒的確會不禁讓人要自豪一番。

我在心中這麼勸告，同時各品嚐了一杯擺在旁邊的傑茲伯爵領白葡萄酒和粉紅酒。兩種都沒有特色，但卻是容易入口的新手取向葡萄酒。

就這樣，我們在完全成為酒友的狀態下一直享用美酒和佳餚直到快接近中午時分。

另外，西門子爵喜歡喝酒卻酒量很小，整個人早早就醉倒了。

據他的家臣表示這很常見，所以傍晚的宴會將照常舉行。

◆

「那是什麼？」

在我們家隔壁雜草叢生的空地上，長出了五顏六色的高麗菜。

——不，是小孩子的腦袋。

乍看有種驚悚感，但腦袋以下的部分還好端端存在。

既然不像是蹲在空地的雜草裡玩捉迷藏，那些孩子又是在做什麼？

我向用馬車送我回來的西門子爵家臣道謝後，便進了屋子。

「我回來了。」

「歡迎回來，主人。」

出來迎接我的是亞里沙。

透過地圖情報，我得知獸娘們在清掃排水溝，露露和娜娜在整理食物庫，至於那些虛弱的孩子們則由蜜雅在照顧著。

「知道外面那些孩子在做什麼嗎？」

「啊——他們是聽到昨天吃飯的事情之後，今天也在等待有沒有工作叫他們來做。」

原來如此，就類似在迷宮入口等候的那些搬運工吧。

「他們沒有自己上門來推銷嗎？」

「來過了，不過莉薩小姐說我們奴隸要是擅自聘僱會給主人造成麻煩，所以就讓他們等著。」

最近我完全忘記，除娜娜和蜜雅以外的五人都還是奴隸身分。

亞里沙和露露由於被「強制」所束縛因此無法解除奴隸之身，但獸娘們只要她們願意的話隨時都可以擺脫掉奴隸的身分。

「是嗎，既然這樣——」

就給他們指派在空地割草、處理掉非法丟棄的垃圾、打掃道路沿途的側溝以及檢查側溝蓋之類的工作吧。

我在心中這麼決定之際忽然響起急促的腳步聲，緊接著出現了模樣有些激動的娜娜。

她還是一樣面無表情，不過兩手手指卻不斷擺動著，彷彿有生命一般在表達出娜娜的內心情緒。

「主人，空地是幼生體的田地——這麼報告道。」

看樣子，她從食物庫返回的時候似乎發現了外頭的孩子們。

我帶著亞里沙和娜娜前往雇用那些孩子，並拜託他們處理剛才想到的工作。

「——你們先在空地除草，然後清掃垃圾。在場的人我都會雇用，所以大家要聽娜娜的話努力工作。」

「「「系！」」」

報酬就和昨天一樣只有一枚銅幣和提供餐點，但孩子們不僅沒有要求提高工資反而舉起雙手歡迎道。

我把監督孩子們的任務交給娜娜，小玉和波奇兩人則改派為她的助手。

另外拜託蜜雅扮演現場和露露之間的聯絡角色，以及照護病床上的孩子們。

至於露露雖然有些辛苦，我還是請她備妥孩子們的食物以及替我帶去參加西門子爵宴會的糕點準備好材料。

而莉薩和亞里沙就跟我一起去向各個鄰居打招呼。

「你說你買了那棟『被詛咒的房子』！你被騙了啊。要是認識官吏或貴族大人就快去太守公館協商一下吧。倘若今天沒有地方過夜，我家可以借住三個人左右。」

前往附近的房子問候之際，鄰家的屋主卻是一臉正經地勸告我不要搬進去。

聽說從事件發生當初到大約十年前的這段期間，陸續都有人被騙搬進去後離奇死亡或身染嚴重的詛咒而逃了出去。

自從十年前被探索者公會統一收購之後，這類事件就銷聲匿跡了。

「我偶爾會經過那棟房子前方，不是突然感覺到不舒服就是經常有死掉的小鳥或蟲子哦？」

鄰家的太太也真摯地給予忠告。

「感謝您的關心。我已經請德高望重的聖者大人幫忙解咒了，沒有問題。」

「可是，至今為止——」

「況且我們昨晚也在房子裡過夜，雇來打雜的孩子們當中也無人出現身體不適的情況。」

「——是這樣嗎？」

多虧了交涉技能和詐術技能全開的幫助，鄰家的夫婦似乎終於可以接受了。我的稱號裡有「聖者」這一項，所以也不算是在說謊。

贈送給對方綜合蜜餞作為搬家的禮物後，我們便前往下一戶人家。

在那之後我們又去了好幾家，對方不是和最初的那一戶相同，就是在我們提到搬進去的瞬間便把門關起來這兩種反應。

所幸幾乎所有人的反應都是前者。

而在前往後方的牧場之前，我們先繞去沿途的農場大量採購新鮮作物，甚至和部分農場簽下了定期配送的契約。

由於房子大部分時間都空著，所以費用是以月結的方式預先付款，農作物則是拜託他們放在玄關處就好，所以應該沒有問題。

反正等西門子爵介紹我雇用了不錯的人選後，這方面的問題就迎刃而解了。

「後……後面的房子嗎？」

我們造訪後方的牧場表明剛搬來之際，牧場老闆和他的女兒便一臉厭惡，但在告知我們住起來很普通後就像最初的鄰家一樣態度軟化了。

「定……定期購買嗎？」

「是的，起司和香腸之類便於保存的東西一個月一次就好，不過希望你們每天早上都送牛奶和雞蛋過來。」

由於對方表示也經營配送服務，所以我便試著提出要求，結果被他們投以不敢置信的眼神。

畢竟看他們養了相當多的雞，我心想應該可以分一些讓我用在糕點上面，就是不知道有沒有跟別的地方簽約過？

「您……您是認真的嗎？」

牧場老闆的話讓我回想起來。

說到這個，這座牧場僅僅因為座落在「被詛咒的房子」後面就蒙受了風評損害而遭到買家狠狠地砍價。

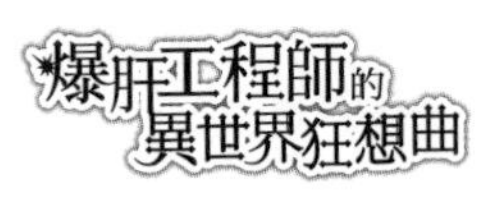

「是的，倘若沒有和其他地方簽約，可以拜託你們提供嗎？」

「沒有簽約！您不用擔心！」

「那麼就拜託了。」

因為報價出奇便宜，於是我請對方調整為比其他牧場的行情價略低一些。買到划算的東西固然很高興，不過太過便宜的話總覺得像是在壓榨對方呢。

另外，契約條款中並沒有解約時的規定，所以我又追加了我方主動解約時必須支付三個月份的違約金這一條。

順便也事先支付了相當於違約金的款項作為保證金。

畢竟來到這裡的時候，我發現牧場的設備都已經相當老舊，因此希望這些錢可以當作對方短期的營運資金。

或許是這些微不足道的小事讓對方很開心，回去的時候讓我們帶上了幾乎快要拿不動的乳製品和肉類，而且還全員出動目送我們離開。

順帶一提，對方也答應我們不在時以低廉的價格幫忙照顧馬和走龍。

既然是鄰居，我自然希望今後和這座牧場和睦相處呢。

◆

「我叫米提露娜。雖然才學淺薄，但我會盡最大努力服務的，請多指教。」

「彼此彼此，請多指教。」

在西門子爵邸，對方替我介紹的女性恭敬地向我問候。

從那凜然的表情和挺得筆直的身軀，可以窺見她一板一眼的個性。

對方是年紀二十六歲的人族，稱不上是個美女但身材相當苗條。

身高和我差不多，略帶紅色的褐色長髮綁成了辮子。纖細的眉毛下方是茶褐色的眼眸。

儘管已經結婚但丈夫似乎先離開人世，所以從夫家被趕回娘家，自那之後就未再婚而是致力於工作。

儘管她本人聲稱才學淺薄但卻是自謙之詞，其實是畢業於王都的王立學院。

其等級為九，擁有「禮儀」、「服務」、「交涉」、「教育」等技能。

「她前陣子還在其他人家擔任女僕長，不過那間房子的主人卻讓人有些傷腦筋呢。」

西門子爵說得不清不楚，但好像是因為拒絕了主人的性騷擾而遭解雇。

「於是她就從那位准男——不，從那戶人家辭職來到我家擔任女僕，但是這樣傑出的人才屈就於女僕職位實在太可惜，所以就介紹給你了。」

他無意中差點說出性騷擾男就是准男爵後又急忙訂正。

這座迷宮都市裡有好幾個名譽准男爵，不過在貴族區有房子的就只有「赤龍的咆哮」傑利爾先生和那個叫杜卡利的人。

杜卡利——啊啊，就是旅館老闆準備賣掉我的馬車時所找的買家嗎。

雖然不確定他們之中一定有人是性騷擾男，但我仍決定不要讓娜娜和露露靠近他們。畢竟我們也還沒熟識到可以盲目相信對方的程度。

米提露娜小姐明天一大早將會前來我的房子。

可以的話，我還希望在她底下再找兩三個普通的女僕或者男傭，但似乎是因為「被詛咒的房子」惡名而遲遲找不到人。

我於是決定等待洗刷污名後再來招募。

「真不愧是『奇蹟般的廚師』呢。」

「是的，我第一次吃到這麼美味的糕點。」

與米提露娜小姐會面完畢之後便進入晚餐時間，讓我享受到了久違的公都風格料理。

晚餐後的茶會上端出的卡斯特拉，對出席晚餐會的女性們來說似乎很合胃口。

為了營造出顆粒感，我和露露兩人使用拉拉基王國獲得的砂糖嘗試各種錯誤，最終用搗碎後的冰糖做出了近似正牌貨的口感。

為紀念彼此相識，我向女性們贈送了我在公都發放過的相同光石裝飾品及綜合蜜餞。

「我一直認為蘭姆酒都是低賤的船員們在喝的東西，但這種酒格外不同啊。」

「對我來說太烈了一點。我比較喜歡這種名叫洋蘭蜜酒的酒類。」

「據說是用魔物素材釀造的酒哦？」

「不是說徹底淨化過了嗎？那麼就沒問題了。」

原本猶豫是否要拿出洋蘭蜜酒，但西門子爵表示沒問題後我就試著提供了。

這些人的心胸都很寬大，真是太好了。

至於男性成員，我則是贈送他們用獨角鯨的角製作的純白筆桿，和拉拉基出產的蘭姆酒組合。

洋蘭蜜酒的材料由於很難得，所以我只準備了在此飲用的分量。

「嗯，和索凱爾起了爭執嗎——」

和西門子爵介紹的貴族們在某種程度上打成一片之後，我便決定請教關於迷宮都市的貴族情勢。

「那傢伙是門閥貴族的子弟，原先在王都沒能獲得公職，後來就在波布提瑪顧問的邀請下流落到迷宮都市了。」

「剛來的時候還只是個擔任『太守情人』的無能之輩——」

既然在這種場合可以公開談論，莫非同性戀在希嘉王國並不是什麼稀奇的事情嗎？

我並沒有這方面的性癖好，不過也無意特別歧視而疏遠對方。戀愛是自由的。

「——不過由於針對太守女兒的病情提供了特效藥，不光是太守就連太守夫人也對他很滿意，如今太守不在的時候甚至會被委為代理人。」

「雖然還有波布提瑪顧問這個監視者就是了。」

——原來如此，難怪索凱爾對波布提瑪顧問一副忌憚的樣子。

說到這個，從剛才的說法聽來，太守夫人的地位好像比太守更高的樣子。

這在具有男尊女卑傾向的希嘉王國很罕見，我試著詢問後得知亞西念侯爵家的家主之位是由太守夫人繼承，太守則是入贅的女婿，所以權力都掌握在太守夫人的手裡。

「在迷宮都市能夠站在與太守夫人對等立場發言的，就只有探索公會的公會長和艾魯達爾將軍了。」

太好了，看來還存在可以對抗的勢力。

我並不認識公會長，所以有什麼問題就向艾魯達爾將軍求助好了。

畢竟從今天的狀況來看，謝禮只需要一把魔劍「曉」的複製品即可。

「不過，到了太守如此高的地位，治療女兒所需的藥品不是需要多少都能籌措得到嗎？」

這方面我有些疑問，於是便請教了比較了解的人。

「那種藥——鬼噬藥就算是普通的鍊金術士也能調配，但若要收集材料就得把赤鐵探索者他們送入迷宮的深處。」

「而且，鬼噬藥只是控制症狀而無法治癒，材料和藥品也無法維持太久，必須持續性不斷派遣才行。」

原來如此，也就是無論有多少錢都不夠用吧。

「倘若有沙珈帝國『吸血迷宮』裡難得入手的血珠粉末就能完全治癒，但那個被沙珈帝國的皇族所獨占，換成效果較差的血玉粉末又和鬼噬藥一樣只有短暫的效果。」

總覺得可以了解藥品的貴重性了。

既然提供了如此貴重的藥品，也難怪會願意重用個性上有些問題的索凱爾。

「只要能知道那條路線，我也可以在太守公館出人頭地啊……」

胖嘟嘟的男爵先生一臉羨慕地發著牢騷。

「辦不到吧。那傢伙把藥帶來的時候我就叫人調查過了，只知道是他從小培養的鍊金術士關在屋子裡鍊成出來的。」

「不知是不是有人看他眼紅，現在居然有謠言說迷宮都市的魔人藥也是索凱爾叫那個人製作的。」

「畢竟鬼噬藥、屍藥還有魔人藥的主要材料都很類似，這也是沒有辦法的。」

「事實上若索凱爾手下的鍊金術士技術夠好，不光是鬼噬藥，就連屍藥或魔人藥也做得出來。」

說到這個，我之前在迷宮都市內也發現了「魔人藥：中毒」狀態的探索者。

只要揭露對方持有禁藥一事的話——這麼調查起來就簡單多了。

我試著搜尋地圖，果真在索凱爾邸的地下室找到了儲藏起來的魔人藥。

——豈止是涉嫌，根本就是凶手了。

問題大概就是無法在我的特殊技能不曝光的情況下進行證明吧？

我有好幾張能讓別人相信我的鬼牌，但每一張用起來都很不方便呢。

我這麼思考著，同時查看地圖的標記清單準備對索凱爾設定標記之際——我發現我所出資的筆槍龍商會船隻正在貿易都市塔爾托米納的附近航行中。

速度比我當初看到的航行計畫書快了許多。看來一路上似乎很順利。

哦，標記，差點就忘了標記。

順便也對綠貴族設定一下吧。

「就算索凱爾一個人辦不到，只要在藥師公會和鍊金術士公會執牛耳的杜卡利准男爵願意幫忙的話──」

「這樣一來，在黑社會很吃得開的波布提瑪顧問豈不是也插了一腳嗎？」

「索凱爾還無妨，要是你跟波布提瑪或杜卡利起糾紛的話就糟糕了。」

「波布提瑪顧問可是在暗中扶持亞西念侯爵家的地下社會要人。如今裝出一副言行古怪的模樣，但當初可是被眾人視如蛇蠍並感到畏懼啊。就連他退休的這件事，也不知道有多少可信度。」

「太守的心腹杜卡利雖然爵位較低，不過由於確保了迷宮都市的魔法藥及魔法道具的特權，其權勢不容小看。」

嗯嗯，要是這方面有所牽扯的話似乎會很麻煩。

到時候再化身為勇者無名把希嘉國王拉過來好了。

畢竟我在公都的黃皮貴族事件中救了替身陛下，幫我一點忙應該也無妨吧。

「從王都招募了鍊金術士的探索者公會儘管也能夠鍊成魔人藥，不過只要那位公會長還在就別妄想了。」

「畢竟那個老太婆恨透了魔人藥啊。」

嗯，雖然還沒見過公會長女士，但光是討厭毒品這一點就讓我很有好感。

「潘德拉剛勳爵你最好也盡量避開索凱爾，趕快獲得太守夫婦的賞識。」

「太守夫人最喜歡寶石類或罕見的美味糕點了。要是告訴她今天你拿來的糕點和裝飾品，相信一定會招待你去參加茶會的哦。」

一對貴族夫婦告訴我這樣的情報。

這兩人並非公都派閥的貴族，似乎是和西門子爵有生意往來的王都門閥貴族。

「太守則是喜歡孚魯帝國時代的雕像，特別是肌肉具有躍動感的美男子裸像。」

「若是潘德拉剛勳爵你不嫌棄，我就介紹一下王都的美術商給你吧。」

「謝謝您。倘若我未能從有交情的商人那裡獲得，屆時再拜託您了。」

從海龍群島的沉船中獲得的打撈品，裡面應該有許多這一類的東西，所以只要挑選適合贈送的即可。

「太守夫婦很疼愛孩子，所以從他們的孩子入手也是個辦法哦。」

「既然潘德拉剛勳爵你的年紀不大，我聽說三男蓋利茲一直希望成為探索者，從這方面下手是最合適了。」

「要討好那位任性的蓋利茲先生似乎還挺困難的。」

年輕貴族苦笑著拍了我的肩膀鼓勵道。

嗯，應付任性的小伙子好像會很有壓力，還是跳過好了。

就這樣，我在建立人脈的同時也打聽到了各類情報。

沙龍在西門子爵醉倒之際就結束宴席，所以我在目送那些結識的貴族們離開後便走出了子爵的房子。

儘管對方說子爵要用子爵家的馬車送我一程，不過我想稍微整理一下思路所以就決定頂著晚風走回去了。

首先，索凱爾是太守的情人，由於定期提供對太守四女的病情有效的鬼噬藥而獲得太守夫人的青睞。順帶一提，魔人藥的供給來源也幾乎可以確定是他了。

波布提瑪顧問——綠貴族和杜卡利准男爵則是要特別留意。尤其前者似乎相當危險，所以還是小心不要跟他起任何糾紛。

太守夫婦很疼愛孩子，而太守夫人的地位又比較高。

根據米提雅公主所言，太守夫婦已經回到了迷宮都市，所以次男雷里先生的信應該也到他們手裡了才對。

只要看了那封信，總覺得我不需要做些什麼問題就會迎刃而解。

我的腦中浮現出米提雅公主的蘿莉臉龐。

「本公主此行是來替太守閣下的女兒治病吶。」

來到迷宮都市之時，她的確是這麼說的。

只要有了她的「淨化的氣息」，或許就不需要鬼噬藥了。

一想到這裡，我不禁便猜測昨天白天襲擊了米提雅公主的幕後黑手很可能就是索凱爾。

儘管目前只是涉嫌，並沒有任何的物證。

——對了。

我可不希望認識的人發生什麼危險，所以也對米提雅公主設定標記好了。

◆

「嗯，果然被跟蹤了嗎。」

回家途中我感覺到可疑的目光，於是便逛了好幾間酒館，但監視者似乎並沒有放棄的意思。

我透過地圖搜尋鎖定了對象。

對方大概是索凱爾的手下或緣貴族的爪牙吧。

兩名監視者不知為何看起來並沒有聯手合作的樣子呢。

我在酒館的吧檯這麼思考之際，耳裡傳入了醉客們討論的傳聞。

這裡是距離內門不會太遠的鬧區，所以可以聽到各種消息。

「聽說你賺錢了？請客吧。」

「開什麼玩笑。光是魔法藥的錢就快不夠了。都是杜卡利那個鐵公雞害的！」

「誰叫他掌控了調配公會和鍊金公會呢。東西可不便宜啊。」

「要是公會能再努力一點就好了。」

從探索者們口中聽到關於杜卡利准男爵的傳聞，幾乎都是負面風評。

至於負面風評以外的話題，頂多就只有杜卡利准男爵的長女梅莉安是個男裝美少女，經常腰上掛著細劍前來迷宮前觀摩這件事。

其中也有索凱爾的話題。

「太守的情人跑去追求『吶公主』卻一直沒有得到對方的好臉色啊。」

「啊啊，是某小國的公主殿下對吧？她遇到像我們這樣的人還會主動打招呼，真是個開朗的好女孩啊。」

吶公主指的是米提雅公主嗎？

「我聽擔任官員的大哥說，索凱爾那個傢伙似乎向『吶公主』殿下求婚結果被拒絕了。」

「真的假的！」

「不過，當了男人的情人後又向小孩子求婚嗎……難道那傢伙也是被女人狠狠傷害過嗎？」

「什麼叫『那傢伙也是』？」

說到一半就轉變成探索者同伴們的戀愛話題，不過索凱爾會向米提雅公主求婚這一點實在讓我很意外。

而不知為何，居然也有我的傳聞——

「聽說了嗎？關於被捲入那次連鎖暴走的貴族。」

「啊啊，是那個只帶著女人的貴族小伙子吧。」

「我聽到公會長和瘋女人在爭論，說他們在連鎖暴走中不僅全員毫髮無傷，又帶了相當於赤鐵隊伍的大量魔核回來，很有可能是用了某種作弊手段。」

「毫髮無傷也太厲害了——話說，是什麼作弊手段啊。」

「作弊就能毫髮無傷的話，我也想作弊啊。」

「瘋女人說他們一定是使用了大量的魔人藥來獵殺魔物哦。」

「笨蛋——魔人藥也只有讓人感覺不到傷口疼痛和身體強化的效果，另外就是比較容易升級而已，根本不可能戰鬥後還毫髮無傷啊。」

「聽你們在談論那位少爺，也讓我加入討論吧——」

這時候，一名態度輕浮的探索者一手拿著啤酒杯加入了對話。

「——唔，今天的哥布林酒真難喝啊。」

「「「你到底說不說啊！」」」

我行我素的探索者仰頭喝著啤酒杯的模樣，被周遭人異口同聲地吐槽。

「呃——叫什麼來著……對了對了，潘潘是嗎？據說那位少爺也是公都某位大人物的情人啊。」

不要煞有其事地散布那種毫無根據的謠言啊。

雖然很想揍對方一拳，但這卻是下策。要是遭對方記恨而導致奇怪的流言擴散就傷腦筋了。

我從吧檯席站起來，面帶笑容走到我行我素的探索者身邊。

「那是誤會哦。我只是和子爵閣下的弟弟成為友人罷了。」

「潘……潘潘大人。」

不要把我叫得好像企鵝一樣好嗎。

我不記得在哪裡見過對方，但我行我素的探索者似乎認識我的樣子。

「初次見面，我是新人探索者佐藤．潘德拉剛名譽士爵。請多指教了，前輩。」

我帶著笑容，在靜悄悄的酒館裡行了一個貴族禮。

「老闆！為了慶祝大家相識，今天的酒錢我全包了。各位前輩大哥請痛快地喝到早上吧。」

在引人注目的同時，我又試著大肆宴請所有人。像這種廉價酒館最多只要十枚金幣應該就很夠了。

儘管是精打細算之下的討好舉動，但僅花少許的錢不但能使敵人消失還可期待他們會散布我的正面傳聞。

「士爵大人？」

我在歡聲沸騰的酒館裡和探索者們進行交流時，將加點的酒送上來的女服務生忽然叫住了我。

對方那胸前敞開充滿挑逗感的女服務生打扮讓我起先沒有察覺到，其實她正是我所認識的人。

「好久不見了，綾女小姐。卡吉羅先生還好嗎？」

女武士綾女小姐當初和沙珈帝國的武士卡吉羅先生一起在公都替前鋒成員們擔任過臨時講師。

參加過公都武術大會的她竟會在酒館擔任女服務生，究竟是出了什麼意外？

倘若是盤纏不夠，應該只要在迷宮裡賺錢就行了。

「卡吉羅大人的腿受傷了……我目前接受一支名叫『銀光』的純女性隊伍臨時聘僱前往迷宮，至於休息日就像這樣子在酒館裡工作。」

好像是因為迷宮探索的臨時聘僱收入都用來償還卡吉羅先生的治療費，所以每天的生活費都是靠她擔任女服務生和卡吉羅先生的家庭代工收入來維持。

「綾女！肯提供私人服務的話就給妳銀幣啊！」

「以後永遠別來了！你這窮鬼！」

面對一名醉漢的發言，綾女小姐做出了和她平時相去甚遠的粗魯回答。

看樣子，潔身自好的綾女小姐似乎沒有從事希嘉王國的酒館女服務生常會做的娼妓活動。

順帶一提，卡吉羅先生的家庭代工是幫人糊傘。

這項工作和我腦中浮現的想像圖十分相配，但考慮到狀況實在是說不出口。

——對了！

「其實我在迷宮都市買了房子，不嫌棄的話能否讓我雇用兩位來護衛房子呢？即使只做到卡吉羅先生能夠繼續武術家生涯為止也無妨——」

「真……真的嗎？務……務必拜託您了！」

聽到我的提議，綾女小姐彷彿要吻上來一般將臉猛然湊近，握住我的雙手這麼答應道。

只要雇用這兩人住在那裡，我們不在時的房屋保安問題也就不用擔心了。

雖然還要視卡吉羅先生的腳傷而定，但除了部位缺損以外都能夠用下級萬靈藥治好，即使部位缺損也可幫他製作戰鬥用的義肢，這樣一來應該能再次以武者的身分活躍下去才對。

我的腦中浮現參加殘障奧運的短跑選手模樣。

就像他們能夠跑步一樣，卡吉羅先生在義肢的幫助之下要重回武者行列也不是夢想。

更何況，在腿傷治好之前還可以請他傳授武術給那些來家中找工作的孩子們呢。

「明天方便前去拜訪嗎？」

「是的，當然可以。非常歡迎哦。」

對於我告知的住址，周遭的醉漢們提出反對意見，但綾女小姐卻笑著回答：「除妖辟邪也是武士的工作。」倘若被日本的武士聽到可能會怒斥這是在誤導吧。

我就這樣子和綾女小姐敘舊，然後從酒館的後門踏上了歸程。

「「「──潘德拉剛。」」」

明明已經擺脫了監視，不知為何我卻在小巷裡被三名手持出鞘劍的暴徒堵住了去路。

雖然透過雷達可以知道對方正在接近，不過我和暴徒之間還有娼妓正在行走，總不能放著對方不管，於是就沒有改變路線了。

「「「找到你了。」」」

暴徒們毫無防備地衝了過來。

那麼，要打倒對方很簡單，但其中有點小問題。

三名暴徒的真實身分為太守派閥的貴族子弟，而且正往這裡移動中的衛兵集團竟然由索凱爾領頭，實在是非常可疑。

剛才監視的兩人也好，這些暴徒也罷，真是充滿了陷阱的味道。

「「「去死吧！」」」

劍速比我想像中還快。

只不過，由於身手無法跟上，劍只是狠狠地撞擊在地面和建築物的牆壁上。

他們手持的是普通的鐵劍，所以在粗暴的揮舞之下不時造成了刀刃缺損或劍尖扭曲之類的嚴重損傷。

話雖如此，他們看來對此卻毫不在意。

「我可以問問原因嗎？」

「「「死吧！」」」

對方用機器人一般的生硬口吻朝我砍來。

這也難怪了——

「這就是屍藥的效果嗎。」

——畢竟他們都服用了危險的禁藥。

不會感到疼痛，並能發揮突破肉體極限的力量。

而且不同於技能和魔法的身體強化，是在沒有任何保護機制下突破極限，所以當效果消失時據說後遺症和痛覺就會一口氣出現。

根據公都的那些古書記載，四百年前的亞人戰爭時狂王加爾塔夫曾經命人製作這種藥用於戰爭。

軼聞中提及他們對俘虜投藥以剝奪自主意志，然後當成敢死兵送往前線。

「「「死吧！」」」

閃避著不知是第幾次的攻擊，我透過地圖搜尋終於發現了所要找的對象。

更令我高興的是，超乎我預期的人物也在其中。

「再見了，拙劣的殺手。」

我拋出帶有挑釁技能的這句話便逃出了現場。

同時以暴徒們勉強可以追上的速度奔跑。

接著打開地圖，選擇那些沒有流鶯和醉漢的小巷。

中途多次目睹了翻找垃圾桶的老人在驅趕流浪兒童的場面，以及像陳設品一般彼此縮在小巷角落的流浪兒童們。

雖然有些在意，但總不能讓他們捲入麻煩裡，所以我就悶不吭聲地從旁跑過。

最後，終於抵達了預期中的場所。

「──喂，小心點！」

「晚安，隊長先生。」

「唉呀～？是潘德拉剛勳爵哦。」

走在鬧區裡的，是白天才剛見過面的迷宮方面軍隊長先生和狐軍官。

他們三人用單薄的黑色外套遮蓋住軍服，似乎正要去偷偷夜遊的途中。

「「「死……死吧！」」」

氣喘吁吁的暴徒三人組往我這邊襲來。

「哦──真危險～」

「哼，竟敢在街上揮劍，這群蠢貨！」

隊長先生和狐軍官輕而易舉地痛擊對方。

最後一人的劍朝我砍下，但卻被從我身旁延伸出來的紅光撥開了。

「哼，你做了什麼招惹這些貴族小伙子的事情嗎？」

手持帶有魔刃的祕銀劍之人，正是隱藏身分的第三人艾魯達爾將軍。

劍被彈開後整個人呈萬歲姿勢的暴徒，被隊長先生腦部炸彈摔般的招式砸在了地面。

在充斥魔物的這個世界裡，像他這樣會施展格鬥技的人實在很罕見。

「不，說什麼招惹，我連他們是誰都不知道。」

聽我這麼回答後，艾魯達爾將軍捋著鬍子陷入沉思。

從我剛才跑出來的小巷處，這時傳來了馬蹄聲和大批人馬的腳步聲。

「找到了，在那邊！把這些傷害貴族年輕人的暴徒抓起來！」

面對索凱爾的命令，衛兵們呼吸急促地舉起短槍。

「站住！衛兵！倒在那裡的人才是暴徒！」

隊長先生大聲怒斥。

「你在胡說什麼！這些人我認識。他們都是名門的年輕人！」

索凱爾像個演員一般誇張地大叫。

「所謂的暴徒，指的就是你們這一群用黑色外套隱藏身分，危害貴族子弟們的傢伙！」

「——哦？」

拉下的兜帽縫隙中，可以見到艾魯達爾將軍的嘴角浮現出猙獰的笑意。

一名衛兵在察覺到將軍劍上的紅光後出聲提醒索凱爾：

「索……索凱爾先生。」

「吵死了，滾到後面去！」

被冷冷拒絕的衛兵，提醒了好幾個人之後便退到後面。

看樣子，他們都發現艾魯達爾將軍的身分了。

幾人在索凱爾的背後擺出了彷彿在強調「我們沒有敵意」的姿勢。

「衛兵！不用顧忌！趕快抓起來！敢抵抗的就把人砍了！」

不長眼的索凱爾這麼下令，卻沒有任何衛兵聽命行事。

「唉呀呀～？隊長，很奇怪哦。」

「怎麼了？」

狐軍官露出不懷好意的笑容，彷彿算好了時間般向隊長先生出聲。

「這些暴徒有服用過屍藥的跡象哦？」

「屍藥！居然是強制將人變成奴隸一般的邪門毒品嗎！」

隊長先生的大嗓門響徹整個鬧區。

妓院的窗戶打開，人們也從酒館探出臉來。

狐軍官雖然看準了時間發難，但隊長先生似乎是真的動怒了。

慌張之下，索凱爾下意識開口道：

「你……你說什麼！這是在嘲弄我的友人們服了屍藥嗎！」

——哦，你說溜嘴了。

焦急的索凱爾竟然承認了這些暴徒是自己的友人。

「哦，這些服了屍藥的暴徒，原來是代理太守索凱爾大人的友人啊！」

狐軍官故意大聲向周遭宣傳後，醉漢們便紛紛提起索凱爾的名字。

「竟敢毫無根據就污衊名門貴族的子弟！」

索凱爾似乎也下不了臺的樣子。

偷偷拿掉了「友人」這一點實在挺惡劣的。

「有證據哦。別看金庫利這副模樣，他可是擁有鑑定技能的軍方審議官。」

聽到「軍方審議官」這個頭銜，索凱爾頓時臉色蒼白。

或許是在這種狀況下還想搞笑一番，狐軍官抗議道：「隊長，說我是『這副模樣』也太過分了～」結果挨了一記職場霸凌的拳頭。

「唔唔，無所謂！我以代理太守的權限擒拿你們！乖乖丟掉武器吧！」

大概是因為下不了臺而自暴自棄，索凱爾放棄對話開始大放厥詞。

這種小人物的感覺真不錯呢。

要是在故事序盤，很適合扮演被拿來墊腳的敵方角色。

「哦，你有擒拿我的權利？」

「吵死了！你們這些可疑人物！」

將軍的發言讓索凱爾歇斯底里地頂撞道。

「衛兵們！趕快給我拿下！」

索凱爾口沫橫飛地下令，衛兵卻和剛才一樣動也不動。他們面面相覷，似乎在彼此推卸著誰要去向索凱爾報告。

「幹什麼！這群白拿薪水的！你們以為是誰付薪水給你們的！」

索凱爾的吼聲讓衛兵們露出微妙的表情將臉轉過一邊去。

想必是內心在嘟噥著：「又不是你付的錢。」

「鬧劇到此為止吧，小伙子。」

艾魯達爾將軍掀起兜帽，一邊訓斥著索凱爾。

「居……居然叫我小伙子！你當我是誰——」

索凱爾的叫聲消失得虎頭蛇尾。

看來他似乎也很清楚艾魯達爾將軍長得什麼樣子。

「你嗎？你只是個拿太守來狐假虎威的金魚糞便。」

「糞……糞便……就算是將軍，我也要你把這句話收回！」

面對索凱爾的虛張聲勢，艾魯達爾將軍嗤之以鼻。

「這些暴徒在王都的司法局員過來之前，就由迷宮方面軍看管了。」

「你……你說什麼！擒拿罪犯可是太守的職責！軍方沒有那種權限！」

艾魯達爾將軍很不耐煩地瞪了一眼像小型犬那樣吼個不停的索凱爾。

「忘了嗎？你剛才可是說過自己沒有資格了吧？」

「誰叫襲擊艾魯達爾將軍的暴徒是索凱爾大人的友人呢～」

狐軍官很開心地配合著艾魯達爾將軍的追擊。

「況且那些暴徒居然對迷宮方面軍的司令官艾魯達爾將軍刀刃相向。就算是名門貴族的子弟，也不能無罪釋放哦。」

聽了隊長先生的話或許是終於理解，索凱爾口中發出「嗚嗚」的不甘低吼。

三人樂在其中地逼迫著索凱爾，感覺他內心的生命值就快要耗盡了。

就在狐軍官愉快地開口準備擺一番架子之際，新的人物出現了

「——請到此為止焉。」

對方位於人牆後方所以看不見，不過這種獨特的語尾應該是綠貴族波布提瑪顧問吧。

「哼！原來背後的人是你嗎。」

「何事焉？我只是在平常愛好的散步途中聽聞騷動罷了焉。」

「波布提瑪大人！煽動艾魯達爾將軍對貴族子弟進行不當毆打的人，正是站在那裡的潘德拉剛士爵！」

哦，索凱爾居然把矛頭指向了我。

「哦哦？潘德拉剛勳爵可是赤手空拳焉？」

綠貴族露出享受喜悅的惡魔般笑容望著索凱爾。

我有種錯覺，這個人好像也把逼迫索凱爾當成了一種樂趣。

「身為弒魔族者的潘德拉剛士爵，就算赤手空拳也能痛打三個年輕人。」

的確，無論是三個人或三千人都能輕鬆解決。

更重要的是，由於索凱爾的多嘴，那些看熱鬧的人們居然開始在竊竊談論我的姓氏和「弒魔族者」的稱號了……

不過在常人的範疇之內聲名大噪對我無所謂就是了。

「既然索凱爾勳爵這麼說，潘德拉剛勳爵你是否痛打了這三人焉？」

「這是冤枉。我根本就沒有動過他們任何一根手指。」

「他說的是事實。賭上王祖大和大人及艾魯達爾家之名，我宣布這是毋庸置疑的事實。」

不放心的話，要我向老家比斯塔爾公爵家的家名發誓嗎？」

「用不著如此焉。」

看樣子，是艾魯達爾將軍幫我洗刷了冤屈。

「索凱爾勳爵請在自宅讓腦袋冷靜一下焉。衛兵們則是把這些暴徒送入太守公館的牢房焉。」

「——那可不行。」

艾魯達爾將軍出言制止了乘亂準備帶走暴徒們的綠貴族。

「你想掩蓋這件事？」

「豈敢焉，這是要調查屍藥的流向焉。」

綠貴族搖了搖頭否定道。

「你能對家名發誓嗎？」

「我向王祖大和大人及波布提瑪伯爵家發誓焉。」

「好吧。」

聽了綠貴族的起誓，艾魯達爾將軍終於點頭。

看來屍藥似乎是相當危險的毒品。

「真是的，屍藥實在棘手焉。莫非『相殘之蛇』的餘黨又死灰復燃了焉？」

明明是令人憂心的內容，綠貴族的表情卻是判若兩人的笑容。

「我們再從頭喝起！走吧，潘德拉剛勳爵。」

我被艾魯達爾將軍搭住肩膀後離開了現場。

他的「從頭喝起」大概是為了說給綠貴族聽，似乎是要讓我從麻煩當中脫身。

對了，順便問問看好了。

「這個『相殘之蛇』很有名嗎？」

「那是很久以前將魔人藥及屍藥帶進迷宮都市的犯罪組織。」

艾魯達爾將軍回答了我的問題。

我試著搜尋地圖後，並未在包括迷宮都市賽利維拉在內的王國直轄領當中發現有這個名稱的組織。

「隨著魔王的季節接近，那些棘手的傢伙就會像雜草一樣陰魂不散地復活。」

艾魯達爾將軍恨恨地唸道。

「光是壓制使用魔人藥的罪犯就已經夠棘手了，這次又是屍藥嗎……真是的，賽利維拉市簡直就像被詛咒了。」

「迷宮深處可以採得藥材，所以這是必然的呢。」

面對隊長先生的感嘆，狐軍官由於多嘴而挨了拳頭。

看樣子很有可能會通宵喝酒，我便乘著他們搞笑的空檔用空間魔法「遠話」將原委告知亞里沙她們。

話說回來——

索凱爾設下陷阱想要害我是再明顯不過，但為何又不惜使用奇怪的藥品讓暴徒襲擊我呢？

做事不經大腦的他或許存在「替夏洛利克第三王子報仇」或「單純只是不爽」的可能性，但這也太大費周章了。

我的腦中浮現出米提雅公主聲稱被「蒙面且注重打扮的暴徒」襲擊一事。

倘若那也是索凱爾的傑作，他的目的究竟為何？

緊接著，我又想到了「索凱爾靠著鬼噬藥獲得了太守夫人的青睞」和「米提雅公主的『淨化的氣息』也具有相同效果」這些情報，但跟我完全連不起來。

——嗯，想不通。

我從以前就很不擅長推理了。

總之就算是為了自衛，我或許也應該思考一些對策比較好。

「好痛～今天是潘德拉剛勳爵請客？我可以點比較貴的酒嗎？」

「是的，當然可以。喜歡喝什麼請隨意點吧。」

我笑著回答毫不客氣的狐軍官。

說是索凱爾對策的話有些失禮，總之就先和幫我擺脫險境的這些人更進一步加深友誼開始吧。

當天我和將軍他們通宵喝酒，一邊還聽到了許多迷宮方面軍的事情。

狐軍官雖然點的都是頗貴的酒，卻也讓我得知了各種好喝的品牌所以感到十分滿足。

新的證據

「我是佐藤。據說昭和年代的上班族一般都是無私為公。另一方面，平成的上班族則不注重晉升，而是傾向於以自己的生活為優先呢。」

「我一個月後會再來。遇到什麼困難就去拜託艾魯達爾將軍或昨晚介紹的那些貴族吧。」

「好的，謝謝您。」

隔天早上，將迷宮方面軍醉倒的三人留在酒館，我來到位於迷宮方面軍駐地裡的飛空艇起降場為西門子爵送行。

和新的傭人米提露娜小姐一起目送飛空艇消失在東方天際後，我便搭乘她駕駛的馬車返回房子。

「老爺，那些孩子究竟是？」

「啊啊，他們是我雇來整頓周圍空地的孩子哦。」

明明才早晨，孩子們卻已經在雜草減少許多的空地上等待開工了。

看到這些孩子，讓我想起了昨天晚上的追逐戰中在小巷裡見到的流浪兒童。

這種事情或許不應該由我來關心，但我很希望起碼在能看到的範圍內讓所有人幸福。

——儘管主要目的是為了讓我能愉快地觀光。

「米提露娜小姐，妳知道這個都市的育幼院詳情嗎？」

「老爺，請直接叫我米提露娜即可。對傭人加上敬稱或用敬語交談會被下位者看輕，很有可能讓您蒙受不利。」

「謝謝妳的忠告。那麼，今後就叫妳米提露娜了。」

至於他稱呼我「老爺」似乎是身為傭人很普遍的叫法。

「關於育幼院——」

根據米提露娜小姐的說法，迷宮都市的探索者公會和各神殿都有一座育幼院，共計為八座。

只不過，各神殿附屬的育幼院僅收容之前看到的那種「外表亮麗」的孩子，就連探索者公會的育幼院也只會收容赤鐵探索者的遺孤。

「以前曾有過王立的育幼院，但院長挪用王國發放的營運資金一事東窗事發，結果使得院長遭到處決，育幼院也被迫關閉。」

米提露娜小姐的友人好像在那座育幼院裡擔任過職員。

據那個人所言，挪用公款似乎是不實的罪名，一切都是育幼院的負責官員沒有收到賄賂而策劃出來的事件。

當然，那個官員好像已經被綠貴族波布提瑪顧問處決掉了。

「這麼說，育幼院是可以重建的吧。」

「……是的。」

我詢問米提露娜小姐吞吞吐吐的原因。

「因為現在的太守大人對社會福祉好像不太感興趣……」

若太守未更換或缺乏有力貴族陳情的話，公立育幼院就復活無望了。

——原來如此，「目前」辦不到嗎。

我望著地圖，小聲這麼喃喃道。

◆

「早上才回來還帶著女人！」

「有罪。」

抵達房子之際，出來迎接的亞里沙和蜜雅都一臉徹夜未眠的模樣。

昨天明明已經用遠話聯絡過，她們卻似乎一直都是醒著的。

「這個人是新的女僕長哦。」

「咦？就是昨天提到的人？」

「姆？」

我解釋著自己前去幫西門子爵送行，一邊進入屋裡。

「歡迎回來～」

「歡迎回來喲！」

躂躂跑來的小玉和波奇抱住了我的腿。

她們像往常一樣用腦袋磨蹭著撒嬌，中途卻察覺到米提露娜小姐的存在而停下動作。

「喵！」

「是陌生人喲。」

兩人躲在我的身後縮起身子。

「妳們兩個，對客人太沒禮貌了哦。」

莉薩訓斥了小玉和波奇。

「歡迎回來，主人。」

「主人，歡迎歸來——這麼告知道。」

待同伴們都聚集在客廳之際，我便介紹了米提露娜小姐。

「這個人是幫忙我們管理家中的女僕長米提露娜。」

「我叫米提露娜。雖然才疏學淺，但我會盡最大努力服務的，請多指教。」

見到對方整個人筆挺的模樣，同伴們也打直了身子。

「我是波爾艾南之森最年輕的精靈，拉米薩伍亞和莉莉娜多雅的女兒，蜜薩娜莉雅·波爾艾南。」

「精……精靈大人？」

面對蜜雅的正式自我介紹，米提露娜小姐發出了驚呼。

「我是娜娜——這麼介紹道。我是屬於主人的——這麼主張道。」

「這位是夫人嗎？」

「她就像家人一樣，並不是妻子或情婦哦。」

娜娜的介紹讓米提露娜小姐產生誤會，所以我迅速訂正了。

儘管蜜雅也指著自己道出「未婚妻」三個字，但米提露娜小姐卻當成了對方在開玩笑。

「我是露露。負責烹飪和洗衣。」

「原來還有其他的女僕呢。」

「啊啊，她也並非傭人而是像我的家人。況且我自己也會烹飪哦。」

聽我這麼說完，米提露娜小姐便向露露低頭行禮。

「失禮了，露露大小姐。」

「大……大小姐這個稱呼不敢當！」

米提露娜小姐道歉後，露露也在面前慌張地擺動手臂否定道。

難為情的露露呈現出和平時截然不同的魅力，真是可愛呢。

「小玉。」

「波奇就是波奇喲。」

「我叫莉薩。我們都是主人的奴隸，所以有任何雜務請儘管吩咐。」

獸娘們好像有點緊張的樣子。

「這些孩子也跟其他孩子一樣都像是我的家人，所以請妳往後也用這種態度來對待她們。」

儘管米提露娜小姐詫異道：「是奴隸……嗎？」但或許是不會和主人唱反調，她靜靜行了一禮表示了解。

而最後——

「我是亞里沙哦。我和露露都是主人未來的妻子！」

亞里沙這麼宣布後，其他孩子們也乘機發難。

在這其中，露露紅著臉喃喃道：「再過五年……」看來五年後還沒有對象的話就跟她結婚的口頭約定依然有效。

米提露娜小姐莞爾地望著眾人，說出了「大家感情都很好呢」的感想。

彼此介紹完畢後，我開始替米提露娜小姐說明屋子裡的設備。

「這個房間莫非是——」

「是浴室哦。排水溝還沒有完成，所以近期必須要請人施工才行。」

可能是米提露娜小姐也喜歡洗澡，她在看到浴槽後發出了驚呼聲。

「當然，米提露娜妳們也可以使用哦。」

「謝……謝……您。」

——奇怪？總覺得米提露娜小姐的語氣很生硬。

或許是錯覺，她有些低垂著臉，臉上浮現出憂鬱的表情。

「在水資源寶貴的迷宮都市裡，竟然存在這種惡夢般的設施……」

「順風耳」技能捕捉到米提露娜小姐口中喃喃抱怨的聲音。

莫非她討厭浴室嗎？

「老……老爺，請……請問水井在哪裡呢？」

打起精神的米提露娜小姐掩飾一下表情後這麼向我詢問。

身為女僕長，果然還是很關心用水設備吧。

我經過廚房的後門帶她前往水井。

「因為滑車壞了，我打算在加裝排水溝的時候一起委託修理工程。」

「水桶和繩索還可以使用呢。我可以看一下井水嗎？」

「小玉，打水～？」

「波奇也要幫忙喲！」

米提露娜小姐打開井蓋並拿起水桶和繩索之際，小玉和波奇立刻自告奮勇地要幫忙。

她們大概想為新同伴貢獻力量吧。

「不，怎麼可以勞煩兩位小姐——」

「沒問題～？」

「包在我們身上喲。」

米提露娜小姐委婉拒絕，但小玉和波奇都幹勁十足，所以我就請米提露娜小姐讓她們幫忙了。

見到兩人轉眼間就打好水，她出聲道謝後接過了水桶。

大概是力氣不太的緣故，米提露娜小姐在接過水桶之際差點拿不住。

「咦？這麼多水一下子就打好了嗎？兩位小姐真是厲害呢。」

「嘿嘿～？」

「被稱讚了喲。」

面對由衷的稱讚，小玉和波奇扭動身子害羞道。

「很乾淨的水呢。」

米提露娜小姐用手捧起桶中的水，喝了一口後這麼低語。

看樣子，水質似乎合格了。

「接著是爐灶——」

我們返回剛才經過的廚房。

「煤炭用完了呢。請問倉庫在哪裡呢？」

「對不起，我們還沒有購買煤炭。」

聽到露露的回答，米提露娜小姐浮現疑惑的表情。

「那麼，就必須在早餐前買來才行了呢。」

「請……請問，煤炭要拿來做什麼呢？」

「當然是用在爐灶——」

具。

聽了米提露娜小姐的回答，露露便將調理台的頂板拉開，露出裝在裡面的火爐型魔法道具。

今天的早餐似乎是牛奶粥，廚房裡充滿了柔和的牛奶香氣。

「在房子裡，我們使用的是這個。」

「莫……莫非是魔法道具嗎？」

「是的，因為附有火力調整功能，比使用爐灶還要方便哦。」

露露有些自豪地這麼回答驚訝的米提露娜小姐。

「是隨附在調理台的魔法道具呢——難道其他的調理器具也是魔法道具嗎？」

「是的，這邊是烤箱的魔法道具，這個則是取水的魔法道具。另外還有加熱浴槽的魔法道具，稍後會教您使用方法。」

露露逐一介紹每樣魔法道具，米提露娜小姐也不斷感到訝異。

我想西門子爵邸應該已有許多調理用的魔法道具，但這裡的都是我的獨創魔法道具，由於仿造了日本的嵌入式系統廚具所以外觀和一般的有所不同。

「取水的魔法道具——各位平時都使用貴重的水石嗎？」

「畢竟到水井去打水太累了呢。」

說是貴重，小石子大小的水石就可使用一個月，所以每天均分下來並不是那麼大的金額。

我手中的「深不見底的水袋」是空間魔法系的道具，所以儘管所得效果相同但原理完全不一樣。

「剛才的浴槽也安裝了水石，所以沒有必要打水放入浴室哦。」

我這麼表示，一邊親自示範如何在浴室裡放水。

「——真是美妙呢。」

朝著讓水流動的迴路注入魔力後，米提露娜小姐感動地說道。

看來她並非不喜歡浴室，而是討厭燒熱水和挑水這些辛苦的工作。

說得也是，畢竟在聖留伯爵的迎賓館和公都的寄居處也有好幾名強壯的男傭在賣力勞動，足見準備洗澡似乎是相當累人的事情呢。

儘管發生了這麼一幕，但由於是剛買來的房子，我很快就介紹完所有地方了。

至於從我的辦公室走下去的轉移用地下室，我則是叮囑她不可進去。

「好出色的房子。我第一次見到打掃及修補得如此仔細的房屋。前任屋主想必是位經驗豐富之人吧。」

雖然對發出感嘆之言的米提露娜小姐很不好意思，但負責打掃的都是蕾莉莉爾的魔法。

看她一臉欽佩的樣子，我還是別多嘴好了。

我將裝有銀幣和銅幣的小袋子交給米提露娜小姐。畢竟購買雜貨及食品起碼也需要現金吧。

「老爺。貴族的房子可以記帳購物，您不需要將這些鉅款交給傭人保管。」

說到這個，我在公都好像也是記帳買東西的。

所謂的鉅款也只有二十枚金幣的分量，所以我就繼續讓她保管了。

其他孩子似乎也都還沒吃早餐，於是我便前往餐廳享用稍遲的早餐。

「今天的早餐是牛奶粥呢。」

「嗯，加了蜂蜜。」

「甜甜的很美味——這麼告知道。」

裡面好像還加了一點點的檸檬汁，甘甜當中帶著清爽，感覺很適合迎接一天的開始。

「今天早上送來了剛擠好的牛奶，所以就嘗試製作了。」

「很好吃哦，露露。」

我這麼稱讚後，露露紅著臉開心地微笑著。

「露露小姐，焗烤的顏色這樣可以嗎？」

「是……是的！沒有問題。」

我也邀請米提露娜小姐一起上桌吃飯，但傭人和主人同桌用餐似乎抵觸了她的方針，於是就向我低頭致歉拒絕了。

正如外表所見，真是個嚴以律己的人。

雖然有點不會變通，以傭人來說卻是個可以信任之人。

「麻煩把綠色的盤子端到蜜雅這裡。」

「知道了。」

至於蜜雅的早餐，則是加入了迷宮菇切片和波菜以取代培根。

光吃牛奶粥還意猶未盡的獸娘們，很快又開始享用焗烤了。

「好燙～？」

「很炙熱喲。」

猛然吃進嘴裡的小玉和波奇急忙伸手拿水。

大概是看到外側不會太燙而掉以輕心了吧。

「裡面很燙，吃的時候要小心。」

「系～？」

「裡面躲著培根先生喲！」

望著獸娘們的反應，我也一邊吃起焗烤。

味道濃郁，實在相當可口。包括剛才的牛奶粥也是，賽利維拉鈍牛的牛奶經過加工後似乎會變得更為美味。

「我試著使用了牧場送來的乳製品。」

「嗯，非常好吃哦。下次也用在糕點上面看看吧？」

「是的，主人！」

我向面帶笑容的露露回以微笑，乘著還未冷掉之前享用了焗烤和牛奶粥早餐。

我們為了讓米提露娜小姐有時間吃早餐而待在客廳裡消磨時間之際，前往查看孩子們狀況的娜娜快步走了回來。

「主人，保護的幼生體醒了——這麼告知道。」

他們昨天早上就已經恢復意識，但我為了加速體力的恢復又給予加入了安眠藥的能量飲料讓他們繼續睡下去。

「貴族大人，謝謝你救了我們。」

「「「謝謝。」」」

一走進孩子們的房間，他們就不約而同地跪拜著向我道謝。

或許是年紀輕輕再加上魔法藥的回復效果，他們似乎不用繼續躺在床上了。

這時，用完早餐的米提露娜小姐也前來會合。

吃得未免也太快了。吃東西得要細細品嚐才行。

「老爺，這些孩子也是您的家人嗎？」

「不，他們都是我在屋子裡保護的孩子哦。」

面對米提露娜小姐的問題，我告訴她保護的經過。

「貴族大人，拜託讓我們報恩！」

最年長的孩子向我投以真誠的目光這麼傾訴道。

「你們說起話來很不得體呢。在貴族大人的屋子裡做事比你們想像中更辛苦。倘若是為了餬口的話就離開吧。」

「不是！我們只是想要答謝。」

對於米提露娜小姐的冷言冷語，年長的孩子激烈反駁道。

「我們這些沒有人要，本來會慢慢死去的人，就只有貴族大人救了我們。」

「還治好了很痛苦很難受的病。」

「對我們很好。」

「本來不能動的腳也可以動了。」

「好幸福。」

彷彿在聲援年長的孩子，其他孩子也用所學不多的詞彙拚命訴求著。

米提露娜小姐平靜地回望這些孩子。

不知為何，我那些孩子們也聚在一起忐忑地關注著這一幕。

「──好吧。」

低聲說了一句後，米提露娜小姐轉身面向我。

「老爺。倘若您允許，我想短期雇用這些孩子來打雜。至於最起碼的禮儀，就由我負責教導他們。」

竟然自願肩負起辛苦的工作，看來米提露娜小姐還真是個濫好人。

「好，就雇用吧。得準備一下這些孩子的作業服才行呢。」

「那麼，我稍後會前往舊衣舖購買合適的衣物。」

「嗯嗯，拜託了。」

這個時候門鈴響起。

前往接待的米提露娜小姐拿著書信回來了。

是一封公會的通知信，表示青銅證已經完成可以前來領取。

接著，正當我在閱讀信中內容時，我所認識的人好像也來了，所以就請他們到客廳來。

「綾女～？」

「還有卡吉羅老師喲！」

來訪的是沙珈帝國的武士卡吉羅先生和綾女小姐兩人。

「小玉、波奇，妳們有進步嗎？」

「系～？」

「老師的腳不好了喲！」

「啊啊，這個嗎？是被迷宮的魔物大口吃掉了。」

這麼自嘲的卡吉羅先生，左腳自膝蓋以下消失了。

「不會痛～？」

「痛痛的快走開——喲。」

頂著彷彿快哭出來的表情，小玉和波奇將臉靠近卡吉羅先生的左腳唸出止痛的咒語。

「妳們兩人真是貼心呢。我已經不痛了，放心吧。」

卡吉羅先生面帶柔和的笑容這麼告知兩人。

「只要保住性命，無論多少次都可挽回——這麼主張道。」

「噢！這種程度就借酒澆愁的傢伙，可沒有臉自稱為武士啊。」

面對娜娜的鼓勵，卡吉羅先生強打起精神回應道。

「我認識的人當中有優秀的魔法道具技師，屆時會拜託看看能否替卡吉羅先生製作義肢的。」

「太好了。那麼就承蒙潘德拉剛士爵的好意了。」

低頭道謝的卡吉羅先生和綾女小姐的眼中似乎有亮亮的東西，但我還是裝作沒看到。

「我請卡吉羅先生他們過來負責整個房子的警備。米提露娜，妳幫我帶兩人前往房間。」

既然病床上的孩子們也不需要照顧，只要有三名大人在家的話，那些僱來除草和打掃的孩子應該就能交給他們負責監督了。

由於房子的馬車坐不下八個人，我們便當作散步，徒步前往探索者公會。

◆

「真是奇怪焉。」

在西公會附近的一處小高地，我發現了正在凝視露天攤販人群的綠貴族。

「不應該這麼淡的才對焉……」

什麼東西這麼淡？

由於我跟他距離相當遠所以聽不太懂，但總覺得很在意。

「可惡——！」

綠貴族所眺望的方向走來一名年輕探索者，用一隻手猛抓著頭。

「你在鬼叫什麼啊。」

「米林達的酒又變得跟水一樣了。」

「那裡的酒一直都很淡啊。」

「所以說，現在變得更淡了啊。」

莫非是在說酒的事情嗎……

我這麼心想並將目光轉回綠貴族，對方卻已經走入人群中消失了。

從轉移至雷達上的標記位置來看，他似乎前往露天攤販區視察了。

「你這無禮之徒！快放手吶！」

順風耳技能捕捉到西公會的方向傳來米提雅公主的聲音。

我朝那裡望去，發現了在公會前方被索凱爾抓住手臂的米提雅公主一臉厭惡的模樣。

擔任護衛的隨從少女似乎顧忌著索凱爾而未能阻止對方。

友人遇到困難的時候總不能置之不理。

我於是關閉地圖，僅告知同伴們我的去處，便做好發生糾紛的心理準備朝公會前加速跑去。

「佐藤先生！」

米提雅公主見到我之後開心地呼喚道。

對上我目光的索凱爾則是露出怨恨的扭曲表情。

「對待淑女要更溫柔一點哦。」

我將索凱爾粗暴地緊握住米提雅公主上臂的手指一根一根剝離，同時還留意著不將其折斷。

令人同情的是，米提雅公主的手臂已經留下了手指形狀的淤青。

脫身後的米提雅公主立刻抱住我的手臂，將身子藏在後方。

「你……你這空有蠻力的可惡小伙子！」

索凱爾摀住被我強行扳開的手，一邊怒視著我。

面對一個已經小心翼翼不讓手指折斷的年輕人，這種態度真是失禮。

「你在做什麼焉？」

「波……波布提瑪大人！」

綠貴族這時現身了。

「你應該還在閉門反省才對焉。」

綠貴族這麼指正之後，索凱爾便很不甘心地「嗚嗚」低吼，踩著響亮的腳步聲離去了。

目送對方離開的綠貴族說著：「索凱爾真是令人頭疼焉。」同時還露出了心滿意足的笑容。

該怎麼說？這個人的言行和表情完全不一致。

「佐藤先生，謝謝吶。」

「不客氣，能幫上忙真是太好了。」

我向出言答謝的米提雅公主回以微笑。

「殿下，您不要緊吧？」

「嗯，治癒。■■■……」

稍後趕過來的同伴們在看到米提雅公主的淤青後紛紛出聲憂心道。

「發生什麼事了嗎？」

「嗯，本公主拒絕了好幾次，對方卻仍不死心繼續求婚吶。」

經我詢問後，米提雅公主便很憂鬱地告知了原因。

「況且即使是小國，身為王族的本公主也不可能與沒有世襲爵位的貴族結婚吶。」

蜜雅的治癒魔法籠罩了這麼嘆息的米提雅公主。

「謝謝吶，蜜薩娜莉雅大人。」

「蜜雅就好。」

面對感謝的米提雅公主，蜜雅同意了對方使用暱稱。

得知事情原委的亞里沙在向隨從少女訓話之後，岩石騎士便從貴族區方向現身並帶著兩人回去了。

◆

「我們是來更新公會證的，請問可以在這個窗口辦理嗎？」

我來到擁擠的西公會窗口，出示了剛才收到了信。

「不，有負責人員會為您帶路，請各位前往公會長室。」

「固定橋段出現啦——！」

櫃臺小姐的回答讓亞里沙激動不已，發出怪聲向上舉起拳頭。

亞里沙的鬼叫嚇得櫃臺小姐向後退去。

「亞里沙，要吵鬧的話就針對自己人吧。」

面對一臉尷尬的亞里沙，我輕輕敲了她的腦袋。

「拉鍊～？」

「亞里沙，嘴巴要拉拉鍊喲。」

接連遭到小玉和波奇兩人提醒而沮喪的亞里沙，最後被莉薩夾抱在手臂下方。那種屍體般的姿勢就和平常的小玉和波奇一樣。

「對不起，吵到了您。」

我代為賠罪後，公會小姐苦笑著表示原諒。

過了好一會，看似主管人員的三十歲女性前來和櫃臺交談，然後往我們走來。或許是地位比較高，她的身後還跟著兩名職員。

「請問是潘德拉剛士爵大人嗎？」

「是的，沒有錯。」

「我是公會長的祕書官，名叫烏夏娜。由我帶各位前往公會長室，請跟我來。」

儘管剛才因為亞里沙的鬼叫而分心，但實在沒人想得到只是更新為青銅證居然還能見到公會長。

恐怕是為了在酒館聽到的關於我們的作弊嫌疑一事。

我們跟著烏夏娜小姐走上階梯。

西公會的其中一座尖塔似乎就是公會長室。

「公會長，潘德拉剛士爵及各位隊伍成員已經帶到。」

讓我們先在門前等待的烏夏娜小姐獨自走進室內。

不久——

「就潘德拉剛勳爵一個人進來吧。」

——我在疑似是公會長的老婆婆聲音呼喚下進入房間。

眼前飛來的是一根長杖。

它就彷彿長槍一般銳利，朝著打開門的我眼前伸出。

我用手輕易將其撥開，化解了比莉薩的長槍一擊更為凌厲的長杖。

對方換手拿住被撥開的長杖，隔著反側的肩膀攻出第二擊。

——這就是所謂的杖術嗎？

我就這樣不斷化解掉長杖變化萬千的所有攻擊。

這個人到底想做什麼？

制止了這種不講理攻擊的，是從裡面房間現身的烏夏娜小姐。

「公會長！您再這麼『調皮』，我就要請賽貝爾凱雅大人過來罵人了哦。」

「嘖，偏偏挑在正有趣的時候……對吧，佐藤？」

從剛才一直以長杖攻擊我的人是公會長。

由於是八十七歲的老婆婆所以我不忍反擊，只是一味化解而已。

她是個五十二級的魔法師，擁有火焰和光的魔法技能。

「很遺憾，我並沒有喜歡遭人襲擊的嗜好哦。」

對方這麼充滿孩子氣，真希望她能多多向特尼奧神殿的巫女長看齊。

「怎麼？你不是打從第一天就泡在迷宮裡，回收了高達一百顆以上魔核的戰鬥狂嗎？」

——真沒禮貌。

我所打倒的魔物數量……嗯，數量並不是問題所在呢。

「我只是在一旁觀看，迷宮裡戰鬥的都是我的同伴們哦。」

「哈，誰會相信那種蠢話啊。就算是事實，那些想必都是你認為不值得一戰的小嘍囉吧。」

很遺憾，並非因為「不值得一戰」才在旁觀看，而是還不到「沒有自己的幫助同伴們就無法打倒的強敵」之故。

「還有，那把劍應該是杜哈爾老頭打造的吧？那個老頭子怎麼可能讓一個小角色拿著自己打造出來的劍。既然想掩飾，起碼先用布包起來把真印遮住吧。」

再怎麼說，我也無意掩飾自己擁有常人範疇的強度。

「我跟杜哈爾老師是酒友哦。」

總不能說是我和杜哈爾老先生一起打造的劍吧。

聽到我說出「酒友」的瞬間，公會長的眼睛就彷彿發現獵物的肉食動物那樣綻放精光。

「哦？那麼，你該不會也想跟我成為酒友吧？」

「是的，不嫌棄的話，我會帶著酒和下酒菜前來叨擾的哦。」

對方的戰鬥狂傾向儘管很傷腦筋，但我覺得她和杜哈爾老先生都是很相似的那一類「讓人發不了火的老人」。

要陪伴找麻煩的老人我可敬謝不敏，不過陪這個人喝酒的話，似乎可以打聽到許多迷宮都市的有趣老故事。

繼艾魯達爾將軍後，我又獲得了第二位酒友。

不過，偶爾也希望能有個可以胡言亂語的同年代男性朋友呢。

「很好，那麼就舉辦宴會！」

「不行。」

一臉愉快的公會長這麼宣布，卻被手裡捧著盒子走回來的烏夏娜小姐駁回了。畢竟現在才上午而已呢。

「請您先頒授這些公會證。」

「嘖，知道啦——」

公會長一臉不耐煩地接過了烏夏娜小姐拿來的盒子。

這個時候——

「公會長！聽說那個潘德拉剛來了！」

伴隨歇斯底里的刺耳叫聲，一個看似傲慢的美女衝了進來。

這張臉好像在哪裡看過。

「起碼先敲個門吧。」

「你這個小伙子就是索凱爾大人口中的潘德拉剛！」

無視於烏夏娜小姐的牢騷，傲慢美女指著我叫道。真是個沒禮貌的人。

不過，她的話讓我回想起來了。

對方就是之前在西公會和索凱爾走在一起的女性職員。

「公會長！為何作弊的潘德拉剛可以領取青銅證！」

「毫無證據就指責別人作弊的，只有妳一個啊。」

聒噪大叫的傲慢美女這麼追問公會長，但公會長卻毫不當一回事地冷冷回應。

「既然沒有作弊，就乖乖接受審議官的裁定！你一定會接受對吧？潘德拉剛！要是沒有作弊的話就願意接受裁定了吧。」

這樣的表達方式相當惱人，不過我在庫哈諾伯爵領發現許德拉時也受過審議官的裁定，所以要我接受那種程度的流程也無妨。

「這種小事——」

「等等，佐藤。」

我正要答應之際，卻被公會長口氣強硬地打斷了。

「妳是叫一位貴族，而且是擁有爵位的貴族接受審議官的裁定？妳這個傢伙，知道自己在說些什麼嗎？」

公會長勃然大怒，我彷彿可以看到她的背後冒出了紅蓮之火。

傲慢美女瞬間被這股震撼力吞沒，鐵青著臉後退一步。

「我……我……」

面對像個壞掉的錄音機般不斷重複相同內容的傲慢美女，公會長不待對方回答便繼續說了下去。

「妳做出了完全是侮辱他領領主直屬家臣的發言。想必妳已經有了自己老家的商會也一起跟著陪葬的覺悟吧？」

公會長的「侮辱」讓我想起一件事。

我在穆諾男爵領的新人貴族講習時曾經學過，讓貴族接受「審議官的裁定」，就代表不相信對方向家名和王祖大和大人做出的誓言，相當於最大的污辱。

「還是說，妳的目的是要挑釁年輕的佐藤，製造出『接受了審議官裁定』的不名譽先例呢？也就是為了更進一步的陷阱布局嗎？」

公會長露出彷彿要將傲慢美女變成焦炭的猙獰表情瞪向對方。

傲慢美女眼看著就快要被壓力擊倒。

「不……不是……」

「什麼不是！既然妳也是公會職員，就必須保障會員的利益更勝於妳情夫的利益！」

公會長這麼大喝之下，傲慢美女終於口吐白沫昏倒了。

「把那個傢伙帶走吧。今天就懲戒免職。烏夏娜，麻煩妳隨便找個理由然後發布文件。」

「是的，了解。」

不愧是封建國家，似乎輕鬆就能把人解雇。

「怎麼了？趕快去辦理手續吧。」

公會長疑惑地催促著盈盈笑著卻動也不動的烏夏娜小姐。

「等公會長您將新的公會證交給潘德拉剛士爵後我再走。」

「真沒辦法，宴會只好等發放公會證之後再辦了。」

公會長打開盒子，取出符合人數的公會證。

「佐藤，你就收下這個赤鐵證吧。」

啊？應該是青銅證才對吧？

「別一臉意外的樣子。那個耿直的子爵，可是到處宣揚了你的功績哦？」

說到這個，西門子爵當初為了組織救援我的部隊，好像到處做過了工作吧。

「記得應該是『穆諾市防衛戰的英雄』還有『古魯里安市的弒魔族者』吧？在古魯里安市的時候，我們幾個公會的中堅級會員也在那裡，你還記得嗎？」

如今完全沒有記憶。在我們參戰之前就已經交手的究竟是哪些人呢？

莫非是那個和伊帕薩勳爵一起奮戰的大盾戰士嗎？

「那些人也向我報告了。儘管是下級，但能毫髮無傷地打倒魔族的特殊隊伍，自然不能只給予木證或青銅證了。」

「話雖如此，發放祕銀證的話又太過誇張。起碼也要等戰勝中級魔族再說。」

「哼，只要公會評議員那群白痴點頭的話就能創下新紀錄了，真是可惜啊。」

看樣子，公會長似乎策劃過要把祕銀證硬塞給我們。

我在心裡感謝那些素未謀面的公會評議員的良知。

從後方的門縫中窺探的亞里沙嘟噥著：「嘖！可惡的評議員。」但真的領取的話壞處反而更多，所以保持現在這樣就好。

「那麼，關於赤鐵證——」

烏夏娜小姐為我解釋了赤鐵證。

當然，不光是我，其他成員也統統升格為赤鐵證。

儘管輕輕鬆鬆獲得，不過持有青銅證的探索者只要長期繳交高等級魔核給公會的話，似乎本來就可以升格了。

但一般而言都以五年十年為單位，所以這種赤鐵證似乎已經足夠為我們帶來麻煩了。

「真的可以嗎？我們才進入迷宮一次而已哦？」

「公會長的權限最高可以頒授至赤鐵證。雖然不能濫發，但今年就連一張也還沒有發放出去，所以王都那邊應該不會有人說話吧。」

烏夏娜小姐繼續進行各類說明，最後終於提到了持有赤鐵證的好處。

包括在公會的各種手續費半價以及公會所保有的房屋租金半價等金錢方面的優惠在內，似乎存在各式各樣瑣碎的優點。

我在金錢方面完全沒有困難，所以並不覺得怎麼高興。

「最後，最重要的一點——」

既然重要的話一開始就應該說了。

「——持有這張赤鐵證的人會被視為准貴族。儘管不像士爵大人這樣還被賦予了貴族特權，但可以保證具備了與騎士相當的社會地會。這是以希嘉國王的名義做出的保障，所以不僅國內，造訪其他國家時也是有效的。」

當然，不光是人族，對亞人似乎也有效。即使在聖留市那樣對亞人歧視很深的地區，只要持有赤鐵證的話據說就能順利住宿了。

「真是了不起呢。」

「不知道您曉不曉得，探索者公會雖然名為公會，實際上卻是希嘉王國迷宮資源省下轄管理的。公會長兼任了希嘉王國迷宮資源大臣的職務，位於現職的期間屬於名譽伯爵待遇，所以才能夠給予這樣的權利。」

我對烏夏娜小姐的解說表示謝意。

前半部是已知情報，後半部公會長實為大臣待遇一事我還是第一次知道。

原本以為只是中階主管等級而已，事實上好像挺了不起的樣子。

畢竟是能夠輕易發行准貴族待遇證書的職位呢。

為保險起見我又試著詢問，得知持有祕銀證的人據說將會獲得國王陛下授予名譽貴族的爵位。

「話說佐藤，宴會的時間就挑在今晚如何？」

「今天我已經有約，明天晚上如何呢？」

今天晚上我預計要舉辦米提露娜小姐和武士二人組的歡迎會。

「嘖，真沒辦法。就答應你改在明天吧。話說回來，我聽到了一些風聲，艾魯達爾那個小伙子一直在吹噓自己弄到了超級美酒啊——」

把艾魯達爾將軍稱為小伙子真的沒問題嗎？

公會長說的應該是蘭姆酒和妖精葡萄酒，這兩種的庫存都是以桶為單位計算，所以我提供起來並沒有問題。

只不過，有點擔心對方是不是因為嗜酒才破例讓我們升格的。

「那……那是什麼眼神？沒這回事哦？升格跟酒完全沒有關係哦？」

慌張的公會長有些可疑，不過既然烏夏娜小姐出言否定，就當作是正規的升格應該沒有問題吧。

約定好明天的酒宴後，我便離開了公會長室。

「呀呼——！公會長親口宣布升格了——！」

亞里沙誇張地歡呼道，朝天空舉起一隻手整個人跳了起來。

由於剛剛才被罵過，我待在公會長室的期間她好像一直在壓抑著。

「好棒～？」

「萬歲喲！」

小玉和波奇兩人也模仿亞里沙跳躍，腦袋差點就撞上天花板。

未掌握自己的身體能力是相當危險的哦？

「就好像獲得了他人的肯定，真令人高興呢。」

「是啊，露露。」

「嗯，美妙。」

「評價上升歡欣鼓舞——這麼告知道。」

其他成員看似很自制，但也十分高興的樣子。

我和同伴們分享著喜悅，一邊往出口走去。

「焉～？」

「是剛才綠色的人喲。」

小玉和波奇的目光盡頭處，可以見到看似貴族子弟的孩子們正在綠貴族的陪同下於窗口進行登記。

地位看起來最高的小胖子是太守的三男，長得和我所認識的他的哥哥雷里先生並不太像。

至於其他人有手持細劍的美少女和知性的美少年，甚至還有毫無特色的平庸少年以及看起來有點小聰明的少年，實在是五花八門。

由於並沒有認識的人，我便和同伴討論著歡迎會的細節一邊回到了房子。

就這樣，在舉辦了盛大的歡迎會以及參加完隔天與公會長連魔女聚會也為之遜色的酒宴後，再隔一天我終於得以跟同伴們一起進入迷宮。

對了對了，關於位在索凱爾房子地下的魔人藥倉庫，我先透過地圖和空間魔法「眺望」進行調查，將包括通往下水道的密門在內所有情報寫在紙上，丟進了公會長的房間裡。

順便還把迷宮都市近郊看似廢村的場所，位於那裡的魔人藥堆積場和貧民區的幾個犯罪公會基地的魔人藥放置場連帶寫了上去。

相信討厭魔人藥的公會長之後會處理好一切的。

◆

「總覺得就像是通往地獄的奈落呢。」

亞里沙俯視著黑漆漆的空洞喃喃說道。

這裡是位於迷宮內的軍方駐地深處，據說僅有赤鐵證的持有者才可進入的通道盡頭處。

大廳中央開了一個半徑五十公尺左右的垂直坑洞，看來從這裡似乎可以下降至中層。

「好像可以用那裡的升降機下去。」

升降機看似可以載運所有人，所以我決定一次全部下去。

「搭乘電梯時會不會有魔物襲擊？」

「不用擔心哦。」

萬一遭到襲擊的話有我在就不用擔心，即使升降機壞掉也可以用天驅和「理力之手」的組合回到這裡。

「居然是手動升降！」

「轉圈圈～？」

「轉來轉去喲。」

亞里沙感到錯愕，但小玉和波奇卻毫不介意地開始愉快轉動著手動升降機。

不過兩人中途似乎也累了，所以就跟莉薩和娜娜互換。

在進入不同地圖之際，我使用了探索全地圖的魔法。

比起上層狹窄了些，但樓層結構整體感覺是一樣的。

我隨便選了一區進行調查，發現差別只在於平均等級比上層高了些及擁有特殊能力的敵人有較多的傾向。

似乎不像遊戲那樣，階層越深敵人等級就會提升得愈劇烈。

除了這裡以外，迷宮深處好像還有另一個上層與中層相連的通道。

這個洞看起來也能通往下層，所以我打算在人少的時候偷偷下去看看。

「好多人呢。」

正如露露所言，中層的升降機前廣場有「赤龍的咆哮」成員的物資堆積場所，負責補給「赤龍的咆哮」的好幾名探索者正在忙碌地行動著。

根據地圖顯示，從這裡可以前往的通道只有兩條，一條因為討伐「區域之主」而被「赤龍的咆哮」占據當中，另一條則是由藥師公會和鍊金術士公會的成員封鎖了。

「他們在搬運青苔嗎？」

「那種青苔好像可以當作魔法藥的材料呢。」

托拉札尤亞先生的製作法書籍中記載，那種青苔除了可直接作為下級體力回復藥的材料，經過濃縮之後還可當成中級體力回復藥的材料。

「這裡好像過不去呢。」

「是啊，回到上面好了。」

儘管總覺得可以請對方讓我們從旁經過，但用不著特地走這裡，其他地方也同樣有許多的魔物。

我們再度搭上升降機，返回了上層。

◆

「用空間魔法痛快絞殺堅硬的敵人果然會使人上癮呢。」

回到上層後，大家在我的前導下，連續六天攻略了位於上層深處強度適中區。

每一區我僅確保了轉移用的安全地帶，至於起居則是使用最初攻略時所建造的迷宮別墅。

「亞里沙，金剛魚的甲殼是防具的材料，不要砍得太碎了。」

「唉呀，是這樣嗎？那麼我就從正中央砍成兩半好了。」

金剛魚是一種鑽石般透明的魚類。

鱗片儘管並非鑽石，但既透明又具備了可媲美鑽石的硬度，所以除了防具以外也能製作成裝飾品和魔法道具類等，用途琳瑯滿目。

「下一隻，烏龜～？」

「血紅龜的甲殼燒可以食用──這麼告知道。」

彷彿鴿血紅紅寶石一般被紅色通透的甲殼所保護著的巨大烏龜追著小玉跑了過來。

在我們目前攻略的這一區，這傢伙是最後的獵物了。

「小心牠的嘴巴噴火！雖然不會飛上天，但牠會用短距離跳躍來發動頭槌哦！還有，蜜雅！注意下級魔法會被甲殼抵銷！」

「嗯，中級。」

同伴們接獲亞里沙的指示後開始戰鬥。

對方不算是強敵，但僅中級以上的攻擊魔法有效所以頗為麻煩。

根據之前的經驗，戰鬥時間有拉長的傾向，所以為了打發時間我便利用空間魔法查看房子的狀況，或是和波爾艾南之森及南海拉庫恩島上的朋友們聊天，一邊關注著戰鬥。

最後，戰鬥理所當然地結束了。

「嗯～三十級以後就需要很多經驗值才能升級了呢。」

「真要說的話，應該是強度適中的敵人變少這一點比較頭疼吧？」

儘管在這六天裡攻略了三個區，同伴們的等級也才三十六級。

要是正常戰鬥的話，所需經驗值比其他孩子更多的蜜雅就會落後於大家，所以第三個區幾乎都是由我和蜜雅兩人出手殲滅的。

「差不多快到預計回歸日了，要返回地上嗎？」

我在探索者公會登記了一小月，也就是十天的時間，不過當初卻是告訴米提露娜小姐她們七天就會回去了。

更何況，進入迷宮的當天，筆槍龍商會的船就已經在貿易都市塔爾托米納入港，所以最快在明天或後天應該就會抵達迷宮都市賽利維拉。

「都難得打到這裡，起碼在下一個攻略區設置刻印板之後再回去吧。」

「說得也是。那麼，大家希望下個攻略區是什麼呢？」

我環視眾人詢問她們的需求。

「肉～？」

「波奇也想跟美味的肉戰鬥喲。」

「獸肉雖然不錯，但鳥肉也很難割捨呢。」

「姆，香菇。」

「肉類和蔬菜平均出沒的場所比較好。」

「最好是可以帶禮物給幼生體的蛙類區——這麼期望道。」

唔，妳們幾個……我是在問戰場，可不是食材方面的需求哦？

「主人！」

哦，亞里沙看起來很正經的樣子。

「全都加上轉移用的刻印後依序逛一遍吧！我覺得這樣子比較不會膩哦。」

以用餐來說是這樣沒錯，不過那不是我想問的答案。

「真沒辦法。那麼，就按照亞里沙的意見全部依序逛一遍吧？」

儘管覺得我實在太好說話，不過提升同伴們的等級純粹是為了增加這些孩子的生存率，所以得在愉快的氣氛下進行比較好呢。

「很可惜，沒有以鳥肉為主的區域呢。」

「是嗎——」

雖然的確有雞蛇區，不過我想應該沒必要冒著石化的風險去戰鬥吧。

不過，一臉遺憾的莉薩看起來有點可憐，所以還是試著找一下鳥系較多的區域好了。

「古陸獸區有始祖鳥，肉類好像也很豐富。旁邊的區域則是半淹水區，似乎有很多植物型的魔物和水棲系的魔物。」

「古陸獸？」

「用眺望魔法觀察，感覺就類似恐龍系魔物的總稱哦。」

我在南海看到的滄龍類魔物好像也是屬於古海獸的分類吧。

半淹水區的頭目是看似傑克南瓜燈的浮遊南瓜怪，所以好像可以拿來製作特大的南瓜派。

透過我和亞里沙的魔法適度抄了一下捷徑，我們終於在隔天早上將攻略區的轉移點設置完畢。

打開地圖準備回歸之際，我發現在不遠處有認識的人正陷入危機，於是便全員趕往救援了。

◆

「感……感謝救援。」

「你的肋骨好像斷了，請不要說話。」

我們營救的對象是迷宮方面軍的人。

蜜雅的水魔法範圍治療逐漸治癒了瀕死的士兵們。

「主人，兵螳螂和戰螳螂已經討伐了。」

「謝謝妳，莉薩。如果有無法動彈的傷者就發放魔法藥給對方。」

「知道了。」

戴著紅十字臂章的同伴們四處向倖存的士兵詢問傷勢。

「潘德拉剛勳爵，你最好馬上離開這裡。那些傢伙還會帶新魔物過來的。」

由於渾身是血所以一開始不知道對方是誰，原來他就是當初在西門子爵請求下準備前往營救我的那位賽奧倫小隊長。

「那些傢伙是？」

「迷賊王魯達曼。」

我搜尋地圖後，發現名叫魯達曼的人物就在稍遠處。

對方應該不會過來這裡，但還不能完全放心。

連接這個大房間的好幾條通道裡，我從地圖上發現了帶著魔物的迷賊們正往這邊跑來。

這想必是人為製造的連鎖暴走吧。

真是的，又不是遊戲，居然會想出ＭＰＫ——「利用魔物來殺人」這種陰招。

就在查看地圖之際，有幾個人的在中途消失，兩條通道裡的魔物也停止動作。

看樣子，用來吸引魔物的迷賊都是那些用完就丟的小嘍囉。

「莉薩，這邊我來處理，妳帶著大家解決掉因連鎖暴走而衝來的魔物。」

「知道了。蜜雅要留下來治療嗎？」

「不，重傷者已經治療過，接下來改用我手中的魔法藥就行了哦。」

我將對付魔物的任務交給同伴們。

「太亂來了，潘德拉剛勳爵。若只有幾隻魔物還有辦法，但對手實在太多了。」

「不用擔心哦。那些孩子知道怎麼跟多數的敵人戰鬥。」

衝來的魔物數量雖多，對於如今的同伴們而言卻是根本算不上練習戰的小嘍囉，所以沒有問題。尤其是亞里沙的空間魔法相當適合用來防衛據點呢。

我向這麼憂心的賽奧倫小隊長盈盈微笑後，一邊發放魔法藥和能量飲料藉以讓士兵們恢復動作。

無意中觀察著迷賊王魯達曼的光點之際，我察覺到還有其他代表了我熟識之人的標記。雙方看起來還未接觸，而且又帶著許多較強的護衛所以應該不用擔心，但還是做好準備以便隨時前往救援吧。

米提雅公主的冒險

「本公主叫米提雅吶。由於厭倦了祖國毫無刺激感的生活，因此本公主在接獲希嘉王國的亞西念侯爵提出治療女兒疾病的請求後，便二話不說地跑來了吶。」

「謝謝您，米提雅殿下。」

接受了本公主的「淨化的氣息」治療後，太守四女席娜小姐出言道謝。

「別客氣，如今終於能履行原本的使命，本公主才是鬆了一口氣吶。」

在太守夫婦返回前，治療行動一直受到索凱爾先生的阻撓而無法進行。

「沒有辦法。畢竟索凱爾大人受了父親和母親之託要照顧我們。」

個性怯懦的席娜小姐這麼替索凱爾先生說話。

索凱爾先生只是臉蛋好看，席娜小姐才會這麼輕易就被欺騙吶。

「米提雅殿下，您嚐嚐這邊的糕點如何？」

「嗯，這就來享用吶。」

希嘉王國的甜點太甜了些，但在我們國家卻是絕對吃不到的奢侈品吶。

奶媽曾經說過，砂糖具有媲美同重量黃金的價值。

作為治療席娜小姐的特權，本公主就來享用一下吧。

不久，席娜小姐由於說了太多話而耗盡體力，於是在對方的侍女催促之下決定舉辦茶會。

「席娜小姐看起來很喜歡殿下您呢。」

「嗯，大概是看起來年齡相近，所以聊起來就毫無拘束吶。」

明明相差了四歲，本公主的年幼外表就和十歲的席娜小姐沒有多少差別。

周遭人也總是比照外貌用看待同齡女孩的態度來對待本公主，然而這一點讓本公主覺得心有不甘。

就連歲數幾乎一樣的佐藤先生，也將本公主當作小孩子一般對待。

話雖如此，那位先生甚至連被稱為智慧化身的精靈蜜薩娜莉雅大人也視為小孩看待，所以這也是沒有辦法的事。

返回房間的途中，面向中庭的迴廊處出現了太守三男蓋利茲先生的肥胖身影。

蓋利茲先生的友人們今天似乎也過來玩了吶。

「哇啊！真的是青銅證！賈恩斯，你很有一套嘛！」

「是你之前提到的赤鐵證堂兄帶你進去的嗎？」

「是啊。身為世襲伯爵家的長男，我想最起碼還是要有青銅證呢。」

看似有些刻薄的淡褐色短髮青年，向追問自己的兩名少年得意洋洋地說道。

微胖的黑髮少年是拉爾波特男爵的四男培森先生，至於外表有些聰明的較矮金髮少年應該是古哈特子爵的三男迪倫先生。

或許是覺得無趣，蓋利茲先生與其跟班托凱男爵的次男魯拉姆先生不屑道：

「哼……哼！反正一定只是躲在你堂兄背後負責丟石頭吧？」

「是啊是啊！拿劍明明從來就沒打贏過梅莉安，怎麼可能打倒魔物呢。」

杜卡利准男爵長女梅莉安小姐聞言隨即拔出細劍，指向了魯拉姆先生的鼻尖。

「你的意思是，我的劍根本傷不了魔物嗎？」

「沒……沒這回事。沒這回事，快把劍收起來啊。」

與其頂著抽搐的表情懇求對方，剛才就不該做出不謹慎的發言才是。

又或者，這就是朋友間的相處方式嗎？

實在有點羨慕吶。

本公主也在佐藤先生的幫助下獲得了黃金證，但拉普娜想必不會同意，所以就沒進入迷宮了。

唯一能做的，就是前往探索者公會聆聽資深探索者的事蹟。

畢竟自己學習劍術僅兩天就受挫，魔法持續學習了兩年也無法點燃任何火種，能夠對外人自豪的頂多就只有「淨化的氣息」而已吶。

望著刻有諾羅克家徽的護身匕首，本公主深深嘆了一口氣。

「蓋利茲少爺，原來您在這個地方呢。」

「啊啊，是索凱爾啊。什麼事？」

抬起臉來，只見索凱爾先生從屋子的主棟現身，帶著面對下位者絕對不會掛上的笑容和蓋利茲先生交談。

「您聽了一定會很高興。許可下來了。」

「許可——迷宮探索的許可嗎？」

「是的，我總算成功向太守大人和夫人取得了許可。」

「幹得好！」

「蓋利茲少爺，我也要！我也想一起去！」

培森先生立刻這麼央求蓋利茲先生。

其友人聞言後也爭先恐後地聚在他身邊。

本公主雖然很想一起去，但既然拒絕了索凱爾先生的求婚，如今實在很難開口要求加入由他爭取而來的迷宮探索機會。

「客氣可不是美德焉。」

循著後方傳來的聲音回頭望去，是全身統一為綠色模樣異常的貴族。

——本公主很怕這個人。

撇開打扮和奇妙的語尾不提，這位老人言語相當客氣，面對下位者也像個模範的公平貴族那樣，但被對方的眼睛注視著，竟有種彷彿會被直接吞噬的錯覺。

這並非出於理智，而是本公主的本能告訴自己必須和他保持距離吶。

「本……本公主要回房間了吶。」

「您一定很想和那些孩子一同前往迷宮焉？我會向拉普娜小姐取得同意焉。」

這個建議實在很有吸引力，本公主猶豫些許後便點頭了。

在這之後，波布提瑪先生成功說服了拉普娜，本公主於是得以和蓋利茲先生等人一起前往迷宮了吶。

◆

「索凱爾怎麼了？」

「聽說正在閉門反省，所以無法參加本日的探索。」

太守的護衛騎士之一這麼回答蓋利茲先生的問題。

索凱爾先生據說在提出探索建議的當天夜裡就做了什麼事情而必須待在家裡反省吶。

這種狀況下竟然還特地外出向本公主求婚，索凱爾先生究竟在想什麼呢？

昨天頂著血紅雙眼的索凱爾先生，看起來比平常更為可怕吶。

隨從琉拉由於迷上了臉蛋英俊的索凱爾先生所以派不上用場，要不是佐藤先生過來的話，說不定最後真的會被對方強吻。

——嗚嗚！光是想像就全身發寒了吶。

「我和同事會負責保護蓋利茲少爺您，請儘管放心地享受迷宮探索的樂趣。」

「嗯，拜託你們了。」

除了太守的兩名護衛騎士外，蓋利茲先生的友人們家中也各自派出了數名護衛同行，所以人數頗為壯觀。擔任本公主護衛的騎士拉普娜和隨從琉拉兩人也在其中吶。

因此，沐浴在周遭探索者們目光之下實在很不自在。

見到武裝後的本公主，不知為何竟然有人表示「蘿莉公主好可愛」。

雖然有些無禮，不過聽起來像是稱讚所以便不予追究了。

「您是蓋利茲少爺吧？我是受了索凱爾大人之託為您帶路的探索者，名叫盧拉基烏。」

這個男人的眼神，總覺得隨時都會背叛的樣子吶。

而且還散發出腐肉般的奇怪味道，差點要讓人窒息了。

對此感到在意的似乎只有本公主一人，所以就很識相地不多說些什麼，但必須留意別靠近這個男人才是。

「是嗎。索凱爾今天沒來，就拜託你帶路了。」

「是，知道了。」

聽了蓋利茲先生的話，盧拉基烏恭敬地低頭行禮，然後走在前頭朝著通往迷宮的迴廊邁出步伐。

儘管抱有一絲不安，本公主的內心仍對初次的迷宮探索感到雀躍不已吶。

◆

「要開始了。■■……■　小風彈。」

身為風魔法師的迪倫先生用魔法擊飛了前頭的哥布林。

鎖定準備起身的哥布林，探索者盧拉基烏迅速上前用短槍將其釘在地面。

「太厲害了，迪倫！好，我也要上了！」

「等一下，我也去！」

蓋利茲先生和梅莉安小姐一手拿著細劍跑向了倒地的哥布林所在處。

「蓋利茲少爺，等一下～」

「我也要去哦。」

魯拉姆先生和個性謹慎的培森則在後追趕。

「米提雅殿下您不去嗎？」

「啊……嗯，蹂躪無法動彈的魔物，實在有點於心不忍吶。」

賈恩斯先生這麼關心著沒有行動的本公主。

「一開始這麼做也是沒有辦法的哦。必須先將魔物打倒至某種程度才行，否則就無法獲得完整的武術訓練呢。」

既然擁有青銅證的賈恩斯先生這麼說，或許一般是這樣子沒錯，但實在是令人不太好受。

或許是體會本公主的這種心情，賈恩斯先生僅露出一絲苦笑便走向了哥布林。

「喂，帶路的人。敵人太少了哦。」

讓隨從擦拭著濺到臉上的鮮血，蓋利茲先生一邊這麼發著牢騷。

儘管被對方抱怨，負責帶路的探索者盧拉基烏卻揚起嘴角。

「既然如此，推薦各位到第十一區。」

太守的護衛騎士拔出劍來，指在這麼開口的探索者盧拉基烏眼前。

「你在打什麼主意？說到第十一區可是『騎士殺手』盤據的危險地帶。」

「請冷靜一點。我帶各位前往的是沒有『騎士殺手』的祕密場所。倘若像各位騎士大人那樣擁有厚重的鎧甲還另當別論，靠我這種單薄的皮甲根本沒有膽量帶各位到有『騎士殺手』的地方啊。」

沐浴在眾多騎士的殺氣下，即使身為探索者的盧拉基烏也抽搐著臉頰全身冒出冷汗。

「我對那個祕密場所很感興趣哦。」

「很危險哦~『騎士殺手』是很可怕的哦。」

「少囉唆，魯拉姆。膽小鬼就先回去吧。」

「怎麼這樣~」

一臉不安的魯拉姆先生催促著蓋利茲先生改變心意。

「蓋利茲少爺，太危險了。」

太守的護衛騎士們似乎也和魯拉姆先生持相同意見，試圖想說服蓋利茲先生。

「有你們會保護我對吧？父親可是經常提到你們相當優秀。」

被蓋利茲先生的一番話刺激了自尊心的護衛騎士們最後終於同意，我們於是便往名為第十一區的場所開始移動。

儘管穿插了好幾次休息，平時運動不足的我們最後也支撐不住，迫不及待地坐上了隨行的術理魔法師製作出來的「自走板」進行移動。

迷宮內單調的光景讓我們不知不覺中打起瞌睡，本公主在被隨從琉拉喚醒之後才終於知道已經抵達。

「真是相當舒適啊。屆時我會向父親稟明，給你特別獎賞的。」

蓋利茲先生出言慰勞術理魔法師，然後伸了一個大懶腰。

「這個懸崖下的大房間已經成為魔物的巢穴，千萬不可以靠近懸崖邊緣。」

狩獵場是個牆上長有發光石頭的圓筒形大房間。

發光的石頭僅零星分布，所以大房間比起有標識碑的通道更加昏暗，給人一種彷彿通往地獄的錯覺。

不過，蓋利茲先生似乎完全沒有這種感覺——

「嗯，趕快把魔物帶過來吧。」

「是的，我這就去——」

他迅速下達指示開始獵殺行動。

探索者盧拉基烏帶我們過來的這個場所，魔物的實力光憑我們自己也可打倒，而似乎還有多數正在懸崖下方徘徊當中。

我們在護衛騎士和神官的保護下專心地持續獵殺魔物。

「太好了——！等級提升了！」

經隨從告知升級之後，蓋利茲先生高興得跳了起來。

之前由於風魔法師迪倫先生和細劍使梅莉安小姐搶先一步升級而讓他感到了心有不甘，所以如今更是倍感開心的樣子。

本公主也不能輸人。

處於落後狀態的魯拉姆先生和謹慎的培森先生似乎也是同樣的心情。

「好——我也要試試。」

「下一隻！快把下一隻魔物帶過來！」

「噢，包在我身上。」

一個陌生的女性聲音回應了兩人的呼喊。

「是誰！」

太守騎士這麼盤問道。

「在那裡！」

眼睛的賈恩斯先生指著出現在附近岩棚上面的人影。

「是迷賊嗎！」

「沒錯，我是短劍姬戴琳。就讓我用這把短劍來將你們——剁——碎。」

自稱戴琳的女迷賊用噁心的動作舔著雙手持拿的短劍。

「迷賊不會獨自一人出現，趕快戒備四周圍！讓蓋利茲少爺和米提雅殿下優先移動至安全的場所！」

接獲太守護衛騎士的命令，護衛和隨從們俐落地行動起來。

即使是拼湊的隊伍，好歹也是大國貴族的家臣吶。

「殿下，是不是有什麼聲音？」

「琉拉，別分心。要專心保護殿下。」

「是……是的！」

被騎士拉普娜訓斥後，隨從琉拉急忙將目光掃向周圍。

不過，本公主卻對隨從琉拉的發言感到相當在意，於是試著豎耳聆聽。

接著——

「拉普娜！是腳步聲！本公主聽傑利爾先生說過！這些迷賊會人為引發魔物連鎖暴走，藉此來衝撞探索者！」

「糟糕了！趕快離開通道！」

聽了本公主的話，騎士拉普娜立刻這麼吼道。

數名騎士和隨從還來得及做出反應，但剩下的大多數人卻被濁流般湧現的蝗蟲和蜜蜂魔物撞上，紛紛掉落到懸崖下方。

「是『騎士殺手』嗎！」

「沒錯──你們就充分享受連板甲也能貫穿的一角飛蝗和頭盔也可撞凹的岩頭蜂所發動的突擊吧。」

魔法師們出手攻擊大笑的女迷賊，但由於距離太遠，對方躲入物體後方便輕鬆避開了。

「不要分心！盡全力排除魔物！」

「哇哈哈哈──是啊，努力耗盡死前的力氣吧！」

女迷賊嘲笑著視死如歸地奮戰的護衛們。

護衛們似乎都是實力足以媲美騎士拉普娜的強者，轉眼間便增加了不少這些「騎士殺手」的屍體。

「快點快點，動作太慢的話後援就要來了哦！」

新出現的敵人是巨大的螳螂怪物，而且是多達七隻的群體。

「這次是兵螳螂！」

「對自己身手有信心的人跟我走！其他人留下來護衛蓋利茲少爺他們！」

由太守的護衛騎士們領頭，騎士們陸續砍向這些巨大的螳螂。

騎士拉普娜為了優先保護本公主而留在原地，但或許是無法前往戰場而心有不甘，只見她緊握的手掌流出紅色的血滴。

帶紅光的魔劍接連劈開兵螳螂。

——那是魔刃？

太守的護衛騎士和本公主的騎士一樣，似乎都會使用魔刃。

「厲害，太厲害了！」

見到他們大顯身手，蓋利茲先生等人都忘記所處狀況出聲加油道。

在魔法的掩護下，騎士們接連殺死了兵螳螂。

「是戰螳螂！」

某人發出的這句話，立刻就讓眾人了解到其中代表的意義。

剛才還那麼強悍的騎士們，如今卻像雜兵一樣輕而易舉地遭到了驅逐。

相較於戰螳螂的體積，兵螳螂看起來就跟小孩子沒兩樣。

「休想得逞！」

太守的護衛騎士們阻擋在戰螳螂的前方。

不過，對於在兵螳螂戰當中消耗甚多的兩人來說，負擔稍微沉重了點。

「殿下。」

騎士拉普娜帶著充滿鬥志的表情望向本公主。

「同意了。」

「殿……殿下？」

聽了本公主的話，隨從琉拉發出尖叫般的聲音。

「去吧，拉普娜。讓希嘉王國的人見識一下諾羅克騎士的實力。」

「知道了！」

扛著大劍的騎士拉普娜如疾風一般逼近戰螳螂。

「斬岩劍！」

自上段挾帶紅光的一記大動作劈砍，敲斷了戰螳螂的盾臂。

「連拉普娜的招式也無法斬殺，迷宮的魔物真是厲害吶。」

騎士拉普娜的加入，讓僵持不下的戰局一口氣傾向對我們有利的狀況。

就在關注這場戰鬥之際，腳邊忽然噴出了白煙。

「什……什麼東西？」

「是誰用了煙幕彈！」

「又是你嗎，魯拉姆！」

「不……不是我啊！」

蓋利茲先生等人不合時宜的聲音還來不及讓本公主回頭，白煙便籠罩了周圍。

「呀啊！」

煙霧的縫隙中，可以見到隨從琉拉冒出鮮血倒地的身影。

「琉——」

未能完全叫出名字，本公主的嘴巴就被摀住了。

腐肉般的臭氣直衝鼻內——莫非，摀住嘴巴的凶手是探索者盧拉基烏？

即使再怎麼掙扎也無法擺脫對方的手，又被一種彷彿繩子的東西纏住了身體。

——嗶——————

「這個指笛聲是？」

「可能是新的迷賊。保護好蓋利茲少爺他們！」

護衛們的這些交談聲逐漸遠去。

——不對。

本公主正在被拖往某個地方。

經過令人呼吸暫停的衝擊過後，本公主就像行李一樣被吊了起來。

「啊？老子是聽說有異國的公主才來這裡的，搞什麼？就這個小鬼？」

真失禮——抬起臉準備這麼抱怨之際，一名右半臉覆蓋著面具的詭異面孔赫然映入了眼簾，全身頓時被彷彿揪住心臟的恐懼感所束縛。

就連對方散發出和探索者盧拉基烏同樣腐肉臭味一事，本公主一時之間也渾然不知所覺了吶。

在剛才僅有女迷賊一人的場所，如今卻出現了包括面具男在內的好幾個迷賊。

「大……大哥。把……把這傢伙送給我。」

用繩子將本公主吊起的巨漢，眼中帶著炙熱的目光俯視這邊。

「誰叫這傢伙不能當魔人藥的肥料。反正都要殺掉的，你就盡情享受吧。」

面具男彷彿在看待路旁石子一般，漠不關心地同意了巨漢的要求。

「殿下！」

騎士拉普娜跑上了崖壁。

只要踩錯一步或猶豫之際放慢速度的話，就會整個人頭下腳上掉入魔物的巢穴，實在是相當危險的行為吶。

然而，相較於擔心拉普娜的安危，本公主卻對她前來營救一事感到安心。

「哦，老子並不討厭這種蠢蛋。」

「放開殿下！」

「老子來當妳的對手吧。老子是魯達曼。迷賊王魯達曼。」

報出名號的迷賊王魯達曼用充滿不祥感的戰斧接住了拉普娜的大劍。

「身手不錯。不過，武器是青銅劍，根本敵不過老子的魔戰斧啊。」

大劍和戰斧的每一次對撞，紅光都會照亮岩棚上方。

兩人的體格一樣，但迷賊王魯達曼的力量和速度顯然更勝一籌，還在騎士拉普娜之上。

「太狡猾了，魯達曼。我也要動手了哦。」

「騎士倒是無妨，但可別對小鬼們下手啊。」

——什麼？

「知道了啦——等太守的衛兵過來再撂下狠話逃走就行了吧？」

「明白就好。妳就盡情去折磨他們吧。」

這些傢伙到底在說什麼吶？

聽起來簡直就像是——

「已經結束了嗎？」

「就算劍斷掉，騎士之心也不會屈服的。」

舉著攔腰折斷的大劍，即使頭盔和護肩滿是缺口，身體各處都染紅鮮血，騎士拉普娜仍英勇地繼續挑戰迷賊王魯達曼。

快點，誰快來救救拉普娜。

拜託，拉普娜她——

「——救命。」

本公主喃喃道出這個視死如歸的請求。

「嘿嘿嘿！妳……妳在說喪氣話嗎，公主殿下？又……又有誰會來救妳啊？」

牽住本公主身上的繩子，巨漢用骯髒的舌頭舔著本公主的臉頰這麼嘲笑道。

屈辱和無力感令自己滑落一滴淚水。

「——當然是正義的使者了！」

稚嫩的聲音響徹絕望的戰場。

那個聲音是來自——

決戰

「我是佐藤。好心會有好報這句話，我有時會看到別人誤解了它原來的意思。但在出了社會後，總覺得有很多事情讓我親身體會到這句諺語的含義。即使是在異世界裡——」

「米提雅公主——在那裡嗎。」

來到圓筒狀的大房間，我們正位於米提雅公主和迷賊們所在岩棚的斜上方。

直線距離大約一百公尺外的岩棚上，岩石騎士和手持大斧的巨漢迷賊正在戰鬥當中。

和米提雅公主一起前來的貴族子弟們和護衛騎士們，似乎正在更斜下方的平台和兩隻戰螳螂展開了殊死鬥。

這時，可以見到迷賊們在女迷賊的帶領下沿著牆壁加入了平台的戰場。

「沒有階梯……嗎。」

牆邊本來應該有從這裡途經岩棚並通往平台的螺旋階梯，但如今在崩塌的牆上只留下了痕跡而已。

「糟糕！拉普娜的大劍斷掉了哦。」

被抱在手臂下方的亞里沙，道出了透過空間魔法「眺望」和「遠耳」所看到的狀況。

我將亞里沙放在地面，在掌中取出小石子，準備好隨時介入戰鬥當中。

莉薩她們再過一會應該就會趕上來了。

領軍的人馬雖然慢了一些，不過移動中所見到的敵人已經全被我殲滅所以應該沒有問題。

順風耳技能捕捉到岩棚上的對話。

「已經結束了嗎？」

「就算劍斷掉，騎士之心也不會屈服的。」

不愧是岩石騎士。

那副充滿男子氣概的風采，讓我差點要迷上她了。

「我過去幫一下忙。亞里沙妳在大家抵達後向她們解釋狀況。」

「嗯，知道了。」

「——救命。」

萬一踩空的話還有天驅，所以就把螺旋階梯的痕跡當作墊腳處跑下去好了。

「嘿嘿嘿！妳……妳在說喪氣話嗎，公主殿下？又……又有誰會來救妳啊？」

米提雅公主的懇求和對此發出嘲笑的下三濫迷賊的聲音，透過順風耳技能捕捉而來。

「當然是正義的使者了！」

猛然發火的亞里沙，出聲蓋過了下三濫迷賊的嘲笑。

大概是使用了指揮用的擴音魔法道具吧。

在眼下的人們紛紛投來的目光中，我沿著螺旋階梯的痕跡跑下去。

「有個蠢蛋沿著牆壁跑下來啦！」

——那句蠢蛋是多餘的。

岩棚上的迷賊們將短槍和劍對準了我。

這幅光景若是患有尖端恐懼症的人大概會忍不住別過頭吧。

我從懷裡取出使用完畢的卷軸舉在面前。

然後在卷軸前方用光魔法「幻影」製造出煞有其事的魔法陣，接著從主選單的魔法欄選擇對人壓制用的「追蹤氣絕彈」含蓄地擊出。

「——是魔法卷軸！」

「快用群青龜的盾牌——」

小嘍囉迷賊們大叫著，但這種近距離下根本什麼事也不能做。

短槍和盾牌被看不到的魔法彈擊中之後彈飛，小嘍囉迷賊們紛紛發出慘叫痛苦呻吟。

「我來幫忙了！騎士拉普娜！」

我在跑下去的途中拔出妖精劍，向岩石騎士這麼喊道。

這是因為燈光昏暗，深怕對方看不到我的緣故。

「我可要扭斷公主的脖子了！」

巨漢迷賊掐住米提雅公主纖細的頸部。

——休想得逞哦？

我利用了巨漢迷賊的身體當作遮擋物，乘機以縮地瞬間移動至其腳邊。

追丟我的迷賊還來不及驚慌，我便以迅雷不及掩耳的速度揮起妖精劍。

然後對準手腕韌帶被砍斷的迷賊腹部用力一踹，將他砸向正準備對岩石騎士發動致命一擊的迷賊王魯達曼。

我用「理力之手」製作出雨傘接住了灑落的血花，將其拋棄至儲倉的垃圾桶資料夾內，然後接住了脫身的米提雅公主。

「我……我的手——！」

「滾開！你這肥豬！」

迷賊王魯達曼咒罵一聲後踢開巨漢迷賊。

岩石騎士變短的大劍，殘忍地劃過了步伐踉蹌的巨漢迷賊額頭。

哇啊，真不留情呢……場面別那麼血腥好嗎。

了解到無法再繼續追擊已經穩住身子的迷賊王後，岩石騎士便以後退步往我這邊過來。

「感謝協助。」

「先別說這個，請回復一下吧。」

我將裝有魔法藥的袋子交給出言道謝的岩石騎士。

「嘖！居然從那種地方跑下來，腦袋簡直有問題。」

「為了化解友人的險境，沒有其他的方法了。」

對於做出失禮發言的迷賊王魯達曼，我聳聳肩膀道。

或許是因為用於壓制的「追蹤氣絕彈」發射得太含蓄，可以見到昏倒在地上的迷賊們紛紛甩著腦袋爬起身子。

而且雷達上還出現了幾十個謎賊的光點正往這個岩棚移動中。

——嗯，雖然不構成威脅就是了。

「哼，你以為自己是正義使者嗎，小伙子？」

「從壞人手中救出友人，跟什麼正義毫無關係。」

像那種事情就交給勇者隼人吧。

我只要能救出自己認識的人就好。

儘管不忍心捨棄眼前將死之人，但我也沒有那種特地去找有困難的人給予幫助的嗜好。

「讓你久等了，潘德拉剛勳爵。那個男人很強，我們兩人若不聯手的話是絕對無法戰勝的。」

「喂喂，妳想用那種斷掉的破劍跟老子戰鬥嗎？」

迷賊王魯達曼嘲笑道。

說到這個，岩石騎士的劍的確斷掉了呢。

我透過萬納背包從儲倉取出魔劍。

這是之前請亞里沙和蜜雅幫忙製作而成的「焰之魔劍」。

這次的迷宮探索時也製作了各種東西，但總不能在這裡把奧利哈鋼材質的原創聖劍拿出來呢。

「沒有大劍真是不好意思，請使用這個吧。」

「這是——魔劍嗎。好出色的名劍。這樣一來就能打贏了。」

接下劍後，騎士拉普娜在劍上纏繞著火焰和魔刃。

「哦？這東西看起來可以賣個好價錢啊。」

迷賊王魯達曼舔了舔嘴唇。

「既然武器平分秋色，我是絕對不會輸給你的。」

「這個很難說啊。」

他從懷裡取出藥丸大口大口地吃下。

ＡＲ顯示那些藥丸是「魔人藥」。

「力量開始暴漲啦。」

迷賊王魯達曼的狀態變成了「魔人藥：攝取過度」。

那傢伙的身體，表面浮現出紅色繩狀的魔法陣後又消失。

「老子現在比任何人都強——————！」

挾帶全身散發的紅黑色魔力，迷賊王魯達曼大叫著逼近這邊。

岩石騎士擋住了對方從上段揮下的戰斧。

紅光和火焰在兩人之間迸發。

岩石騎士的腳下如漫畫中的效果那樣下向凹去。

岩棚出現裂痕。

再這樣下去的話，這裡應該會碎掉吧？

雷達上的光點出現了變化——

「你全身都是破綻哦，少爺。」

手持彎刀的半裸女迷賊從我背後襲來。

——伴隨「砰」地一聲清脆聲響，女迷賊彷彿被隱形人打中一般飛了出去。

「謝謝妳，露露！」

看樣子，露露在我動手迎擊前就狙擊了對方。

「嘖！居然還藏著魔法師嗎！」

迷賊王魯達曼仰望著我那些剛抵達懸崖上方的同伴們這麼吼道。

「我們來了，主人！」

「Let's～？」

「Go——喲！」

獸娘們沿著牆邊僅存的踏腳處跑了下來。

——喂喂喂！很危險啊！要是摔下來怎麼辦！

我迅速準備好「理力之手」，忐忑地關注著獸娘們抵達下方。

「是魔槍還有魔劍使！那些小丫頭的武器我們要定了！」

原本裝死的迷賊們紛紛站起來襲向獸娘們。

這些傢伙也跟剛才的迷賊王魯達曼一樣服下魔人藥，身上纏繞著紅色繩狀的魔法陣。

「要站在主人的魔槍面前，就拋棄掉生命之外的一切吧！」

拖帶著紅色光尾的莉薩像流星一般，突破了以魔人藥強化後的迷賊們中央處。

「阿基里斯獵人～？」

雙手拿著帶有魔刃的魔劍，小玉壓低姿勢呈圓形舞動起來，陸續砍斷迷賊們的阿基里斯腱。

「嘖！居然被這些傢伙玩弄在掌心。」

舉起群青龜大盾的迷賊擋在了波奇面前。

「喝——喲！」

波奇踹了一下半空中再度加速，飛越了眼前擺出的大盾上方。

「兩段跳喲！」

這恐怕是天驅的前一個技能吧。

小嘍囉迷賊們就交給莉薩她們應該沒問題。

「佐藤先生！拉普娜她——！」

保護在我背後的米提雅公主告訴我岩石騎士遇到了危機。

我接住了被迷賊王魯達曼擊飛的岩石騎士。

——哦，不妙了。

「一口氣解決掉你們！」

挾帶紅光的戰斧在眼前揮了下來。

「主人！」

戰場上響起亞里沙急促的聲音。

「去死吧！」

彷彿要蓋過迷賊王魯達曼的吼聲，紅光染紅了整個岩棚，紅色血花隨之灑出。

「這算是協力技的勝利吧？」

我的妖精劍化解迷賊王魯達曼的戰斧，岩石騎士的魔劍則劈開了對方的腹部。

迷賊王魯達曼向後跳去。

雖然很想追擊，但總不能放著雙腳嚴重受傷的岩石騎士不管，於是我就輕易放對方逃走了。

這時候，援軍也抵達了懸崖下的貴族子弟們身邊。

「我是代理太守索凱爾．波那姆！迷賊們！乖乖束手就擒吧！」

不知為何，率領衛兵的人居然是索凱爾！

既然他率領衛兵來到這裡，莫非我丟進公會長房間的「私造魔人藥」告密信沒有派上用場嗎？

「援軍已經來了嗎？你們幾個，撤退了。」

「「「噢！」」」

見到索凱爾他們後，短劍使女迷賊等人像一群拙劣演員那樣生硬地叫道，然後爬上牆壁往這邊逃來。

「索凱爾大人，是戰螳螂！」

「唔哦！你們幾個，快打倒魔物！」

「辦……辦不到啊！」

索凱爾等人不僅沒有追擊逃跑的迷賊，在見到貴族子弟的護衛們所對抗的戰螳螂後似乎還變得手足無措。

真是的，他到底想做什麼。

——啊啊！要是逃到那邊，就連貴族子弟也會被捲入危險哦。

可以見到肥胖的太守三男為了保護美少女而未能及時逃走的景象。

索凱爾還無所謂，但要是放任那些貴族子弟和前來執行任務的衛兵被吃掉的話，感覺實在很差。

我於是從儲倉取出小石子，朝著準備啃咬太守三男的戰螳螂拋了出去。

小石子未劃出拋物線，而是筆直粉碎了戰螳螂的複眼並嵌在遠遠的牆上。

——ＫＷＡＷＷＷＭＭＭＡＡＡ。

被弄瞎眼睛的戰螳螂發出慘叫般的咆哮後跑出懸崖，搖搖晃晃地朝著遠處逃了出去。

和我預期中的結果有些不同，但既然順利達成目的就算了。

「嘖！時候到了嗎——撤退。」

迷賊王魯達曼和小嘍囉迷賊們朝周圍投擲煙幕彈，使白煙充斥了整個岩棚。

——我不會讓你逃走哦？

我從戴在手指上的彩紋瑪瑙戒指裡叫出了黑曜石風格的石槍。

僅用臂力擲出的石槍貫穿了迷賊王魯達曼的手臂，將其釘在牆壁上。

「嗚啊啊啊——這把槍怎麼回事！砍不斷也拔不出來啊！」

就算是魔斧，用那種不自然的姿勢當然無法砍斷了。

畢竟這好歹是魔法製品呢。要是製作時注滿魔力，可是會比鋼鐵材質的槍還要堅硬哦。

「魯達曼，先走一步了。」

「你要活下去啊，魯達曼大哥。」

在白煙的另一端，隱約可見到兩名幹部迷賊發現苗頭不對後便立刻拋下迷賊王魯達曼逃走。

罪犯還真是薄情寡義。

「可……可惡！妳這個鱗片女簡直陰魂不散！」

「一個大鬍子不倒翁可沒有資格批評橙鱗族的鱗片。」

和莉薩交手的大鐮使迷賊遲遲找不到機會逃跑而口出惡言。

「咻啪啪～？」

「不可以大揮喲？」

小玉和波奇這時加入，情勢似乎一口氣倒向了獸娘們。

根據隔著白煙可見的ＡＲ情報，其他小嘍囉迷賊們好像都被獸娘們制伏了。

「喝啊啊啊啊啊！」

在白煙的對面，我看到了牆邊的迷賊王魯達曼正在揮動戰斧。

——噁！

「嗚哦哦哦哦哦！」

他的鮮血四散，發出野獸般的嘶吼。

迷賊王魯達曼鎖定的並非石槍，而是自己被石槍釘住的手臂。

「為了逃跑居然做到這種地步嗎……」

就在我深感不耐煩的期間，迷賊王魯達曼藉著白煙逃跑了。

——我說過不會讓你逃走的。

我像剛才一樣取出使用完畢的卷軸，連續擊出對人壓制用的「追蹤氣絕彈」。

儘管米提雅公主和岩石騎士就在我附近，但在白煙的掩飾下應該看不出其中的不自然之處。

在地圖確認白煙另一端的迷賊們都處於「昏倒」狀態後，我將卷軸收入懷中。

包括先前逃走的成員在內，全部一網打盡。

「莉薩，綁完那些傢伙之後，麻煩也處理一下通道上昏倒的那些人。」

「知道了。」

那麼，那邊就交給獸娘們處理，我來治療岩石騎士的腳傷吧。

「傷勢比想像中嚴重呢。」

岩石騎士的雙膝連同鎧甲都被打碎了。

「別擔心，這點小傷只要淋點酒立刻就會好了。」

——沒那回事。

岩石騎士自己應該也很清楚這一點。

「那麼，我先做點緊急處理吧。」

「抱歉，要勞煩你了。」

我假裝用蒸餾酒清洗傷口，一邊透過術理魔法「透視」確認碎掉的骨頭狀態，仔細檢查深入傷口的鎧甲碎片和衣服纖維，同時再用適合精密操作的「理力之線」將其逐一去除。

最後讓對方喝下中級體力回復藥後便大功告成。

「潘德拉剛勳爵，感謝你的支援和治療。」

「我只是做該做的事情。」

我對岩石騎士回以微笑，然後透過「遠話」魔法引導著從一般通道前來這裡的亞里沙一行人。

「佐藤先生，謝謝你吶！」

「米提雅殿下也是，您非常堅強呢。」

面對摟住我的脖子這麼道謝的米提雅公主，我撫摸著對方的腦袋一邊等待同伴們抵達。

至於懸崖下方的貴族子弟們那裡，與剩下一隻的戰螳螂仍在持續戰鬥當中，但不用我們支援應該也能打贏所以就放著不管了。

「主人，擒下的迷賊已經綑綁起來了。」

「是嗎，謝謝妳，莉薩。」

莉薩的背後躺著被堅固繩子綑綁起來的迷賊們。

小玉和波奇則是以迷賊們為背景擺出了勝利姿勢。

她們頂著亮晶晶的眼神仰望著我，彷彿希望我能夠稱讚，所以我便撫摸兩人的腦袋誇獎道：「妳們兩人都很努力呢。」

波奇不斷搖著尾巴，小玉則是將腦袋往我撫摸的手掌推擠而去。

既然已經先誇獎過了，等回到房子後再來訓斥她們的危險行動吧。

◆

「衛兵們！快逮捕潘德拉剛士爵！」

我跟會合完畢的同伴們一起將米提雅公主她們護送至貴族子弟的陣地之際，索凱爾忽然冒出了這麼一句話。

接獲命令的衛兵們也是一臉為難。

至於貴族子弟們每個人都精疲力盡，幾乎沒有人將目光投向這邊。

「索凱爾先生！你突然在胡說什麼吶！」

對索凱爾的發言最先感到憤怒的，是看起來意外剛強的米提雅公主。

我事先打了個手勢，叫亞里沙她們不要加入鬥嘴的行列。

「米提雅殿下，這次的迷賊襲擊事件正是潘德拉剛士爵所策劃的。」

「證據在哪裡！」

「這個人全都說出來了。」

索凱爾抬抬下巴，衛兵身後便出現一名探險者，將男性屍體丟到我們的面前。

——喂喂，遺體必須要慎重對待啊。

「這……這個男人不是索凱爾大人派來的帶路人嗎！」

「不，錯了。」

索凱爾搖搖頭否定了米提雅公主的發言。

「我所派出的帶路人是這個男人。」

索凱爾指向剛才拋出屍體的探索者。

「那麼，這具屍體是？」

「是潘德拉剛士爵的手下。」

聽了索凱爾的話，周遭的目光頓時集中在我身上。

「不，我完全不認識他。」

根據AR顯示的生前情報，他似乎是隸屬於犯罪組織的探索者。

「別再裝傻了！這個男人臨死前可是全都交代清楚了哦。」

索凱爾用虐待狂般的表情俯視著我。

莫非是為了嫁禍於我才殺了那個人嗎？

「那真是奇怪了。」

「你說什麼！」

聽到同伴們身後傳來的聲音，索凱爾這麼激動道。

「若你的說法屬實，潘德拉剛勳爵為何要讓太守之子和公主遭遇危險呢？還有，為何又親自將他們救了出來？」

「原來如此，是為了讓迷賊襲擊他們再出手救人嗎？」

「那還用說嗎！當然是為了自導自演救出蓋利茲少爺，好對太守夫人挾恩圖報！」

「沒錯！除此以外沒有其他解釋。」

面對贊同的聲音，索凱爾心滿意足地回答。

聽起來就彷彿在招供道，那正是自己所策劃出來的。

「那麼，我可以斷定沒有這種可能。」

聲音的主人從莉薩和娜娜的身後現身。

「潘德拉剛勳爵一直都跟我們在一起。碰上剛才的場面純粹是偶然罷了。」

「你們跟潘德拉剛士爵也是一夥的吧！」

「我是迷宮方面軍小隊長賽奧倫！賭上王祖大和大人及迷宮方面軍之名發誓，我們和迷賊絕對沒有關係。」

「為……為什麼迷宮方面軍會跟潘德拉剛士爵在一起……莫非這是艾魯達爾將軍的計謀嗎！」

對於小隊長賽奧倫的出場感到慌張的索凱爾似乎誤會了什麼。

「真想不透呢～」

在充斥沉默的這個瞬間，響起了亞里沙的聲音。

「身為代理太守的索凱爾大人，為什麼會知道這個地方呢～？」

亞里沙用貓抓老鼠般的語氣說道。

「哼！當然是循著黃金證發出的魔法信號一路追來的！」

索凱爾動作誇張地大叫，試圖洗刷自己身上的疑點。

在他身旁的探索者，則是一臉相當不妙的表情望向索凱爾。

「哦——是這樣啊——」

說到這裡，亞里沙笑了出來。

「有什麼好笑的！妳在戲弄我嗎，小丫頭！」

「好，我來駁倒你。」

亞里沙用奇妙的姿勢猛然指向了索凱爾。

「只要是探索者都知道，黃金證的定期信號間隔是一天數次。就算拾獲了這個信號，要這麼快抵達根本就是不可能的哦。」

亞里沙一字一句清楚地告知。

說到這個，我有印象東公會的職員在登記時也提過同樣的事情。

真虧亞里沙記得那麼清楚。

「能夠抵達這裡的，若不是像我們這樣偶然經過，就是打從一開始便知道這裡會發生犯罪行為了。」

亞里沙的發言讓索凱爾「嗚嗚」低吼著。

「是吶！抓住本公主的女迷賊也曾說過『等太守的衛兵過來再撂下狠話逃走就行了』！迷賊們早就知道原本不可能進入迷宮的衛兵即將趕到這裡的事情！」

哇啊，索凱爾豈不就是凶手了嗎。

「米……米提雅殿下，我的求婚是否讓您困擾到必須撒謊的地步呢！我的愛意明明總是伴隨在您身邊啊！」

這麼告知的索凱爾，眼中沒有絲毫的愛慕之色。

想必不會有人被這種演技所欺騙吧。

「到此為止。」

原本默默聽著的太守護衛騎士，這時來到了索凱爾和我的中間。

他的老家似乎和索凱爾一樣都是伯爵家。

「索凱爾大人，若你是清白的就向王祖大人和家名發誓吧。那位黑髮貴族也是。」

儘管長相有些刻薄，這個人卻比我想像中還要正常。

「我向王祖大和大人及潘德拉剛家的家名發誓，我是清白的。」

索凱爾持續保持沉默，所以我便先發誓了。

「索凱爾大人？」

「我向王祖大和大人及波那姆伯爵家的家名發誓，我絕對沒有危害蓋利茲少爺的想法。」

——哦？

這不是錯覺，索凱爾從剛才好像就沒有把米提雅公主當作對象。

據說他明明一直在向米提雅公主求婚，這真是令人納悶。

我不得不考慮到，唆使那些暴徒襲擊了米提雅公主的幕後黑手，極有可能就是索凱爾。

「嗯，那麼兩者在這個場合裡都是清白的。有異議的人就以書面向太守閣下提出申請吧。」

太守的護衛騎士這麼宣布後，場面便平息了下來。

話說回來，索凱爾這已經是第二次想要陷害我了嗎……

或許不要採用索凱爾「私造魔人藥」的告發信這種間接手段，乾脆更積極一點行動比較好吧？

我確認起地圖。

嗯，明天就時間點來說似乎剛剛好。

回去的路上，我在記事本寫下了癱瘓索凱爾的劇本以打發時間。

◆

「呼，好累～」

「的確。」

回到迷宮都市的房子後，我們喝了女僕長米提露娜小姐所泡的茶。

由於貴族子弟和那些迷賊移動起來格外花時間，我們回來時已經是深夜了。

擒住迷賊王魯達曼一事所造成的騷動比想像中更大，但因為很累所以就改成我日後再前往探索者公會做筆錄。

身為迷宮內的罪犯，迷賊似乎都是歸探索者公會管轄的。

「累了～？」

「軟綿綿喲。」

小玉和波奇就像伸懶腰的貓咪一樣在我的大腿上趴著。

其他孩子或許也累積了不少疲勞，一坐進沙發就睡著了。

「先睡一覺再來洗澡和吃飯吧。」

「哦～」

亞里沙看起來也昏昏欲睡。

我用公主抱將立下重大功勞的亞里沙送到寢室，其他孩子們也依序送了過去。

最後讓娜娜躺下後，我也身體倒臥在特大床鋪的空位。

「早安～？」

「吃早餐喲！」

隔天早上，在小玉和波奇的乘坐攻擊之下，我從爛泥般的深層睡眠中醒來。

明明只熬夜了一天，被索凱爾誣陷的事卻似乎讓我在精神上相當疲憊。

「早安，睡得還好嗎？」

「系！」

「波奇是能睡能吃的好孩子喲！」

我撫摸著擺出咻比姿勢回應的兩人腦袋，享受完柔軟頭髮的觸感後便牽著她們的手一起前往餐廳。

「今天是醬煮南瓜怪和跳跳薯以及鹽烤無眼魚，再搭配冷豆腐的和風早餐。」

才從迷宮探索回來的隔天，露露就製作了各種精緻的早餐。

「冷豆腐？」

「是的，聽說迷宮都市也有製作豆腐的店家，所以我就請米提露娜小姐幫忙採購了。」

「而且還有薑泥和碎蔥哦。」

「嗯，美妙。」

在冷豆腐上面淋了醬油的亞里沙，張大嘴巴心滿意足地將其放入口中。

之後更是吃了一大口熱騰騰的白飯，才滿足地咀嚼著。

「香腸～？」

「厚切培根先生很棒喲。」

「每一種都很美味。」

看來獸娘們的肉類選項依然存在。

用完如此和平的早餐後，米提露娜小姐交給我一封棘手的信。

「誰的信？」

「是太守閣下的邀請函。」

我用拆信刀剝開封蠟，瀏覽其中的內容。

「裡面寫著為了答謝營救太守三男蓋利茲一事，希望招待我參加午餐會。」

而且舉辦日期就在今天。

距離現在已經不到兩個小時。

按貴族的常理思考，實在是相當急促的邀請。

這點固然讓我有點在意，但據說太守夫婦很疼愛孩子，所以想必是不願怠慢了我這個救了他們孩子的救命恩人吧。

由於好奇索凱爾的動向，我為了保險起見試著調查地圖後，發現他和綠貴族都在太守的辦公室裡。

——糟糕了。

在我悠哉睡覺的期間，對方已經先下手為強了嗎？

我在心中這麼咂舌，一邊確認起索凱爾房子裡的魔人藥。

這邊還是老樣子，不過卻發現了探索者公會的斥候和迷宮方面軍的諜報成員正監視著索凱爾的房子。

我所透露的地下道與其出口也配置了人員。

看樣子，目前是處於放任索凱爾行動準備以現行犯逮捕他的狀態。

倘若不像在西門子爵的晚餐會中所聽到的那樣，索凱爾的背後有綠貴族和杜卡利准男爵甚至是太守夫妻這類大人物撐腰的話，他的身敗名裂就只是時間的問題了。

只不過，索凱爾在這種狀況下仍和綠貴族及太守夫婦在一起確實讓我很在意。

雖然很想用空間魔法「眺望」和「遠耳」調查索凱爾他們在談些什麼，但試圖得知有都市核保護的太守辦公室當中是何狀況存在著很高的風險，而身為諜報專家的綠貴族應該也不會察覺不到空間魔法的監視舉動。

為了不打草驚蛇，我於是放棄用這些手段來收集情報。

——奇怪？

我心想時候已經差不多而捲動地圖查看之際，發現都市迷宮所在的盆地內有一輛馬車正被幾十名盜賊和犯罪公會的人包圍住。

「我有點事情要做。」

我這麼告知後便快步衝進書房，用「歸還轉移」來到蔦之館。

「小……小伙子，你……您……不要嚇唬人啊！」

「抱歉抱歉。」

朝嚇得一屁股坐在地上的蕾莉莉爾略微道歉後，我便衝進了庭院。

然後迅速操作地圖，以最大數量擊出了對人壓制用的「追蹤氣絕彈」。為了保險，一共擊出了三組。

隔了一段時間，我在確認罪犯們的狀態變成「昏迷」後又用「歸還轉移」返回了房子的祕密地下室。

「到底怎麼了？」

「嗯嗯，馬車被盜賊攻擊，所以我過去幫了一下哦。」

亞里沙起先是狐疑的表情，最後說出了一句：「真是的，太作弊了。」似乎便心領神會了。

那麼，太守夫婦的午餐會，若只是參加未免太過無趣。

雖然剩沒多少時間，我還是決定準備一些小伎倆。

畢竟派對上的驚喜可是很重要的呢。

◆

「潘德拉剛士爵大人，太守夫婦就在這裡等候您。」

明明聽說是午餐會，管家卻帶我來到沒有窗戶的接待室裡。

裡面有護衛騎士保護的太守夫婦在等待著。在希嘉王國，地位高的人總是最後進來，所以這讓我感到相當稀奇。

索凱爾和綠貴族都不在。他們正在其他房間待命中。

看樣子，對方似乎無意不由分說地就將我送入大牢。

「歡迎，潘德拉剛勳爵——」

太守夫人是位長得很像三男蓋利茲的豐盈中年女性。

年輕時與其說是美女，給人的感覺想必是更為可愛吧。

太守則是肥嘟嘟的樣子，但依稀可以看出次男雷里先生的面容。

「聽說你昨天救了蓋利茲呢。實在非常感謝。」

匆匆寒暄後，太守夫人便切入正題。

儘管身為喜歡拐彎抹角的貴族，但包括急促的邀請在內，太守夫人似乎是個喜歡打破慣例的開明人士。

「而且，管家也說過，你還送了許多昂貴的禮物。」

——奇怪？

禮物確實是送了，但對方卻未提及在蓋利茲之前也同樣被我營救的雷里先生。

那件事情莫非打算再另行道謝嗎？

「您過獎了，那只是一些尋常的東西——」

「不但救了蓋利茲，又獻上了那麼貴重的東西，潘德拉剛動爵究竟希望我怎麼替你關說呢？」

太守夫人打斷我的話，用盤問般的語氣這麼詢問。

——關說？

莫非對方認為那是我為了請她介紹我任官而送的賄賂嗎？

原本以為就像參加公都的茶會一樣送禮即可，看來應該先調查這個地區的行情再挑選禮物比較好。

由於沒有時間，所以我也就沒空請教西門子爵替我介紹的那些貴族了。

——對了！

「如果可以——」

「如果可以？」

太守夫人面帶微笑催促著正在組織語句的我。

對方眼中沒有笑意這一點總覺得很可怕。

實在不敢貿然開口呢。

「——可以請您允許重建公立育幼院嗎？」

「育幼院？」

「是的，倘若公立的有困難，就算是允許建造私立育幼院或者向流浪兒童以及窮人賑濟食物也無妨。」

聽了我的發言，太守夫人加深了笑容。

怎麼回事？對方上揚的嘴角，感覺就像是在舔弄舌頭的猛獸下巴一樣。

「唉呀呀，潘德拉剛勳爵如此年輕，想不到卻擁有憂民的高貴想法呢。」

在女僕的帶領下，待在其他房間等候的綠貴族和索凱爾走進房間。

——搞什麼？

完全不懂對方在這個時候叫來兩人的意圖為何。

「聽我說，波布提瑪先生。潘德拉剛勳爵希望為貧困的孩子們建造育幼院以及賑濟食物哦。這番壯舉是不是會讓人想起『相殘之蛇』的軼事呢？」

「是的，實在好極了焉。」

以成就壯舉的慈善事業團體來說，「相殘之蛇」這個聳動的名稱實在不適合。

總覺得「相殘之蛇」好像之前在哪裡聽過的樣子。

——是什麼地方呢？

「您是否許可焉？」

「是的，當然了。畢竟雷里的信中是這麼寫的。」

哦，終於提到了雷里先生的名字了。

我還在擔心綠貴族是否忘記轉交信件，看來對方好像順利收到了。

雖然不知道雷里先生寫了些什麼，不過從太守夫人的語氣聽來，應該敘述了救他一命的人是我吧。

「他說潘德拉剛勳爵的要求就是自己的心願，所以希望我排除萬難幫忙實現。」

不不，雷里先生。那也太誇張了吧。

「倘若要娶三女歌娜或四女席娜為妻，也希望我們一族能接納。」

——嗯？雷里先生寫了這些話嗎？

在魔導王國拉拉基的酒館舉辦筆槍龍商會創立派對的時候，我應該說過自己在公都為了婉拒求婚而大費周章的事情才對……

「另外還寫了，如果渴望權力就委任你為代理太守，若渴望發達就推薦你為門閥貴族的婿養子。」

「潘德拉剛——你這傢伙！」

太守夫人冷眼一瞥，讓鐵青著臉情緒激動的索凱爾閉上嘴巴。

索凱爾之所以一直對我抱持敵意，想必是因為在我成為代理太守之後他就會被降格了吧。

話說回來，我應該向雷里先生提過自己沒有出人頭地的慾望了才對。

「那真的是寫在信中的嗎？」

再怎麼樣也跟雷里先生的風格差太多了。

事實上，坐在太守夫人身旁的太守也彷彿初次聽到一般露出驚訝的表情。

「是的，寫得很清楚。無疑是那孩子的字跡。細心且認真，在在表現出了那孩子本性的漂亮筆跡。」

太守夫人憐愛地撫摸著信中的文字。

——怎麼回事？

那種動作就好像在緬懷故人一樣。

「聽我說，潘德拉剛勳爵。信中最後是這麼寫道的。」

太守夫人瀏覽著信中文字一邊告知。

「他說：『我仰望著新月的夜空寫下這封信。願父親大人和母親大人身邊常有溫柔月光的守護。』——」

從信中抬起臉來的太守夫人，臉頰不停滑過淚水。

——啊？

實在聽不出有哪裡是讓人動容的地方。

「你還在裝傻呢。」

太守夫人的笑容消失，換上嚴肅的表情瞪著我。

——奇怪？事情的發展好像有點詭異吧？

「以不祥的新月和令人聯想到死亡的月光作為結尾，只要是希嘉王國的貴族都能發現這其中的不自然。」

不，我完全不清楚。

仔細回想，神話的繪本中好像也有「魔神之力在新月之夜將到達最強」或「將魔神驅趕至天空彼端的月亮」之類的敘述。

「不過，這對我們亞西念家卻具有更為不同的意義。」

「什麼樣的意義呢？」

總覺得可以想像得出來……

「『月光的守護』是暗指遭到脅迫，才寫了這封非自己所願的信。」

哦——看來貴族好像有很多敵人呢。

不過，這麼重要的暗語，當著我和索凱爾他們的面說出來不要緊嗎？

「然後——」

太守夫人因淚水和哽咽而停頓下來。

「——然後，『新月的夜空』就代表自己即將被殺，是唯獨這種時候會才會使用的暗語。這樣你明白了吧？」

太守夫人頂著滿是淚水的臉龐瞪向我。

倘若恨意可以殺人的話，她的目光就彷彿直接要殺死我一般。

——糟糕。

看樣子，我好像被那個偽造書信的人冠上了殺害雷里先生的不實罪名。

「太守夫人——」

「索凱爾大人，事到如今你也說出自己的主張焉。」

我正要開口澄清誤會之際，卻被笑咪咪的綠貴族打斷了。

「是……是的！」

——你想說什麼？

「潘德拉剛士爵與米提雅殿下之間的關係相當親密。」

請不要把蘿莉控的嫌疑加諸在別人身上好嗎。

「這個傢伙躲在背後操控米提雅殿下，將需要『淨化的氣息』的席娜小姐作為人質，打算讓太守夫人重用自己。」

不不，那是索凱爾你自己用「鬼噬藥」做出來的事情吧。

「然後，似乎還讓魔人藥在迷宮都市裡流竄，以此作為代價來操控迷賊，將令公子蓋利茲少爺置於險境後再出面解救，藉此博得太守夫人您的信賴和蓋利茲少爺的歡心。」

那也是索凱爾你自己的企圖吧？

——原來如此。

除了殺害雷里先生的不實罪名，對方似乎還想順便讓我背他的黑鍋。

策劃出這一幕的不知是索凱爾本人或綠貴族，但要是繼續沉默下去的話就會被送入大牢，未經審判便被裁定有罪了。

事實上，這個房間裡沒有任何人站在我這邊。

先不提綠貴族頂著不合時宜的滿臉笑容，太守夫婦誤會我是殺子仇人而怨恨地瞪著我，護衛騎士們也將手放在劍柄上並投來充滿殺氣的目光。

最後，確信自己獲得勝利的索凱爾，則是浮現殘酷的扭曲笑容俯視著我。

簡直就是四面楚歌。

如今在這個房間裡的都是敵人。

不過，我還是要說。

——你被將軍了。索凱爾。

接下來就看我來扭轉棋局吧。

「你無可辯解了嗎，潘德拉剛勳爵？」

太守夫人渾身顫抖的這句話真是可怕。

——大概再過三十秒吧？

「嗯嗯，這個嘛。可以容我說兩件事情嗎？」

時間點是很重要的。

「說說看焉。」

「索凱爾大人剛才所言的，一切應該都是他自己的企圖對吧？」

「你這傢伙胡說什麼！在戲弄我嗎！」

無視於充滿敵意的索凱爾，我注視著太守夫人。

——剩下五秒。

「還有，另一件事——」

房門未經敲響便「砰」地一聲打開。

我朝著房門伸出手，接下去繼續說道：

「——就是雷里先生還活著。」

全員的目光都投向門外出現的人物。

索凱爾震驚得下巴幾乎快要掉下來。

不過，他口中喃喃唸出的「怎麼會」和「應該已經死了才對」這些發言倘若是留在腦中還無妨，如今親口說出來就太愚蠢了。

「嗨，父親大人、母親大人！不肖子雷里回來了——怎麼？這氣氛怎麼回事？」

笑容開朗的雷里先生疑惑地張望著。

「嗨，這不是潘德拉剛動爵嗎！待會我要給你看看筆槍龍商會的帳簿。實在是太驚人了——」

發現我之後，雷里先生便豪爽地這麼說道。

「「雷……雷里——」」

「奇怪？父親大人？母親大人？你們這麼高興我們重逢，真是讓我感動啊。」

被太守和太守夫人緊緊抱住的雷里先生悠哉地說出了感想。

我撿起太守夫人掉落在地面的書信，瀏覽了紙面。

——果真如此。

提升至最大等級的「贗品」技能告訴我，這封信是經過加工的。

「雷里先生，這封信是您寫的嗎？」

「嗯？的確是我的字跡……這是什麼？胡扯也該有個限度吧？而且這種結尾的寫法就相當於我死掉了。簡直就像有人設計好了來陷害潘德拉剛勳爵。」

聽了憤慨的雷里先生這麼說，太守夫人仰望自己的兒子。

「你原本寫了什麼？」

「大致來說，就是我在海上漂流的時候被潘德拉剛勳爵救起來，然後出資幫忙我設立交易商會。還有他是能為我們亞西念侯爵家帶來鉅額財富的貴人，所以絕對不可怠慢。就這三件事吧？剩下的就是關於近況了。」

嗯，這些內容大致都是事實。

聽著兒子的敘述，太守夫人靜靜地沉浸在思考中。

綠貴族小聲透露道：「說到這個，記得索凱爾的房子裡有擅於偽造文書的家臣焉。」

索凱爾聞言也小聲回答：「波……波布提瑪大人，我說過那絕對要保密啊！」結果壯烈地自爆了。

「波布提瑪大人，您的家臣來了。」

這時，伴隨含蓄敲門聲出現的女僕小姐這麼向綠貴族說道。

綠貴族甩開糾纏住自己的索凱爾來到門前，有一名服裝骯髒的男人朝著他說起悄悄話。

我的「順風耳」技能捕捉到了內容。

看樣子，索凱爾邸和犯罪公會的聯合揭發行動已經開始了。

這個致命一擊，是我出門之前所安排好的驚喜。

「太守夫人，向您借一下耳朵。」

儘管因為重逢的擁抱被人打擾而有些不高興，太守夫人還是默默聽著綠貴族的報告。

似乎是在傳達剛才的聯合揭發一事。

「索凱爾。長久以來辛苦你了呢。」

「什麼——蕾特兒大人，請等一下！偽造那封信的人不是我！是有人想要陷害我啊！」

面對太守夫人的冷言宣告，索凱爾拚命央求著。

「我允許你叫我的名字了嗎？」

「非……非常抱歉，太守夫人——」

索凱爾恭敬地向聲音冰冷的太守夫人低頭行禮。

「對了，母親大人，迷宮都市周邊的治安變差了哦。」

見到這一幕，雷里先生忽然向母親講述了剛才的襲擊事件。

「你說你的馬車被盜賊集團襲擊了？」

「嗯嗯，幸虧有隱身的魔法師出手救援才平安無事。」

太守夫人的目光投向了綠貴族。

「剛才我的部下傳來了報告焉。襲擊雷里先生的盜賊當中，似乎有索凱爾家的前任管家焉。」

——剛才並沒有那種報告哦？

「很遺憾，前任管家已經死亡，所以無法進行審問焉。」

——不不，我可沒有殺死任何襲擊雷里先生的凶手哦？

綠貴族的發言內容令我深感納悶，但有了索凱爾見到雷里先生時喃喃說出的「應該已經死了才對」那句話，所以也並非不能接受。

更何況在迷宮都市襲擊雷里先生之後能從中獲利的人，據我所知也只有索凱爾而已。

「包括迷宮裡的事情在內，看來米提雅殿下所言都是屬實呢。」

太守夫人臉上不帶感情地這麼告知。

看樣子，米提雅公主在回去後立刻就向太守夫人強調了我的清白。

真是個有情有義的小女孩。

「不……不是，我真的是循著黃金證前往救援的！」

索凱爾的垂死掙扎並未傳入任何人的耳裡。

「索凱爾，你就在北邊尖塔讓腦袋冷靜一下吧。」

「太……太守夫人！」

「在王都的貴範院派來審議官之前，你就先處理好自己的私事。我會寫信送到你的老家。你就祈禱對利益敏感的波那姆伯爵，會願意犧牲家裡來保住你吧。」

「我……我……我……」

帶著彷彿接到最後通牒的表情，索凱爾雙手撐在地面，以網路表情符號orz的姿勢表現出了絕望。

「那傢伙……要是沒有那個傢伙的話……」

將額頭貼在地面的索凱爾咬著自己的手指恨恨地說道。

以索凱爾來說，我認為這大致都是他自作自受。

「鈴鈴」的清脆鈴鐺聲在房間裡響起。

被太守夫人用鈴鐺喚來的傭人們，從左右兩邊抓住索凱爾的手臂讓他站起。

這時候，索凱爾暗沉的雙眼和我對上目光。

「只要沒有你這傢伙！」

索凱爾擺脫掉傭人的手，以出奇敏捷的速度拔出防身用短劍後刺出。

那刀刃上沾染了黑色液體，看得出是淬了某種毒藥。

「雷里！」

太守夫人發出尖叫。

不知為何，索凱爾的短劍並非對我，而是朝著雷里先生刺去。

護衛騎士們行動了，但由於和雷里先生之間被太守的身體擋住而來不及趕上。

——休想得逞哦？

我從儲倉裡取出堅果用手指彈出，擊飛了索凱爾口中的短劍。

面對仍想繼續揪住雷里先生的索凱爾，我用一記控制了力道的前踢將對方踢飛至牆邊。

根據ＡＲ顯示，剛才的蠻力和速度是源自於「魔人藥」的效果。

想必是剛才做出咬手指的動作時就一邊服下了魔人藥吧。

「真是得救了，潘德拉剛勳爵。」

「不客氣，您沒有受傷就好。」

我和心有餘悸的雷里先生這麼交談。

遭到逮捕的索凱爾就這樣被護衛騎士押走。

「不……不是！我是想殺死可恨的潘德拉剛——必須製造更多混亂……帶來更多惡意才行——不……不是的，我——！」

索凱爾語無倫次地叫道。

嗯，「魔人藥」也有造成精神錯亂的副作用嗎？

不斷掙扎的索凱爾被略微粗暴地帶往走廊另一端，持續呼喊著莫名其妙的內容直至完全聽不見為止。

對方或許是自作自受沒錯，但總覺得下場很悲慘。

「索凱爾先生或許是被某人用精神魔法操控了焉。」

「精神魔法？居然是那種禁忌的邪法——」

太守夫人皺起眉頭。

原來如此，看來大家似乎都很厭惡精神魔法。

我嘗試搜尋地圖後，並沒有在迷宮都市內找到會施展精神魔法的人。

「包括索凱爾先生的友人們使用了屍藥的這件事，我會試著調查焉。」

「好的，拜託你了。」

綠貴族向太守夫人誇張行了一禮後便離開房間。

綠貴族陷害索凱爾的言行和索凱爾最後的奇異行為讓我有些在意，不過要是追究下去的話很可能又會捲入新的麻煩。

畢竟俗話說得好，君子不立於危牆之下呢。

尾聲

「我是佐藤。有些事情一開始不如人願，但掙扎到最後的結果就突然像骨牌倒下一樣進行得很順利。我想那並非運氣，而是掙扎的時候所累積的經驗派上用場的緣故。」

「唉呀呀，原來雷里你和潘德拉剛動爵是朋友呢。」

「沒錯，他是我的恩人，也是我擔任代表的筆槍龍商會的出資者兼業主。」

太守夫人為剛才的事向我道完歉之後，我們便從公用的接待室轉移地點至太守一家的私人客廳裡。

或許是澄清了誤會，太守夫人判若兩人般變得十分和藹。

「夫人，潘德拉剛士爵大人所贈送的禮物拿來了。」

就在談天說笑之際，管家將放在台座上的各種禮物送了進來。

除了在公都發放過的那種光石藝品，其餘幾乎都是我在砂糖航線獲得的東西。

見到台座上格外醒目的「美男子裸像」後，太守發出了「唔哦哦哦」的怪聲。

為了掩飾丈夫的醜態，太守夫人一臉平靜地開始講述：

「每一件在希嘉王國都是貴重的物品呢。特別是這邊的美術品——」

不過，被激發了愛好者心理的太守似乎不知道要收斂一下自己的熱情。

「這是孚魯帝國的加德伊拉老師作品，而且還是夢幻般的後期作品！這種躍動感他的徒弟絕對做不出來！這無疑是加德伊拉老師親手製作，如假包換的——」

「——親愛的。」

面對用熱情口吻描述美術品的太守，太守夫人的一句話便讓他閉嘴。

雖然是隨意挑選的裸像，不過看來已經充分滿足了太守這位愛好者。

話說回來，真是氣派的房間。

面向花朵盛開的庭院這一側，是在迷宮都市當中難得一見的玻璃帷幕，利用了光反射的玻璃藝品營造出了閃閃發亮的光線藝術。

不同於剛才連茶都未端上的待遇，除了美味的青紅茶更是附上了美妙的茶點。

專屬廚師所製作的蜜餞就像寶石一邊美麗，但對我來說太甜了些。

「哦——很奇怪的糕點呢。」

「這叫卡斯提拉呢。非常美味哦。」

雷里先生和太守夫人對於我帶來的卡斯特拉讚不絕口。

「雷里，你剛才說潘德拉剛勳爵是商會的出資者兼業主，這是怎麼回事呢？」

享用完卡斯特拉後，太守夫人又回到了進入房間時所提到的話題上。

「就像我說的那樣哦。如果沒有他，根本無法想像商會能夠創立。」

「我只是向雷里少爺提供資金和船隻罷了。」

要是把我捧得太高也很傷腦筋，我於是僅訂正了事實。

另外，對於喝茶和糕點沒有興趣的太守，從剛才似乎就在煩惱著要如何擺放我所贈送的裸像而忙碌不已，所以完全沒有加入對話的意思。

「用不著謙虛哦。就算是王都的門閥貴族，以一家之力也無法準備好三艘遠洋帆船的。」

我只是撿到了偶然漂流而來的無人船罷了。

「況且如果沒有你的酒侯地位和龐大的資金，根本無法像這次一樣輕輕鬆鬆就做成大買賣啊。」

儘管雷里先生聲稱是「龐大的資金」，但我只不過是把計畫中的進貨所需資金加倍提供給對方而已。

畢竟以我的總資產來說，那就相當於些微誤差的金額呢。

「酒侯？這個稱號不太有印象，莫非就類似魔導王國拉拉基的酒爵嗎？」

「是啊。酒侯更在酒爵之上，在魔導王國拉拉基可媲美侯爵爵位，還能把那個惱人的關稅幾乎完全取消，簡直就是魔法般的稱號。」

從放在椅子旁的包包裡取出的珠寶盒，雷里先生命令傭人將其擺在桌上。

太守夫人對酒侯的地位很感興趣，雷里先生則是與有榮焉地這麼自豪道。

「關稅？難道說——」

「沒錯。就是王都的女士們最喜歡的伊修拉里埃『天淚之滴』。」

一臉得意的雷里先生打開珠寶盒後，太守夫人立刻換上滿面的笑容。

「唉呀呀——這真是太美妙了！」

發出讚嘆聲的並非僅有太守夫人。

就連在周圍待命的侍女小姐們也牽著彼此的手發出了尖聲驚呼。

與剛才那種純潔的氣氛之間落差真大。

可見這種「天淚之滴」是如此受歡迎。

「這是一級品吧。放在亮光下，可以清楚看見美麗的花紋。」

「母親大人，我想在王都的沙龍裡將這些銷售出去。可以拜託母親大人您的友人立頓伯爵夫人幫忙美言幾句嗎？」

「是的，當然可以了。艾瑪她也會很高興的哦。」

之後雷里先生告訴我，艾瑪．立頓伯爵夫人是太守夫人的好友，在王都的門閥貴族女性當中似乎是個情報傳播力相當高的人物。

「話說回來，竟然能採購到如此高級的商品呢。莫非雷里你有經商的天分？」

「是啊——我很想這麼說，但這也都是多虧潘德拉剛動爵的人脈。因為懸掛了他的貴族旗，我被託付了將伊修拉里埃王國的薩班王子送回祖國的重要任務。有這層關係了，我才能經手一級品的『天淚之滴』啊。」

「既然這樣，也就是不只這一次的意思嗎？」

太守夫人雙眼頓時一亮。

「嗯嗯，當然——只不過，得繼續懸掛潘德拉剛酒侯的旗幟對吧？」

雷里先生朝我眨了一下眼睛。

像這種動作日本人實在是學不來。

「唉呀呀，既然如此，得將潘德拉剛動爵當成我們的一家人才行了呢。」

太守夫人帶著肉食動物般的笑容望向這邊。

若能保證不介紹對象給我，酒侯旗就儘管拿去用吧。

「母親大人，倘若您要把旁系的女兒嫁給他，還是打消這個念頭吧。」

「唉呀？你是說要換成直系？」

「不是這樣哦。他好像正在思慕妖精之國的女王陛下，在他被女王殿下甩掉前只會招來反效果哦。」

這實在有些難為情，所以請不要在當事人面前提起什麼思慕的事情了。

「因此，只要對他的要求行個方便就好了。」

「行個方便——潘德拉剛勳爵，你剛才說了什麼對吧？」

「是的，就是公立育幼院的重建許可——」

我在說話的途中搜尋了都市內的流浪兒童數量。

比想像中還要多。這樣一來光是公立育幼院是無法全數收容的。

「——還有私立育幼院的新設許可，以及定期賑濟食物的許可這三樣請求。」

「並非商業優先權或特權而是慈善事業嗎？你在魔導王國拉拉基時也是協助那些從海盜手中救出的人們尋找工作，真個是濫好人啊。」

聽到我的要求後，雷里先生傻眼地喃喃道。

並不是我喜歡擔任志工。

只是因為要在迷宮都市裡愉快生活，這麼做是必須的。

要是散步中看到那些抱著大腿的孩子們，感覺到處去享用美味的料理實在有種罪惡感呢。

「這點要求，我立刻就能答應你。公立育幼院方面之前就已經收到過陳情信，只要直接吩咐那些官員進行重建就行了。」

太守夫人二話不說地拍板定案。

「私立育幼院的土地和建築物都確保了嗎？如果還沒，就找管家巴斯契安商量一下吧——巴斯契安，你幫潘德拉剛勳爵介紹一些優良的物件和工房。」

後半句是對站在牆邊的管家先生所說的。

話說回來，包括公都的管家賽巴夫先生在內，我有些好奇為何他們都是這種非常接近的名字。

我的房子周圍還有多餘的空地和空屋，所以只要整修一下應該就能當作私立育幼院了吧。

幸好當初在公會人員的推薦之下一口氣購買了。

另外，招募人才的時候我還打算請西門子爵替我介紹的貴族們及太守夫人提供協助。

就這樣，充滿意義的茶會結束，雷里先生將我送到了大門處。

「照這個樣子繼續進行交易的話，大概三年就能償還你的出資了。可以的話，我希望你能再追加幾艘船哦。」

「既然這樣，我就拜託一下那位交情匪淺的商人吧。對方之前寫信給我，提到好像可以弄到三艘遠洋帆船哦。」

我將「亞金多」這個虛構的商人名字告訴了雷里先生。之後得認識個擁有命名技能的朋友，在交流欄的名單上登記假名才行呢。

「這是本次的分紅。下次開始我會透過商業公會的匯送過去的。」

「好的，我拭目以待。」

接過裝滿金幣的沉重袋子，我一邊驚訝於這個國家竟然存在匯兌制度。

這也難怪了。畢竟擁有「寶物庫」技能的人並不是那麼多，要搬運這麼沉重的金幣實在很累人呢。

◆

「歡迎回來。從那個表情來看，似乎進行得很順利呢？」

回到房子後，在庭院裡和孩子們一起用雜草編繩子的亞里沙便上前迎接。

獲得亞里沙傳授編繩方法的孩子們也紛紛說著「少爺，歡迎回來」並面帶笑容。

「嗯嗯，育幼院的重建許可已經下來了哦。公立的人員安排和預算全由希嘉王國負責。就連私立育幼院的建設，也確定能夠請對方幫忙介紹工匠公會，包括我們的房子周邊據說也會加進衛兵的巡邏路線中。」

這樣一來就沒有後顧之憂，可以專心致力於我喜愛的勞作以及和同伴們的迷宮探索了。

「哦——很特殊的待遇嘛。究竟是用了什麼樣的魔法？」

亞里沙聞言後瞪圓了眼睛。

「說來有點話長，我們邊喝茶邊聊吧。」

我讓亞里沙前去呼喚在外頭做事的同伴們回來。

沙漠吹來帶有沙子的風，晃動了我的頭髮。

仰望天空，可以見到萬里無雲的晴朗天空中掛著白色滿月。

「天氣真好。」

由於可能會損害米提雅公主的利益所以我就沒拿出魔法藥，但只要有萬能藥或下級萬靈藥的話應該可以完全治癒太守夫人女兒的疾病才對。

目前既然已經有米提雅公主的「淨化的氣息」，我於是決定等待這方面的內情多了解一點後再提供藥品。

畢竟我很想使用蔦之館的地下設備來製作迷宮素材的道具，如今總算可以盡情做想做的事情了。

來到迷宮都市的主要目的為提升同伴們的等級，但想必再過一兩個月之後就能如願了吧。

這個都市似乎很少歧視亞人，而且在亞里沙和蜜雅的協助下，能對抗上級魔族的原創裝備也已經有了眉目。

「接下來，就是悠哉過著愉快的迷宮生活了。」

我向亞里沙帶領著跑過來的同伴們揮手，想像著未來的愉快景象一邊浮現笑容。

好，今天一整天也來享受異世界的時光吧！

後記

大家好，我是愛七ひろ。

感謝各位手中拿著《爆肝工程師的異世界狂想曲》第十集！

沒錯，十集！終於進入十位數了！

撰寫第一集時根本沒料想到會有這麼多的集數，真是令我感慨萬千。

懷著這樣的感動，我很想針對動畫化企畫的進度透露個幾句，但由於撰寫後記的時期過早，目前還沒有任何後續情報。對不起。

當本集發行的時候說不定就會出現某些新情報，所以有興趣的讀者請試著瀏覽角川ＢＯＯＫＳ的《爆肝》官方網站。

那麼，為了能讓各位將本書直接拿到櫃臺結帳，我這就來講述一下本集精彩之處。

相較於完全未公開新稿的前集和以往的集數，本集的新章節比例變得低了一點。

聽到這裡有人可能會說：「你竟敢偷工減料！」但事實上卻是比未公開新稿的前集遠遠

花費了我更多的時間勞力，所以請各位放心。

這次的迷宮篇，由於我十分中意網路版的架構和文章，所以就嘗試採取了留下原本優點並使其與新的主要章節產生關連的寫作手法。

我將焦點放在本集的客串女主角「吶公主」米提雅公主，一邊悠哉地描寫佐藤一行人在迷宮都市逐漸建立據點的過程。

當然，網路版所沒有的佐藤和同伴們的活躍場面、大啖迷宮料理的景象，還有佐藤超乎常人的行動，像這樣的系列作當然也加入了其中。

儘管還想多講一些，但這次的後記頁數很少，關於第十集的內容就到此打住吧。

最後是例行的答謝！新的責任編輯A，還有Ｓｈｒｉ老師、其他參與本書的出版和流通販賣的所有人士，最後是一直給予支持的各位讀者們，謝謝你們！

謝謝各位從頭到尾閱讀完本作品！

那麼，我們在下一集迷宮都市篇Ⅱ再會了！

愛七ひろ

Kadokawa Light Novels

成為魔導書作家吧！3
>即使如此還是要和大家一起拯救世界嗎？
▶要
不要
即使如此還是要和大家一起拯救世界嗎？〔要／不要〕
Misaki Saginomiya
岬 鷺宮
ILLUSTRATION
こちも
Kadokawa Fantastic Novels

成為魔導書作家吧！ 1~3

作者：岬 鷺宮　插畫：こちも

世界末日即將到來，
魔導書作家奮力拯救世界！

身為新人魔導書作家的我，今天也如常地跟前勇者美少女責編露比過著執筆魔導書的生活，沒想到卻聽聞了一個不得了的事實——世界末日即將到來。情況危急，區區一名魔導書作家，也要跟前勇者一起拯救世界！

各 **NT$180~190/HK$55~58**

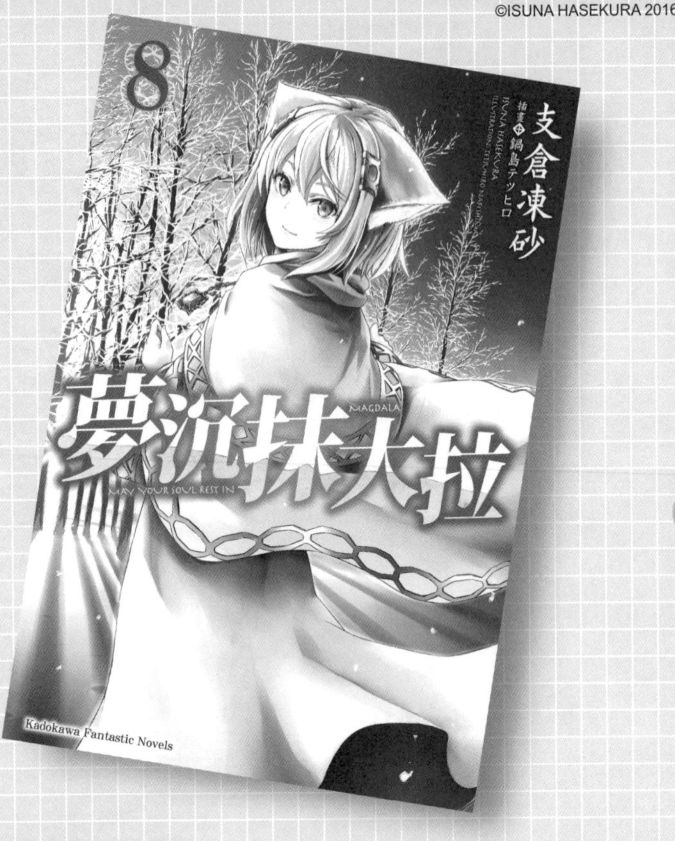

Kadokawa Light Novels

記錄的地平線 1~10 待續

作者：橙乃ままれ　插畫：ハラカズヒロ

為了回到原來的世界，
城惠尋找和「月球」通訊的方法！

成惠2在信中提到第三方存在〈航界種〉，還有危害〈大地人〉的怪物〈典災〉。面對各種問題，克拉斯提缺席的圓桌會議遲遲沒能達成共識。要回到原本的世界還是拯救大地人？同時，城惠挑戰位於澀谷迷宮的大規模戰鬥，尋找和「月球」通訊的方法。

各 **NT$220~250/HK$60~75**

台灣角川

國家圖書館出版品預行編目(CIP)資料

爆肝工程師的異世界狂想曲 / 愛七ひろ作；蔡長弦譯. -- 初版. -- 臺北市：臺灣角川, 2017.04-

冊；　公分

譯自：デスマーチからはじまる異世界狂想曲

ISBN 978-986-473-601-0(第 8 冊：平裝). --
ISBN 978-986-473-782-6(第 9 冊：平裝). --
ISBN 978-957-8531-17-8(第 10 冊：平裝)

861.57　　106002822

Kadokawa
Fantastic
Novels

爆肝工程師的異世界狂想曲 10

（原著名：デスマーチからはじまる異世界狂想曲 10）

2017年12月6日 初版第1刷發行
2018年2月14日 初版第2刷發行

作　　者：愛七ひろ
插　　畫：shri
譯　　者：蔡長弦

發 行 人：成田聖
總　　監：黃珮君
總 編 輯：蔡佩芬
編　　輯：林吟芳
美術設計：李思穎
印　　務：李明修（主任）、黎宇凡、潘尚琪

發 行 所：台灣角川股份有限公司
地　　址：105台北市光復北路11巷44號5樓
電　　話：（02）2747-2433
傳　　真：（02）2747-2558
網　　址：http://www.kadokawa.com.tw
劃撥帳戶：台灣角川股份有限公司
劃撥帳號：19487412
法律顧問：寰瀛法律事務所
製　　版：巨茂科技印刷有限公司
ＩＳＢＮ：978-957-853-117-8
香港代理：香港角川有限公司
地　　址：香港新界葵涌興芳路223號
　　　　　新都會廣場第2座17樓 1701-02A室
電　　話：（852）3653-2888